Schaltjahr
Vier Jahreszeiten eines Abschieds

Sindy Schwarzer

Schaltjahr

Vier Jahreszeiten eines Abschieds

Sindy Schwarzer

Ein Buch aus dem WAGNER VERLAG

Lektorat: barbara.henneke@mnet-online.de
Umschlaggestaltung: info@boehm-design.de

1. Auflage

ISBN: 978-3-86683-672-3

Bibliografische Information der Deutschen Bibliothek
Die Deutsche Bibliothek verzeichnet diese Publikation in der Deutschen Nationalbibliografie; detaillierte bibliografische Daten sind im Internet über http://dnb.ddb.de abrufbar.

Druck: dbusiness.de gmbh · 10409 Berlin

Prolog

Papi,

es gab eine Zeit, in der mir jede Verbindung zu Dir einfach nur unangenehm war.

Deine Art zu leben war zuweilen exzessiv und oftmals am Rande der Legalität. Du warst jähzornig, rechthaberisch und herrschsüchtig. In meinen Augen hast Du Dir die Realität immer ein klein wenig so gemacht, wie Du sie gebraucht hast. Viele Menschen, die Dir vertraut und Dich geliebt haben, hatten keine Wahl. Durch Dein Handeln hast Du immer signalisiert: ‚Entweder ihr nehmt mich, wie ich bin, oder ihr lasst es!'

Seit Deinem Tod entdecke ich bei mir immer mehr Parallelen zu Dir. Meine Wurzeln, denen ich bisher nicht den Platz eingeräumt hatte, den sie verdienen, sind mir bewusst geworden. Und ich lasse seit diesem Tag, der mein Leben so einschneidend verändert hat, immer mehr von Deiner Art der Leichtigkeit des Seins in mir zu.

Und das ist das größte Geschenk für mich neben der bitteren Erkenntnis, dass Du vielleicht nie das Glück hattest, Dich in Dir ausruhen zu können, weil Du immer auf der Suche und Dir nie genug warst.

So kann ich heute akzeptieren, dass ich nicht irgendwie sein muss, damit andere mich mögen. Ich selbst mag mich so, wie ich auch durch Dich geworden bin. Mit Deinem Vermächtnis kann ich weiterleben, auch wenn jetzt keine Gespräche mehr möglich sind über all das, was war und wie es hätte besser sein können.

Irgendwann werden wir uns wiedersehen.

Ich danke Dir!

Allen interessierten Lesern sei zu ihrer Beruhigung und meiner Entlastung mitgeteilt:
Mein Ouzo-Konsum hat sich nach dieser Geschichte gegen null reguliert, aber der Grieche hat sein Lokal nicht schließen müssen deswegen.

I. Der Winter, der mein Leben veränderte

Samstag, 26. Januar

Um halb zehn am Morgen klingelt das Telefon. Max reicht mir den Hörer. Es ist meine Tante Johanna. Sie hat mich seit Jahren nicht angerufen, weshalb ich in Alarmbereitschaft bin. Zögernd informiert sie mich darüber, dass mein Vater in der vergangenen Nacht verunglückt ist. Ich stehe in der Küche am Fenster und meine Gedanken überschlagen sich. Ich frage mich, was passiert ist, wo er jetzt ist und vor allem, wie schwer er verletzt ist. Johanna antwortet auf meine stummen Fragen, dass er bei einem Autounfall ums Leben gekommen ist. Er ist wahrscheinlich wegen Übermüdung eingeschlafen und in der Nacht gegen einen Baum gefahren. Ich überlege in Sekundenbruchteilen, was sie mir da gerade mitgeteilt hat. Ich habe mich jahrelang gefragt, wie es sich anfühlt, wenn mich eines Tages diese Nachricht erreicht. Bisher habe ich allen – und auch mir selbst – gegenüber felsenfest behauptet, es würde mich nicht groß berühren können. Im Gegenteil, ich habe mir vorgemacht, es würde mich erleichtern, weil damit alle Fragen, Gefühle und quälenden Gedanken sterben würden. Aber stattdessen ist alles leer und ich habe an diesem Samstagmorgen keine Vorstellung davon, welch emotionale Talfahrten mich in der kommenden Zeit erwarten. Wir sprechen noch kurz miteinander. Ich kann nicht sagen, worüber. Nachdem ich aufgelegt habe, setze ich mich auf die Couch und schaue aus dem Fenster nach oben in den Himmel. Max will wissen, was passiert ist. „Mein Vater ist heute Nacht bei einem Autounfall ums Leben gekommen." Ich schaue weiter aus dem Fenster.

Pause. Nichts. Ich begreife es nicht. Wir frühstücken, obwohl ich keinen Hunger mehr habe.

Später stehe ich am Glascontainer und fülle die großen Behälter wie automatisiert. Auch der Lärm von zerspringendem Glas holt mich nicht in die Realität zurück.

Am Nachmittag fahren wir zum Möbelhaus, um Regale für Max' Büro zu kaufen. Ich bin wie betäubt, als ich zwischen den Regalen stehe und Caroline anrufe und ihr für heute absage: „Wir schaffen es nicht, vorbeizukommen, wir wollen noch zu Ruth und meiner Mutter. Und außerdem, mein Vater ist heute Nacht bei einem Autounfall verunglückt." Und Caroline ruft: „Oh nein! Und was ist mit ihm?" Ich antworte wie ferngesteuert: „Ja, der ist tot." Ich hoffe, sie hört nicht die Werbedurchsage des Mitarbeiters im Hintergrund, der freundlich auf die aktuellen Sonderangebote hinweist. Sie würde sich sicher fragen, weshalb ich heute an Möbel oder Ähnliches denken kann. Ich erinnere mich an den Tag, an dem mein Großvater sich das Leben genommen hat. Am selben Abend habe ich ernsthaft in Erwägung gezogen, in die Disco zu gehen. Mein damaliger Freund hat mich davon abhalten können, ‚weil man so etwas nicht macht'. Es ist bei solchen Nachrichten wohl so, dass irrationale Handlungen die Realität ausblenden sollen, damit man sich selbst um jeden Preis beschummelt. Ich stehe an der Kasse und mir schwirrt nur ein Gedanke durch den Kopf: ‚Mein Vater ist heute Nacht bei einem Autounfall ums Leben gekommen. Er ist einfach gegangen. Es gibt ihn nicht mehr.'

Nachdem alle Kartons im Auto verstaut sind, fahren wir zu meiner Mutter. „Jetzt weiß ich, wie du dich gefühlt hast, als du damals gesagt hast, du hast jetzt keine Möglichkeit mehr, Dinge mit deinem Vater zu klären." Ich berichte in Kurzform, was ich von Johanna weiß. Mama ist geschockt. Nach allem, was war, hätte sie ihm so ein Ende nicht gewünscht. Wir trinken eine Flasche Wein und Mama erzählt ein paar Episoden aus ihrem Leben mit ihm. Auch ich stehe unter Schock, denn die Gedanken, die mir durch den Kopf gehen, lassen sich nur schwer in Worte fassen. Zu diesem Zeitpunkt habe ich immer noch nicht die leiseste Ahnung davon, was der Tod meines Vaters überhaupt für mich bedeutet, da ich mich nicht als direkt angehörig und in irgendeiner Weise betroffen fühle.

Es ist schon gegen Abend, als wir aufbrechen, um meine Schwiegermutter im Krankenhaus zu besuchen. Ruth ist zwei Tage zuvor am Herzen operiert worden. Im hinteren Teil des Zimmers, einem Aufwachraum, liegt auch ein Mann. Als ich ihn wahrnehme, muss ich sofort an meinen Vater denken. Ich werfe den Multivitaminsaft auf das Bett. „Das haben wir dir mitgebracht“, kann ich noch unter Tränen hervorbringen, bevor ich aus dem Zimmer stürze, als ob jemand hinter mir her wäre. Das war zu viel für mich. Der Mann und dann der Anblick von Ruth, die so schwach aussieht. Die Stationsschwestern sind sofort in Alarmbereitschaft, als ich am Schwesternzimmer vorbeirenne, als wäre der Teufel hinter mir her. Sie kümmern sich gleich um Ruth, die sich ja unter keinen Umständen aufregen darf. Kurze Zeit später sitzen wir zusammen in einem Aufenthaltsraum. Worüber wir sprechen, kann ich heute nicht mehr sagen.

Auf dem Rückweg nach Hause halten wir beim Italiener an, da bisher noch keine Zeit war, an Essen zu denken. Ich bestelle mir ein Risotto, das ich fast unberührt wieder zurückgebe. Stattdessen betäube ich mich mit Rotwein und Grappa.

Sonntag, 27. Januar

Gleich am Morgen telefoniere ich mit Susanne, die ganz benommen ist. Sie fragt mich, ob ich in die Wohnung meines Vaters möchte, da die Schlüssel bei ihr abgegeben wurden. Sie war gestern mit den Jungs dort. Die Jungs sind übrigens David und Dominik, meine Halbbrüder. Sie könnten vom Alter her meine eigenen Kinder sein. Ich weiß noch nicht genau, ob ich sehen möchte, wie mein Vater zuletzt gelebt hat. Vielleicht würde ich wieder emotionale Verantwortung übernehmen – wie so oft, wenn es um ihn ging. Ich verabrede mich mit Susanne für nächsten Dienstag.

Es ist Wahlsonntag. Hessische Landtags- und Bürgermeisterwahl in unserer Gemeinde. Nach einer traumlosen Nacht bin ich sehr dankbar, dass ich ab Mittag zum Dienst im Wahllokal eingeteilt bin. So vergehen wenigstens diese Stunden ohne großes Nachdenken. Nur ab und zu kommt mir in den Sinn, dass er tot sein soll. Wo ist er jetzt? Ist er wirklich tot? Vivien und Jan kommen am Nachmittag, um ihre Stimmen abzugeben. Vivien sieht gleich, dass etwas nicht in Ordnung ist. „Was Schlimmes?" Ich nicke und berichte ihr knapp, was passiert ist. Vivien ist geschockt. Wir unterhalten uns noch kurz und nur flüsternd wegen der Leute, die um uns herum sind. Durch die Stimmenauszählung bin ich wunderbar abgelenkt. Im Anschluss gehe ich noch kurz mit ins Rathaus zur Wahlparty auf einen Sekt. Das Wahlergebnis kann ich jedoch nicht abwarten. Von Max weiß ich, dass Vera aus Amerika schon angerufen hat und vielleicht später noch einmal versuchen wird, mich zu erreichen. Deshalb gehe ich nach Hause.

Ich unterhalte mich noch mit Max über den Tag und die ganze Sache. „Was ist eigentlich mit deinem Onkel Henning? Hat ihm jemand Bescheid gegeben, dass sein Bruder tot ist?“ Für mich scheint festzustehen: „Du, ich glaube, das interessiert ihn gar nicht so sehr.“

Montag, 28. Januar

Nach über einer Woche Krankheit bin ich heute den ersten Tag wieder im Büro. Zuerst melde ich mich bei meinem Chef zurück. Ich erkläre ihm, was passiert ist und dass ich eventuell kurzfristig Urlaub brauche. Er schaut Hilfe suchend umher: „Mein Beileid. Ja, selbstverständlich. Kein Problem.“ Ich bin froh, dass er keine Fragen stellt.

Heute fliegt Mama für fast vier Wochen zu Freunden nach Arizona. Morgens verabschiede ich mich noch kurz telefonisch von ihr und wünsche mir in diesem Moment nichts sehnlicher, als dass sie gesund wiederkommt.

Henning steht um neun Uhr in meinem Büro vor mir und wirkt sehr betroffen. Das ist mehr, als ich erwartet habe, wenn man den Zorn kennt, mit dem er über seinen Bruder sprach, als er noch lebte. Wir sprechen ganz kurz über die wenigen Einzelheiten, die ich bisher von Johanna und Susanne weiß. Henning erwähnt einen Geldbetrag, der in Amerika hinterlegt ist und aus der Versicherungsregulierung von dem Unfall, bei dem Opa vor drei Jahren ums Leben kam, stammt. Die Versicherung des Unfallfahrers hatte eine Entschädigung für die Hinterbliebenen gezahlt. Typisch amerikanisch! Der Betrag, den Henning jetzt erwähnt, sei der Anteil meines Vaters und wurde ihm damals nicht ausgezahlt. Ich soll aber mit niemandem über das Geld sprechen, beschwört er mich. Ich bin verwirrt, frage aber nicht weiter nach. Ein leiser Verdacht keimt in mir auf, er will mir eine Brücke bauen. Aber was geht mich dieses Geld an? Keiner kann zu diesem Zeitpunkt sagen, wem es zusteht und wem nicht.

Etwas später ruft mich Hennings Frau Sonja an und sagt, dass es ihr doch sehr leidtut, wie alles gekommen ist. Das ist erstaunlich, wenn man bedenkt, dass sie nie ein gutes Verhältnis zu ihrem Schwager hatte. Sie bietet mir ihre Hilfe an, wenn ich Rat brauche. Das finde ich richtig nett von ihr, da auch wir seit Jahren nur Kontakt über Weihnachtskarten halten und uns zum letzen Mal bei Opas Beerdigung gesehen haben.

Kaum habe ich das Gespräch mit Sonja beendet, meldet sich Susanne. Sie hat die Schlüssel bei der Polizei abgegeben und man hat ihr gesagt, dass sie gar nicht mehr in die Wohnung hätte gehen dürfen. Damit ist mir die Entscheidung bezüglich der Wohnung abgenommen. Sie erzählt mir, dass sie mit den Kindern an der Unfallstelle war und der ermittelnde Polizist sie dort angetroffen hat. Er habe ihr viele Fragen gestellt. Unter anderem wollte er wissen, ob sie sich vorstellen kann, dass es Selbstmord war. Sie hat das ganz entschieden bestritten.

Obwohl ich nicht weiß, warum ich das tue, versuche ich bei der Polizei zu erfahren, wie es jetzt weitergeht und wo mein Vater überhaupt ist. Der zuständige Polizist ermittelt gerade in „unserer Sache“ – wie ich von Susanne später erfahre – und ist daher nicht zu sprechen. Ich soll am nächsten Tag noch mal versuchen, ihn zu erreichen. So lange will ich nicht warten. Ich suche mir die Telefonnummer eines Bestatters in Bad Schwalbach aus dem Telefonbuch und frage dort nach, ob mein Vater dort ist. Außerdem will ich wissen, wie der weitere Ablauf ist, wenn keiner der Angehörigen etwas veranlasst. Ich bin tatsächlich bei dem Bestatter gelandet, der die Überführung vom Unfallort durchgeführt hat. Mein Vater ist also in unmittelbarer Nähe. Mein Herz schlägt schneller. Die Frau am anderen Ende empfinde ich als äußert unfreundlich. Sie informiert mich darüber, dass sich jemand um die Bestattung kümmern muss, sobald die Freigabe durch die Polizei erfolgt ist. Weiter erklärt sie mir, in einem – wie ich finde – vorwurfsvollen Ton, dass die Angehörigen auch für den Fall, dass es ein „Armenbegräbnis“ gibt, weil keiner sich kümmert, für die Kosten aufzukommen haben. Dabei spiele es keine Rolle, dass Sozialhilfe empfangen wurde. Das ist schon mal der erste Hammer.

Dann ruft Johanna an und sagt, sie wird jetzt erst mal gar nichts weiter unternehmen. Sie hätte aber mit Susanne gesprochen und es wäre für die Kinder doch schön, wenn eine Trauerfeier stattfinden würde. Was soll das denn jetzt? Ich bin total verwirrt, reagiere aber nicht weiter auf ihren Vorschlag.

Mir fällt Sonjas Angebot ein und daher rufe ich Henning an und frage, ob ich nach der Arbeit vorbeikommen kann. Ich will wissen, wie seine Einstellung dazu ist. Vorher bin ich kurz bei Oma im Pflegeheim. Sie ist total durch den Wind. Mama hat ihr erzählt, was passiert ist, und sie macht sich große Sorgen auch wegen der Kosten und klagt: „Immer bleibt alles an uns hängen. Es ist wie ein Fluch.“ Sie übertreibt, denke ich und versuche, sie zu beruhigen.

Henning rät mir, doch mal im Internet nachzuforschen, wie es mit den Beerdigungskosten aussieht. Immerhin ruft er gleich Vera in Amerika an, um zu fragen, was aus dem Geld geworden ist. Da das Geld bei einem Anwalt in Verwahrung liegt, verspricht sie, sich darum zu kümmern, ob und wie sie drankommen kann. Wir sprechen kurz miteinander und sie sagt, dass ich mir wegen der Kosten keine Sorgen machen soll. Wir würden das alle irgendwie gemeinsam regeln. Das beruhigt mich nicht wirklich, weil ich weiß, dass alle Geschwister den Kontakt zu meinem Vater abgebrochen hatten, und ich frage mich, weshalb sie mich jetzt unterstützen sollten? Schließlich geht es um ihn und wieder mal um Geld!

Zu Hause dauert es nicht lange und ich finde tatsächlich im Internet das Passende zum Thema öffentliche Bestattungspflicht und Unterhaltsverpflichtung. Es ist ein Urteil aus Gießen – meinem Geburtsort, wie passend –, in dem eine Tochter gegen die Überbürdung der Kosten geklagt hatte, weil ihr Vater sich nie um sie gekümmert hatte und die Eltern schon lange geschieden waren. Ich suche nach der Telefonnummer von Nils aus Wetzlar, einem Freund meiner Mutter. Er ist Jurist und ich bitte ihn, sich die beiden Urteile kurz durchzulesen und mir zu bestätigen, ob ich das richtig sehe. Bei meinem Schwager Jonas frage ich deswegen auch nach. Da auch er Jurist ist und unter anderem mit Betreuungen und Leuten, die kein Geld haben, zu tun hat, bestätigt er mir recht schnell, dass ich auf dem richtigen Weg bin.

Wir sind abends mit Vivien beim Griechen verabredet und auch hier geht es nur um das Thema Kosten. Max beschwört mich, am nächsten Tag auf jeden Fall bei Susanne nachzuhören, wie sie sich das mit den Kosten vorstellt. Ich soll auf keinen Fall durchblicken lassen, dass ich eventuell alles alleine tragen muss. Da Vivien durch die Todesfälle in ihrer eigenen Familie in unserer kleinen Runde der Profi ist, will sie sich bei einem Bestattungsinstitut in Bierstadt erkundigen wegen der

Kosten für eine anonyme Feuerbestattung ohne Trauerfeier und so.

Dienstag, 29. Januar

Drei Tage nachdem es passiert ist. Immer wieder überlege ich mir, wie er jetzt wohl aussieht. Durch meine frühere Tätigkeit im Fotolabor bei der Polizei kann ich es mir ausmalen.

Morgens vor der Arbeit besorge ich eine rote Rose. Ich werde heute zu der Unfallstelle fahren und auch Susanne besuchen.

Leon, der Freund von Nils, ruft mich im Büro an. Ich schildere kurz, worum es geht. Zunächst ist er der Meinung, dass ich nichts mit den Kosten für die Bestattung zu tun habe, wenn ich das Erbe ausschlage. Er verspricht mir, sich zu melden, wenn er sich eingelesen hat.

Ich erreiche den Polizisten, der die Ermittlungen leitet. Es wird ein längeres Gespräch. Er spricht mich direkt mit meinem Vornamen an, was mich einigermaßen überrascht. Er setzt mich kurz darüber ins Bild, was passiert ist, und will wissen, welche Verwandten und Kinder es noch gibt, da er nur von den Jungs und einem Sohn in USA weiß. Hat er diese Informationen von Susanne? Da sich Johanna und Henning am Vortag sehr bedeckt gehalten haben, gebe ich ihm alle Adressen, Namen und Geburtsdaten durch, die mir einfallen, auch von Claire in Frankreich. Auch das zur Adoption freigegebene Kind erwähne ich. Der Polizist ist verwundert wegen der Ausschlagung, da sich in der Wohnung doch einige Sachen von Wert befinden wie ein Computer und ein Fernseher. Ich sage ihm, dass wegen der Schulden niemand das Erbe antreten kann. Auch der Polizist bestätigt mir, dass die Angehörigen für die Kosten der Bestattung aufkommen müssen. Sollte sich zunächst niemand darum kümmern, wird das Sozialamt in Vorlage treten und sich recht schnell wieder melden wegen der Rückforderung. Dann erwähnt er noch, dass die Freigabe zur Bestattung erfolgt ist und es sinnvoll wäre, wenn sich die nächsten Angehörigen mal kurzfristig an einen Tisch setzen und jemanden bestimmen, der die weiteren Formalitäten abwickelt. Ich spiele kurz mit dem Gedanken, mir die Bilder vom Unfallort zeigen zu lassen, weil ich es immer noch nicht glauben kann. Aber dieses Vorhaben verwerfe ich dann erst mal wieder.

Stattdessen schicke ich eine SMS an meine Verwandtschaft:

Wie ich erfahren habe, sitzen doch alle Angehörigen in einem Boot. Wir sollten uns kurzfristig treffen, um alles Weitere zu regeln. Ich schlage vor, wir treffen uns morgen. Bitte gib mir Bescheid, wann und wo. Linda

Da mein Onkel und meine Tante zueinander auch nicht das beste Verhältnis haben, schicke ich die SMS bewusst getrennt an beide, damit keiner sich in die Enge getrieben fühlt. Es ist ein eher zaghafter Versuch, an ihre Mithilfe zu appellieren, nicht nur in finanzieller Hinsicht. Schließlich geht es um ihren Bruder. Ich fühle mich in diesem Moment maßlos überfordert.

Vivien informiert mich inzwischen per E-Mail, dass sie mit Frau Ahrend gesprochen hat wegen einer günstigen Bestattungsvariante. Auch Frau Ahrend bestätigt die Regelung, wonach ein volljähriges Kind zur Kostenübernahme verpflichtet ist. Damit sitze ich finanziell wohl in der Falle. Ich werde mich trotzdem nach einer Möglichkeit, diese Verpflichtung auszuhebeln, erkundigen. Es kann doch nicht sein, dass ich dafür verantwortlich sein soll, obwohl wir so wenig Kontakt hatten und ich bisher finanziell nur draufgelegt habe, was meinen Vater betrifft. Meine Mutter hatte vor über dreißig Jahren für einen Kredit gebürgt, damit mein Vater sich selbstständig machen konnte. Ich glaube, er hat ab diesem Zeitpunkt gedacht, es macht sich irgendwie alles von selbst. Vor allem seinen Zahlungsverpflichtungen ist er irgendwann nicht mehr nachgekommen und somit war meine Mutter in der Pflicht. Sie hat den ganzen Kredit samt Zinsen zurückzahlen müssen. Dafür musste sie auch Geld verwenden, das sie ursprünglich für mich gespart hatte. Etliche Jahre später habe ich meinen Vater mal angerufen, um zu fragen, ob für mich die Aussicht besteht, das Geld irgendwann von ihm zurückzubekommen. „Du bist ja genauso geldgierig wie deine Mutter. Das hätte ich nie von dir gedacht." Das war seine einzige Reaktion. Er war beleidigt. Völliges Unverständnis, aber er fühlte sich im Recht. Wie so oft.

Mir kommt dabei spontan das einzige paar Schuhe in den Sinn, das mein Vater mir jemals gekauft hat. Es war mal wieder eine dieser für mich so peinlichen Episoden. Ich war dreizehn Jahre alt und er hatte versprochen, mir Cowboystiefel zu kaufen. Jedenfalls haben wir in der Ladentür wieder jemanden getroffen, den er wahrscheinlich von seinen nächtlichen Kneipentouren kannte. Mein Vater stellte mich stolz vor: „Das ist meine Tochter Linda." Daraufhin erwiderte sein Bekannter: „Hey, da hast du ja mal einen richtigen Glückstreffer gelandet!" Die beiden haben sich köstlich amüsiert und laut über diesen Witz gelacht. Ich dachte damals nur: ‚Wo bitte ist das nächste Loch, in dem ich versinken kann?' Es ist ungerecht, das in meiner jetzigen Lage aufzurechnen. Aber wie soll ich es anders sehen nach allem, was war?

Ich vereinbare mit Frau Ahrend einen Termin für den nächsten Tag, um alles Weitere zu regeln. Immerhin hat Johanna angeboten, mich zu begleiten, was mich einigermaßen beruhigt. Wen hätte ich sonst mitnehmen sollen? Meine Mutter ist nicht da. Max kannte seinen Schwiegervater gar nicht. Da bleibt nicht viel Auswahl.

Um halb drei am Nachmittag mache ich mich auf den Weg in den Taunus. Es ist ein schöner, trockener Wintertag. Die Sonne strahlt freundlich vom Himmel. Ich habe mir eine Wegbeschreibung ausgedruckt und fahre ziemlich langsam, als ich in die Gegend komme, wo es passiert sein könnte. Die Stelle ist nicht zu verfehlen. Ich parke mein Auto ein Stück weiter auf einem Waldweg und laufe dann zu dem Baum. Es muss ein frontaler Aufprall gewesen sein, da die Rinde auf einer Seite komplett fehlt. Ich kann im ersten Moment nicht atmen. Dann laufe ich immer mal wieder um den Baum und überlege, wie es wohl in der Nacht war. Es liegen einige Autoteile direkt am Stamm, daneben Blumen. Ich überdenke meine bisherige Einstellung zu solchen „Kultstätten“ am Straßenrand. Auch die Wiederbelebungsversuche durch den Notarzt haben ihre Spuren hinterlassen. Ein kalter Schauer überfährt mich, als ich die Klebepads zur Überwachung der Herztätigkeit wahrnehme, die vereinzelt auf dem Boden liegen. Ich stehe dort eine halbe Stunde und bin erstaunt, in welchem Tempo die Autos an der Stelle vorbeifegen. Es ist eine unübersichtliche Kuppe mit einer Rechtskurve. *Hier kann man schnell von der Straße abkommen.* Ich nehme mir ein paar Teile von der Baumrinde mit, die am Stamm auf dem Boden liegen, und bin erstaunt, dass der Baum dem Aufprall standgehalten hat. Der Baum direkt daneben hat einen wesentlich stärkeren Stamm.

Danach fahre ich zu Susanne, die ganz in der Nähe wohnt. Da ich die Hausnummer vergessen habe und sie auf dem Handy nicht zu erreichen ist, laufe ich die ganze Straße hoch und runter, um dann zu erfahren, dass ich mit dem Auto direkt vor dem Haus stehe. Ich hatte irgendwie auf das richtige Haus getippt. Wir haben uns erst ein Mal gesehen und das ist auch schon einige Jahre her. Susanne erwähnt gleich meine unheimliche Ähnlichkeit mit meinem Vater, bevor sie mich umarmt. Sie wohnt mit den Kindern sehr einfach und schläft im Wohnzimmer, wenn ich es richtig gesehen habe. Ich spreche mit David, da ich erfahren habe, dass er in der letzten Zeit keinen regelmäßigen Kontakt mehr zu unserem Vater hatte, und frage ihn, warum. Er erzählt mir, dass er nicht damit einverstanden war, wenn David am Wochenende lieber was mit seinen Freunden machen wollte, noch dazu schon eine Freundin hat. Deswegen hatten sie sich gestritten und ein halbes Jahr lang keinen Kontakt gehabt. Vor zwei Wochen hatten sie sich aber ausgesprochen, danach wäre es für ihn gut gewesen. Ansonsten ist er ziemlich verschlossen, drückt mich aber, als er zu Freunden geht. Dominik, der Kleine, ist dagegen total aufgedreht und ich bin unsicher, ob das an meiner Anwesenheit liegt oder an der ganzen Situation. Susanne erzählt, dass sie sich bereits vor acht Jahren endgültig von meinem Vater getrennt hatte. Ich überlege, wie klein die Kinder damals noch waren. Dominik war gerade mal drei Jahre. Mein Vater sei von Susannes Mutter immer und bis zuletzt unterstützt worden. Insbesondere in finanzieller Hinsicht gab es da wohl eine Menge Hilfe. So war auch das Unfallauto auf ihre Mutter zugelassen. Susanne vermutet, dass ihre Mutter in ihm mehr gesehen hat als nur den Vater ihrer Enkelsöhne. Gemeinsam haben sie ihr eine ganze Zeit lang das Leben schwer gemacht, sie als unfähige Mutter hingestellt und ihr eine Menge Steine in den Weg gelegt. Am liebsten wäre es ihrer Mutter gewesen, mit den Kindern und meinem Vater einen auf Familie zu machen. Einige Bilder, die mir Susanne zeigt, scheinen das zu bestätigen. Dort sind mein Vater, ihre Mutter und die beiden Jungs zu sehen und wirken tatsächlich wie eine Familie. Irgendwie krank das Ganze. Widerliche Vorstellung. Was ist das für eine Frau, die ihrer eigenen Tochter solche Schwierigkeiten bereitet? Ich bleibe bis in den späten Abend und es ist die meiste Zeit Susanne, die erzählt. Sie scheint sich jahrelangen Kummer von der Seele zu reden. Aber ob ausgerechnet ich der richtige Zuhörer bin? Was sie zu berichten hat, kommt mir vor wie die Wiederholung dessen, was meine Mutter erlebt hat, nur noch eine Spur härter. Ich fühle mich in gewisser Weise mit ihr verbunden. Zwischendurch zeigt sie mir Bilder von gemeinsamen Reisen mit meinem Vater. Als ich auf das Thema Kosten komme und wie ich mir das vorgestellt habe, bin ich erleichtert, als ich höre, dass Johanna schon mit ihr gesprochen hat. Die Trauerfeier ist damit vom Tisch. Susanne erklärt sich sofort bereit, sich an den Kosten zu beteiligen. Ich frage mich allerdings, ob sie dazu in der Lage ist. Auf der Rückfahrt bin ich doch ziemlich fertig. Es war emotional sehr anstrengend und was ich in den vergangenen Stunden gehört habe, hat mich ziemlich verwirrt. Ich freue mich auf zu Hause.

Max übrigens ist großartig. Er kann mit allem ja überhaupt nichts anfangen und ist erstaunt, wie viel Energie ich in die ganze Angelegenheit investiere. Er möchte jedoch nicht mehr, „dass ich allein im Dunkeln da hinten im Taunus herumfahre“, wie er sich ausdrückt. Ich bin insgeheim froh, dass Mama gerade jetzt nicht da ist. Sie würde bestimmt einiges nicht verstehen, was ich gerade mache.

Wir schauen uns am PC noch den Bericht an, der im letzten Jahr im ZDF ausgestrahlt wurde zum Thema „Geld gegen Auto“. Max hat ihn ja noch gar nicht gesehen. Ich habe im Büro schon danach gestöbert, da Henning mich wieder daran erinnert hatte. Aber allein wollte ich mir das nicht anschauen. Es ist eine Reportage über ein Pfandleihhaus, in dem Autos verpfändet werden können. Mein Vater ist zu sehen, als er einen Jaguar für einen Betrag von dreitausendfünfhundert Euro verpfändet, um sich selbstständig zu machen. Er erwähnt seinen damals zwölfjährigen Sohn David, der bei ihm eine Ausbildung machen soll. Gute Ideen hatte er ja und ich muss dabei an seinen Vorschlag denken, mich mit sechzehn Jahren zum Fahrunterricht anzumelden. Woher er immer den Glauben genommen hat, dass alles funktioniert, möchte ich wissen. Ich denke, da habe ich nun zwei Erinnerungen in bewegten Bildern: diesen Beitrag und das Video meiner ersten Hochzeit vor fünfzehn Jahren. Wer hat schon solche Andenken?!

Mittwoch, 30. Januar

Ich schreibe eine Karte, die ich meinem Vater mitgeben will. Ich schreibe, wie sehr mich sein tragisches Ende berührt hat und dass ich hoffe, er hat seinen Frieden gefunden und ich irgendwann die Fragen ruhen lassen kann. Vor allem aber muss ich jetzt lernen, ohne die Antworten weiterzuleben. „Ein letzter Gruß von Deiner Tochter“ steht auf dem Umschlag. Es sind zwei Bilder von mir dabei, ein Babyfoto und ein Passfoto aus dem letzten Jahr.

Heute haben wir im Büro unser wöchentliches Teamgespräch mit der Abteilung. Und als wir mit dem Protokoll fertig sind, sagt unser Chef: „Frau Deli hat euch noch etwas zu sagen.“ Ja, und dann erzählt Meret, dass sie gekündigt hat und Ende März nach Mexiko geht. Diese Nachricht trifft mich so sehr, dass mir sofort heiße Tränen in die Augen schießen und ich aus dem Sitzungszimmer renne. Ich laufe in mein Büro und weine, weine, weine. Zu der Besprechung gehe ich nicht wieder zurück. Etwas später kommt Meret und nimmt mich in den Arm. Ich sage, dass ich mich sehr für sie freue, aber dass das alles zu viel ist für mich im Moment. Auch mein Chef kommt dazu, legt seine Hand auf meinen Arm: „Das wird schon wieder.“

Johanna und ich treffen uns um achtzehn Uhr vor dem Bestattungsinstitut. Es wird ein Auftrag ausgefüllt mit den persönlichen Daten. Auch die letzte Ehefrau, also meine Mutter, und die Anzahl der Kinder, erwachsene und minderjährige, wird festgehalten. Die genaue letzte Adresse wissen wir beide nicht. Frau Ahrend hat schon mal die Kosten zusammengestellt. Diese liegen bei zweitausend Euro. Die Kosten für die Überführung vom Unfallort zum Friedhof in Bad Schwalbach kommen noch dazu. Die Überführung zum Krematorium ist für den nächsten Tag geplant. Frau Ahrend fragt, ob wir noch ein Foto haben möchten, wenn er „gut“ aussieht. Ich zögere, aber dann sagen wir beide „nein“. Ich wusste nicht, wie Johanna darauf reagiert, aber ich bilde mir ein, es erst dann glauben zu können, wenn ich ihn noch mal gesehen habe. Es werden so komische Fragen gestellt wie: „Wissen Sie, wo die Kleidungsstücke sind?“ Nein. „Dann muss er ja ein Hemd anbekommen.“ Mir wird schlagartig übel. Am liebsten würde ich weglaufen. Ich habe doch damit nichts zu tun, es ist alles so unwirklich. Als ob ich nur Darsteller in einem Film bin und nach Drehschluss die Rolle ablegen kann und wieder in mein reales Leben entlassen werde.

Im Anschluss gehen Johanna und ich zum Italiener auf einen Wein und ich habe das Gefühl, dass mich die ganze Sache nicht nur allein betrifft. Wir unterhalten uns ganz gut und sie erzählt mir ein paar Dinge, die da so gelaufen sind unter anderem mit meinen Großeltern. Seit sie entdeckt hatte, dass mein Vater das Konto meines Großvaters missbrauchte, weil sie den gleichen Namen hatten, hat Johanna den Kontakt zu ihrem Bruder abgebrochen. Es ist irgendwie alles unglaublich.

Erst gegen neun Uhr bin ich zu Hause. Max hat mit dem Abendessen gewartet. Ich telefoniere mit Mama in Arizona. Sie und ihre Freundin Sabine sind in heller Aufregung und wollen wissen, was es Neues gibt. Sabine rät mir, über das Foto noch mal nachzudenken. Der Bestatter könnte es ja für mich aufbewahren für den Fall, dass ich es jetzt nicht sehen möchte. Es ist, glaube ich, halb elf, als wir endlich essen. Nicht sehr gesund, aber mir in diesem Moment total egal!

Donnerstag, 31. Januar

Morgens rufe ich gleich bei Frau Ahrend an und sage, ich hätte es mir noch einmal überlegt und wenn es möglich wäre, sollten sie doch bitte ein Foto von ihm machen und es für mich aufbewahren.

Ich telefoniere mit dem Vorsteher beim Ortsgericht in Panrod, dem letzten Wohnort meines Vaters. Er ist mittlerweile im Besitz der Wohnungsschlüssel. Herr Daniels erwähnt ein Sparbuch mit einem Guthaben von einhunderteinundvierzig Euro. Weshalb hat er das besessen? Als „eiserne Reserve" kann der

Betrag ja nicht gerade bezeichnet werden. Und nach dem, was ich von Susanne gehört habe, hat er sich manchmal sogar bei seinen Söhnen von deren Gespartem was geliehen. Also, ein Sparbuch mit einem Guthaben in der Höhe von einhunderteinundvierzig Euro aufzubewahren ist in diesem Fall absurd.

Auch mit dem Amtsgericht in Bad Schwalbach nehme ich Kontakt auf, weil ich wissen will, ob und wann ich angeschrieben werde. Frau Stark, die zuständige Rechtspflegerin, ist sehr nett und erklärt mir, wie das Schreiben wegen der Erbausschlagung formuliert werden muss. Außerdem sagt sie, dass ich auch in Wiesbaden zum Gericht gehen kann und nicht in Bad Schwalbach erscheinen muss. Übereifrig, wie ich bin, setze ich im Anschluss daran für alle Beteiligten ein entsprechendes Schreiben auf.

Gegen Mittag meldet sich Frau Ahrend bei mir. Mit der Überführung meines Vaters sei alles gut gegangen. Ein Foto zu machen sei „jedoch nicht ratsam gewesen", da schon zu viel Zeit vergangen ist und auch die Verletzungen zu stark waren. Sie hätten ihm meine Karte in die Hände gegeben und ich sollte ihn so in Erinnerung behalten, wie er war. Wie war er denn? Und welche Erinnerungen habe ich?

Nach der Arbeit hole ich die Sterbeurkunde ab und fahre zu Johanna. Wir sitzen kurz zusammen und ich habe zum ersten Mal in diesen Tagen das Gefühl, dass jetzt alles einigermaßen geregelt ist. Mich überkommt das große Bedürfnis, nach Hause zu fahren und meine Ruhe zu haben. Einfach abschalten statt zu funktionieren wie ein Roboter. Das wäre schön.

Die Anspannung der letzten Tage macht sich in meinem Nackenbereich bemerkbar. Es ist, als ob meine Schultern mit großen Gewichten beschwert sind. Johanna gibt mir eines von ihren Schüßlersalzen mit zur Entspannung. Vielleicht hilft es ja wirklich. Ich bin dankbar für ihre Fürsorge, die mir aber zugleich fremd ist.

Zu Hause angekommen bestätigt mir Max, dass er nie gedacht hätte, dass ich das alles bewältigen könnte. Ich habe ein schlechtes Gewissen, dass ich ihn jetzt nicht so unterstütze mit Ruth, aber er sagt, ich soll nicht mehr mit in das Krankenhaus gehen. Das wäre nicht gut für mich.

Freitag, 1. Februar

Heute habe ich Urlaub und kann sogar bis acht Uhr schlafen. Nach dem Frühstück fange ich in der Küche an, Gewürze und Öl nachzufüllen und sauber zu machen. Ganz wichtige Tätigkeiten also. Aber die lenken prima ab! Ich putze die Treppe, räume auf, füttere die Vögel im Garten, ein paar Maschinen Wäsche laufen nebenbei. Dabei muss ich nicht nachdenken und bin schön ausgepowert hinterher.

Im Briefkasten liegt die Rechnung des Bestatters aus Bad Schwalbach. Ich beschließe, den Brief erst mal nicht zu öffnen. Ich will dabei nicht allein sein und werde warten, bis Max da ist.

Mittags dusche ich und fahre zu Oma. Max ist nicht begeistert, weil ich frei habe und wieder nach Wiesbaden fahre, statt mich auszuruhen. Unterwegs kaufe ich mir die aktuelle CD von Ich & Ich. Das Lied „Stark“ begleitet mich schon seit einigen Tagen im Radio. Es beschreibt so passend, wie ich das letzte Lebensstück meines Vaters sehe. Und auch die anderen Lieder treffen meine Gedanken. Max will wissen, warum ich ausgerechnet jetzt Lieder wie „Wenn ich tot bin“ hören muss, aber mir ist danach. Es wäre schön, wenn „Stark“ bei der Beisetzung gespielt werden könnte. Ich rufe gleich beim Krematorium an, um das zu klären. Die Frau von der Friedhofsverwaltung jedoch, die nicht besonders freundlich ist, erklärt mir auf meine Anfrage hin, dass eine musikalische Hintergrundmusik laufen wird, wir uns fünf Minuten vor der Urne in der Abschiedshalle versammeln und danach zusammen zu dem Platz gehen können, wo die Beisetzung stattfindet. „Sie können die Halle selbstverständlich mieten, wenn sie sich dort länger aufhalten möchten oder eigene Musik mitbringen wollen. Das kostet dann einhundertfünfundzwanzig Euro pro Stunde.“ Mein Lied ist ganze vier Minuten lang. Wieso sollte es nicht möglich sein, dieses Lied zu spielen statt irgendeines Orgelgedudels? Ich muss da noch mal nachhaken oder nehme einfach die CD mit und sage, die soll eingelegt werden.

Die Rechnung für die Überführung vom Unfallort zum Friedhof beträgt vierhundertvierzig Euro. Haarklein wie bei der Arztrechnung eines Privatpatienten sind alle Positionen aufgeführt: - Stellen eines Transportsarges, - Schutzhülle zum Transport, - Nachtzuschlag für Personaleinsatz, - Desinfektion des Transportsarges. Das klingt alles so unwirklich und abstoßend. Mein Magen krampft sich zusammen, meine Augen füllen sich mit Tränen und während die Rechnung lautlos zu Boden gleitet, habe ich das Bild meines toten Vaters in einer Plastiktüte vor Augen.

Abends sind wir zu Hause. Auf fast allen Fernsehkanälen läuft Faschingsprogramm. Max und ich liegen auf der Couch, ich erzähle ihm von früher und was mir so alles durch den Kopf geht. Wie ich es gerne gehabt hätte und warum ich nicht anders konnte, als mich so zu verhalten, wie ich es getan habe. Was habe ich denn getan? Mir selbst die Möglichkeit auf Antworten verbaut und alle schmerzhaften Erfahrungen in Bezug auf meinen Vater so tief vergraben, wie es mir nur möglich war.

Es ist sechs Minuten vor zwei Uhr in der Nacht, als ich aufwache. Genau zu der Zeit, als er seinen letzten Atemzug gemacht hat, wie ich aus der Sterbeurkunde weiß. Ich gehe in die Küche, um ein Glas Wasser zu trinken. Danach liege ich eine halbe Stunde wach und überlege, was das für ein Zeichen ist, und frage mich, ob ich jetzt wohl jede Woche um diese Zeit wach werde?

Samstag, 2. Februar

Heute ist es eine Woche her. Eine Woche, in der so viele Ereignisse und Emotionen auf mich eingestürzt sind, die gefühlt für Jahre reichen würden.

Bemüht um ein wenig Normalität mache ich mal wieder meine übliche Samstagsrunde zum Markt, Zeitungsladen, Bäcker. Wir haben Uli, Stella, Christian und Anja zu Raclette und Feuerzangenbowle eingeladen. Das ist schon lange ausgemacht und ich hatte nur kurz überlegt, es abzusagen. Habe mich dann aber anders entschieden, weil ich dachte, Ablenkung unter netten Menschen tut gut. Den Nachmittag über bin ich mit den Vorbereitungen beschäftigt und schön abgelenkt von meinen Gedanken. Als die anderen dann da sind, geht das auch gut. Nach dem Essen sitzen wir im Wohnzimmer bei der Bowle und schauen alte Bilder aus unserer gemeinsamen Zeit im GT-Club an, die Max tagelang eingescannt hat. Das ist lustig. Zwischendurch erzähle ich Anja kurz bei einer Zigarette auf dem Balkon, was passiert ist. Wir sitzen schon eine ganze Weile zusammen, als im Radio das Lied „Stark" gespielt wird. Und zur gleichen Zeit höre ich von Uli völlig aus dem Zusammenhang *(oder vielleicht habe ich dem Gespräch gar nicht zugehört?):* „Ganz groß in Mode ist ja im Moment, dass die Angehörigen das Erbe ausschlagen, wenn jemand stirbt." Ich springe wie elektrisiert auf und stürme heulend aus dem Zimmer. Leider reiße ich dabei noch ein Weinglas vom Tisch und der Teppich ist jetzt im Eimer. Stella schneidet sich bei der ganzen Aktion noch in den Finger und mir ist das alles so peinlich, als ich mich beruhigt habe und nach einer Ewigkeit zurückkomme. Max hat wohl in der Zwischenzeit erzählt, was passiert ist. Uli ist es sichtlich unangenehm und entschuldigt sich für seine Äußerung. Dabei hat er nur aus seinem Alltag als Geschäftsführer einer Wohnungsgesellschaft berichtet. Trotz allem sind Uli und Stella dann noch bis tief in die Nacht geblieben. Ich nehme mir vor, mich morgen noch zu entschuldigen. Aber es ist nicht so wichtig, oder? Ich würde das Erbe auch lieber annehmen!

Sonntag, 3. Februar

Faschingssonntag. Schönes, sonniges Wetter. Ich versuche Max zu überreden, Fahrrad zu fahren oder spazieren zu gehen. Aber der Sonntag zieht so dahin und wir machen gar nichts Großartiges. Ich habe zudem noch einen ganz schönen Schädel von der Feuerzangenbowle.

Gegen Abend telefoniere ich mit Vera in Amerika. Sie hat das auch wirklich schwer getroffen und sie versucht, mir mit Worten Trost zu geben. Dabei denke ich, sie hat mehr Trost verdient als ich. Nicht, weil sie eventuell trauriger ist, aber weil sie viel mehr Zeit mit ihrem Bruder verbracht und sie ihn über viele Jahre unterstützt und zu ihm gehalten hat, das Verhältnis einfach intensiver war.

Sie erzählt mir, dass er ihr zu Weihnachten ein Päckchen geschickt hat. Er hat sonst nie Päckchen verschickt. Es war ein Kalender aus Wiesbaden darin und eine Baumwolltasche auch mit Motiven von Wiesbaden. Das ist wirklich verrückt, denke ich. Wie eine Nachricht aus dem Jenseits.

Vera versucht, mir zu erklären, warum er so war. Dass er sich sehr gefreut hat, wenn die Familie zusammen war, aber er nie etwas mit einbringen wollte oder konnte, weil er immer unterwegs war zu ganz verschiedenen Zielen. Es ist so bedauerlich, sage ich, dass er aus seinem beruflichen Talent nicht mehr gemacht hat, weil ihm vielleicht das Drumherum viel zu spießig war oder was auch immer. Er war wie ein wildes Tier, denke ich, unbezähmbar, mit einer grenzenlosen Selbstüberschätzung und leider auch mit wenig Gefühl für die anderen. So empfinde ich das zumindest in diesem Augenblick. Ich werde ihr auch eine Karte schicken zum Trost. Eine Karte für mich ist schon unterwegs, wie ich von ihr erfahre.

Rosenmontag, 4. Februar

Gegen Mittag fahren wir zu Ruth. Sie ist morgens mit dem Taxi nach Hause gefahren, um einige Sachen zusammenzupacken für ihre Kur. Dann bringen wir sie in die Klinik zurück. Max ist schon zum Auto gegangen, als sie zu mir sagt: „Du bist so blass. Was ist denn mit dir?" Ich seufze: „Ach Ruth, du weißt nicht, was für eine Woche ich hinter mir habe." Das meine ich gar nicht böse, ich kann das alles ja sowieso kaum in Worte fassen, aber ich habe das Gefühl, dass sie gekränkt ist, als sie sagt: „Nein, das kann ich nicht wissen." Auf dem Weg in die Klinik würde ich mir am liebsten die Ohren zuhalten bei jedem Rettungswagen mit Blaulicht, der uns entgegenkommt. Es ist schrecklich, ich stelle mir die Nacht vor und den Rettungswagen, der zu „der" Stelle gerast ist, um zu retten, was nicht mehr zu retten war. Ich bin heilfroh, als wir endlich das Krankenhaus verlassen. Die vielen kranken Leute und den Geruch kann ich heute absolut nicht vertragen. Das macht mich alles ziemlich nervös.

Nachmittags besuchen wir Caroline, darauf freue ich mich. Ich habe ihre drei Mädchen dieses Jahr noch gar nicht gesehen und es ist so herrlich erholsam. Wir trinken zusammen Kaffee und mein Patenkind Marie hat nur ein ganz wichtiges Problem: ‚Wieso ist auf meiner Seite des Amerikaners kein Smartie mehr drauf?' Lili hat Mittelohrentzündung und liegt auf der Couch. Pia ist bei einer Kindergartenfreundin zu Besuch. Wir stöbern im Internet nach einem Geschenk für Jans Geburtstag für den Fall, dass er feiert am Wochenende. Marie schleicht sich heimlich in ihr Bett und schläft. Sie ist ziemlich knatschig, als Caroline sie wieder wach macht, damit sie abends keine Probleme hat. Dann sitzt sie auf meinem Schoß und schlummert weiter. Es ist alles so friedlich.

Dienstag, 5. Februar

Ich gehe wieder ins Büro. Meret fragt, ob ich schön Fasching gefeiert hätte. Sie hat es vergessen und es ist ihr peinlich, als ich mit großen Augen den Kopf schüttele und ihr wieder einfällt, wieso. Überhaupt scheinen in diesem Jahr alle zu fragen, wie Fasching war und als was ich verkleidet war.

Johanna ruft mich kurz an und will wissen, ob ich schon Post vom Gericht bekommen habe. Sie hat die Unterlagen bei Susanne vorbeigebracht und ihr geraten, zeitnah bei Gericht die Ausschlagung für die Kinder zu erklären. Susanne will aber erst reagieren, wenn sie angeschrieben wird. In ihrer Situation finde ich das ganz schön gewagt. Sie kann das nicht auf die lange Bank schieben, damit die gesetzliche Frist nicht verstreicht. Danach hätten die Jungs das Erbe angetreten und müssten auch für alle Schulden einstehen. *Himmel, warum kümmert mich das überhaupt? Sie ist ja wirklich alt genug.*

Abends bin ich sehr traurig. Ich sitze im Esszimmer und mir kullern wieder die Tränen. *„Ich habe viel Mist in meinem Leben gebaut und es tut mir aufrichtig leid, wie es gelaufen ist. Kannst du versuchen, mir zu verzeihen?“* „Wenn mein Vater das doch nur ein Mal zu mir gesagt hätte. Es hätte mir so viel bedeutet“, beklage ich mich bei Max. Der Arme, er muss sich das alles anhören, ohne eine Meinung dazu haben zu können, weil ich bisher ja auch ganz anders gesprochen habe über meinen Vater.

Ich frage Susanne per SMS, wie sie am Mittwoch oder Donnerstag arbeitet und dass ich mal bei ihr im Laden vorbeikomme, wenn sie Lust hat. Ich schreibe ihr, dass ich gerade sehr traurig bin.

Donnerstag, 7. Februar

Heute Nachmittag werde ich Susanne in ihrem Laden besuchen. Darauf freue ich mich irgendwie. Ich fahre direkt nach dem Büro dorthin. Es ist ein ganz kleiner Blumenladen, den Susanne mit ihrer Schwester zusammen betreibt, und als ich mich umsehe, während Susanne Kundschaft hat, entdecke ich einen knienden Engel aus Gips, der ein Kreuz umarmt. Den schenkt Susanne mir, als ich gehe, und ich bin total beschämt, dass ich ihn nicht bezahlen darf. Er wird bei mir einen besonderen Platz bekommen und mich immer an diese Zeit erinnern.

Susanne ist total durch den Wind, weil es mit David in der Schule einen Vorfall gegeben hat. Eine Gruppe Kinder hatte vor vier Wochen schon mal einen Streit angefangen und ihn mittags am Bus abgepasst. Daraufhin ist mein Vater am nächsten Tag in die Schule gegangen und hat die Gruppe zurechtgestutzt. Dann war erst mal Ruhe. Aber heute hat die gleiche Gruppe David wieder gestellt und der Wortführer hat gesagt: „Dein Drecksvater kann dir ja jetzt nicht mehr helfen, hinter dem brauchst du dich also nicht mehr zu verstecken!“ Kinder sind grausam.

Auch Susanne erwähnt, dass sie überlegt, sich die Bilder vom Unfallort anzusehen, und ich erzähle ihr die Geschichte vom letzten Foto des Bestatters.

Während wir reden, zeige ich ihr die Kinderbilder von meinem Vater, die ich mitgebracht habe. Aber Susanne sieht die Ähnlichkeit mit David nicht. Carmen, eine Freundin von Susanne, die später vorbeikommt, bestätigt mich sofort.

Apropos Carmen. Sie war auch mal kurzzeitig mit meinem Vater liiert und ist seitdem mit Susanne befreundet. Sie wirkt sehr maskulin. Was sie so sagt, um mich zu trösten, beeindruckt mich schon, weil es so klar und einfach ist. Sie sagt, ich soll mich jetzt nicht damit quälen, was war, was nicht war und insbesondere nicht, was hätte sein können, weil es nicht mehr zu ändern ist. Ist simpel, wenn es der Verstand akzeptiert, denke ich. Irgendwie kommen wir uns auch bekannt vor und sie sagt, dass mein Vater oft von mir gesprochen hat. Ich hätte eine unheimliche Ähnlichkeit mit ihm, wird mir wieder mal bestätigt.

Ich bleibe bis zum Abend, länger, als ich vorhatte, weil ich mit Vivien verabredet bin. Aber auch wenn ich eiskalte Füße habe, fühle ich mich nicht unwohl in dem chaotischen Hinterzimmer des Blumenladens. Es fällt mir schwer zu gehen, weil Susanne so allein und traurig wirkt, als sie mir einen schönen Abend wünscht. Ich frage mich, ob das jetzt eine kurzfristige Verbundenheit sein wird oder ob wir uns irgendwann treffen und nicht nur über meinen Vater sprechen. Ob Susanne wohl merkt, dass ich nicht nur an ihrem Leben mit meinem Vater, sondern auch an ihr interessiert bin?

Vivien sitzt schon bei uns und wir reden und trinken viel zu viel Wein. Ich berichte Vivien, was die Woche über passiert ist. Erst gegen Mitternacht bin ich im Bett und wenn sich für morgen früh nicht Henning angekündigt hätte, würde ich so gerne länger schlafen …

Freitag, 8. Februar

Henning kommt morgens ins Büro, um sich die Sterbeurkunde abzuholen. Er will gleich zum Gericht gehen und das mit der Erbausschlagung regeln. Er sagt mir, dass er noch nicht weiß, ob er zur Beisetzung kommt. Er hätte so viel zu tun in der

Woche. Und als ich ihm das Prospekt von dem Krematorium zeige, habe ich das Gefühl, er will davon gar nichts wissen.

Mittags kaufe ich für Oma ein und besuche sie anschließend. Sie war gestern Modell bei der praktischen Prüfung ihrer Lieblingspflegerin, Schwester Rosa, und ist noch ziemlich erschöpft. Das Thema war Italien und da meine Großeltern früher dort immer ihre Campingurlaube verbracht haben, hatte Rosa ihre Prüfung ganz auf Oma zugeschnitten. Ziel der Prüfung war die Demonstration von Übungen für das Langzeitgedächtnis. Ich hatte dafür viele Bilder von damals zusammengestellt und auch das Modell von Opas VW-Bus wurde mit eingebaut.

Der Bus, ein schneeweißer T 2, Baujahr 1968, war der ganze Stolz meines Großvaters Er hat ihn gehütet wie seinen Augapfel. Selbst einundzwanzig Jahre später, als Opa sich entschieden hatte, nicht länger bei uns zu bleiben, stand der Bus noch da wie aus dem Laden. Wie oft habe ich schon bedauert, dass wir den Bus nach seinem Tod verkauft haben, weil er kurze Zeit später nach einem Motorschaden verschrottet wurde. Aber ich wusste damals nichts damit anzufangen und war mir auch über den ideellen Wert nicht bewusst.

Abends telefoniere ich mit Mama in Arizona. Ich erwähne, dass es mir besser geht, was ich auch wirklich so fühle in diesem Moment. Mama sagt, dass es ihr doch sehr leidtut, was passiert ist. Ich bestätige ihr, dass ich so weit alles geregelt habe und auch mit Oma alles in Ordnung ist.

Während Max kocht, suche ich in meiner Kartenkiste nach der Geburtstagskarte, die mir mein Vater vor ein paar Jahren mal geschrieben hat. Ich bin nicht sicher, ob ich sie aufgehoben habe, und stoße bei der Suche auf Post von Opa und Vera aus USA und noch andere interessante Karten und Nachrichten, die ich schon lange nicht mehr gelesen habe. Nach kurzer Zeit halte ich die Geburtstagskarte in den Händen. Das Datum des Poststempels lässt sich nicht entziffern. Da die Karte nach Bischofsheim geschickt wurde, schätze ich, dass er sie vor sieben oder acht Jahren geschrieben haben muss. Als Absender steht nur „K.P." auf dem Umschlag. Er wünscht mir für mein neues Lebensjahr Glück, Zufriedenheit und Gesundheit. Eigentlich eine schöne Karte, nicht kitschig, mit schönem Landschaftsmotiv auf der Vorderseite. Glück, Zufriedenheit und Gesundheit. *‚Hoffentlich hast du nun Zufriedenheit gefunden, denn viel Glück hat dir dein Leben nicht gebracht und Gesundheit brauchst du nun nicht mehr.*"

Später liegen Max und ich wieder mal auf der Couch und reden bis Mitternacht. Zwischendurch muss ich immer wieder weinen, wenn ich meinen Gedanken nachhänge und mich frage, wer mehr gelitten hat in den Jahren. Mein Vater oder ich? Kann ich mich jetzt als Gewinner in einem Kampf fühlen, weil ich den Kontakt abgebrochen und nie wieder zugelassen habe?

Ich glaube fest daran! So müde, wie ich jetzt bin, kann mich nichts um den Schlaf bringen. Diesmal werde ich um ein Uhr fünfundfünfzig wach. Es ist wohl jetzt so, wie ich vermutet hatte, dass ich jede Woche um die Zeit, als es passiert ist, wach werde. Ich realisiere das kurz, schlafe aber gleich wieder ein und träume von einer großen Menge Blut. Ich blute, aber niemand hilft mir. In einem Buch über Traumdeutung erfahre ich am nächsten Morgen, dass dieser Traum ein Zeichen dafür ist, dass ich mir über die Art der Hilfe klar werden muss, die ich benötige, um den Schmerz zu bewältigen. Klingt absolut logisch und passt wie die Faust aufs Auge.

Samstag, 9. Februar

Wir sind mit Steffen und Eva in Frankfurt zum Frühstück verabredet. Ich freue mich! Endlich mal was anderes als der übliche Samstagstrott. Im Anschluss daran überrede ich Max, in den Palmengarten zu gehen. Ich war noch nie dort, so wie alle Schulklassen früher. Es ist zwar nicht das, was ich mir darunter vorgestellt habe, und der Außenbereich im Februar ist natürlich auch sehr karg, aber es lenkt ab.

Jan feiert heute seinen Geburtstag und ich kann endlich mit seiner Schwägerin Amelie sprechen! Von ihr weiß ich, dass auch sie kaum Kontakt zu ihrem Vater hatte, und ich muss unbedingt wissen, wie sie sich gefühlt hat, als er gestorben ist. Mir brennt es auf der Seele, aber es dauert einige Zeit, bis sich eine Gelegenheit ergibt. Bei Amelie war es noch eine Spur härter, da ihr Vater Krebs hatte. Sie sagt, sie hatte eigentlich immer Kontakt zu ihm, aber zum Schluss kein Vertrauen mehr, weil da zu viele Lügen waren. Sie war im Urlaub, als ihr Vater, der bereits in einem Hospiz untergebracht war, gestorben ist. Sie ist quasi vom Flughafen aus in das Hospiz gefahren und konnte ihn noch einmal sehen, weil es gerade passiert war. Ansonsten rät sie mir, es nicht zu dicht an mich heranzulassen, weil ich keine Schuld daran habe, wie alles gekommen ist. Es würde nichts bringen, jetzt nach dem ‚Warum' zu fragen, das mache unglücklich. Amelie wirkt sehr nüchtern, als sie darüber spricht. Es ist jetzt zwei Jahre her mit ihrem Vater und ich glaube, sie hat eine gute Einstellung dazu gefunden. Das bringt mich nicht wirklich weiter, aber es tröstet doch etwas. Dann lasse ich das Thema ruhen für den Abend.

Vivien beschwört mich später, mich nicht zu sehr in alles reinzusteigern, als sie mitbekommt, dass ich Susanne eine SMS schicke, weil ich wissen will, ob mit David alles in Ordnung ist wegen des Vorfalls in der Schule. Um zwei Uhr morgens schwanken wir nach Hause.

Sonntag, 10. Februar

Ich habe wieder einen Riesenbrummschädel vom Sekt und der verdammten Raucherei und werfe mir geben sieben Uhr die erste Medizin ein. Gegen Mittag stehe ich auf und gehe direkt auf die Couch. Ich befürchte schon, dass der ganze Tag im Eimer ist und heute nicht mehr viel geht. Aber eine Stunde später und vor allem, nachdem ich etwas gegessen habe, sind die Kopfschmerzen weg.

Ich bügele die Wäsche von Ruth aus dem Krankenhaus und Max sucht ein kleines Radio, das wir ihr mitbringen sollen. Wir packen noch ein paar Sachen zusammen und machen uns um drei Uhr am Nachmittag auf den Weg nach Bad Nauheim. Die Klinik wirkt irgendwie deprimierend, oder vielleicht empfinde ich das momentan auch nur so. Ruth ist noch sehr unsicher auf den Beinen. Wir gehen ein kleines Stück spazieren und sitzen dann kurz in der Sonne. Ihre Anwendungen haben noch nicht begonnen und ich denke, sie wird auf jeden Fall Verlängerung bekommen. Wir trinken in der Eingangshalle noch einen Kaffee und machen uns dann auf den Weg zurück.

Unterwegs erreicht mich eine SMS von Susanne, ob ich sie mal anrufen könnte. Als wir zu Hause sind, melde ich mich bei ihr und frage, ob was passiert ist, weil ich auf meine Nachrichten der letzten Tage hin nichts von ihr gehört hatte. Sie erzählt mir von einem Mann, Oli, der sich bei ihr gemeldet und mit meinem Vater mal zusammengearbeitet hat. Oli muss damals Azubi gewesen sein, da er gute fünfzehn Jahre jünger ist als mein Vater. Er hat nie den Kontakt zu ihm verloren und es tut ihm aufrichtig leid, was passiert ist. Wenn ich sie richtig verstanden habe, ist er Kfz-Gutachter und es hat sich irgendwie zu ihm herumgesprochen. Susanne ist ganz euphorisch, weil er wohl der erste Mensch ist, der sich meldet und sein Bedauern äußert.

Er sagt, er würde gerne zur Beerdigung kommen, und Susanne hofft, dass ich nichts dagegen habe. Im Gegenteil, ich bin schon sehr gespannt auf diesen Menschen. Er erwähnt einige Autos und Kisten, die mein Vater vor langer Zeit bei ihm deponiert hat mit der Bemerkung, die seien für seine Kinder und er soll bitte alles für ihn aufbewahren. Das hat er getan und bietet Susanne an, wann immer sie möchte, die Kisten durchzusehen. Wir könnten auch dort übernachten und hätten alle Zeit der Welt. Susanne sagt mir, dass sie sich freuen würde, wenn ich auch dabei wäre. Da sie ja keines seiner Kinder ist, sei sie ja außen vor.

Sie berichtet, dass sie mit David und seiner Freundin heute schon bei Oli war und sich länger mit ihm unterhalten hat. Ich sage Susanne, dass ich erst mal darüber schlafen muss und es besser finden würde, wenn wir das nach der Beisetzung machen. Ich bin sehr erstaunt, dass sich mein Vater überhaupt solche Gedanken gemacht haben will und irgendwelche Dinge, vielleicht auch nur Krimskrams, für „seine Kinder" in Sicherheit gebracht hat.

Nach dem Gespräch spekuliere ich mit Max, was in den Kisten sein könnte und ob dort auch die Briefe für die Autos, die bei Oli auf dem Hof stehen, versteckt sind. Ein Seat Marbella und ein Jaguar XJ. Er will wissen, warum Susanne und David nicht gleich mal nachgeschaut haben. Er als Sohn wäre wahrscheinlich total neugierig gewesen und hätte es nicht abwarten können. Ja, das ist wirklich komisch. Ich werde Susanne am Mittwoch mal fragen deswegen und bin jetzt auch gespannt, was in den Kisten sein wird. Ich überlege mir schon, wann wir zu Oli fahren könnten.

Dienstag, 12. Februar

Heute werde ich endlich zum Gericht gehen. Das habe ich jetzt eine Woche, seit Johanna angeschrieben wurde, vor mir hergeschoben. Ich komme mir vor wie am Flughafen und muss erst mal durch eine Sicherheitskontrolle. Ich werde abgetastet und meine Tasche durchleuchtet. Ich frage mich, weshalb die anderen Leute wohl hier sind, die mit mir in der Schlange stehen. Ansonsten ist es ein altes, muffiges Gemäuer und die „Nachlassabteilung“ sieht aus wie aus dem vergangenen Jahrtausend – stimmt ja auch.

Ich weiß gar nicht, in welches Zimmer ich muss, da mir in meiner Anspannung nicht auffällt, dass die Buchstaben „von bis“ unter den Namen stehen. Ich bin zu beschäftigt mit dem, was da gleich auf mich zukommt, wovon ich keine Ahnung habe. Eine junge Dame, die rein optisch aussieht, als würde sie bei einem Friseur arbeiten, fragt mich, was ich möchte. Ich sage, es geht um eine Erbausschlagung. Sie fragt: „Wer ist denn gestorben?“ Ich antworte: „Klemens Petry.“ „Dann sind Sie bei mir richtig“, und ich darf mit ihr kommen.

Ich bin erstaunt, wie viele Akten dieses Zimmer beherbergt. Alles Tote, kommt mir dabei in den Sinn. Bei wie vielen wohl der Nachlass „abgewickelt“ werden muss, weil die Verwandten das Erbe ausschlagen? Auf dem Tisch vor mir liegt die Akte eines verstorbenen Reisebürobetreibers. Oben auf liegt die Anfrage eines Reiseveranstalters, der sich bei Gericht nach den Erben erkundigt. Wird das bei uns auch so laufen? Wie viele Gläubiger werden sich bei Gericht wohl nach den Erben von Klemens Petry erkundigen?

Die junge Dame nimmt die Sterbeurkunde und meinen Ausweis an sich und gibt meine Personalien in den PC ein. Danach sagt sie, ich könnte draußen wieder Platz nehmen und eine Frau Steffen wird mich dann aufrufen. Von ihr würde ich auch meinen Ausweis und die Sterbeurkunde wiederbekommen. Dann warte ich draußen auf einer Holzbank auf Frau Steffen. Im Zimmer gegenüber wird privat telefoniert und gelacht, ‚typisch Behörde‘. Ich will lieber nicht hier sein, aber es geht ja nicht anders.

Frau Steffen lässt nicht lange auf sich warten. Nachdem sie ihren Kaffee aufgebrüht hat, ruft sie mich zu sich. Mein aufgesetztes Schreiben möchte sie nicht haben. Sie arbeitet stattdessen einen Fragenkatalog ab, kreuzt dies und das an. Sie fragt mich, wer ich bin und wann ich Kenntnis vom Tod meines Vaters erlangt habe. Ich komme mir vor wie im Polizeiverhör. „Haben Sie Kinder?“ – Nein. „Haben Sie Geschwister?“ – Ja, zwei minderjährige Halbbrüder. „Gehen Sie davon aus, dass der Nachlass überschuldet ist?“ – Ja. Sie setzt ihre Kreuzchen und bittet mich dann nur noch zu unterschreiben. „Damit ist für Sie dann alles erledigt.“ Wie einfach das klingt und wie anders es sich anfühlt für mich. Ich komme mir vor, als müsste ich mich erklären. Aber ich kann mich zurückhalten.

Nachdem ich diesen Verwaltungsakt hinter mich gebracht habe, schlendere ich ziellos durch die Stadt. Ich habe das Bedürfnis, ein paar Postkarten zu kaufen. Ich habe eine Schwäche für Postkarten wie andere vielleicht für Schuhe, Uhren oder was sich sonst noch sammeln lässt. Außerdem möchte ich nach Bilderrahmen für das Kinderbild meines Vaters suchen. Ich stelle mir einen Rahmen aus unbehandeltem Holz mit einer ganz groben Struktur vor, weil ihn das am passendsten rahmen würde. Es dauert nicht lange und ich finde, wonach ich gesucht habe. Da ich von dem Originalfoto noch zwei Reproduktionen habe, sollen Vera und Susanne jeweils ein Bild bekommen. Vera werde ich das gerahmte Bild im September geben, wenn sie hier in Deutschland ist. Ich arbeite bis gegen Abend, da ich ein paar Stunden gutmachen möchte und in den letzten zwei Wochen im Büro nicht wirklich mein Geld wert war.

Zu Hause spreche ich mit Max kurz über den Tag. Dann können wir uns nicht einigen, was wir zu essen machen. Was heißt „wir“? In der letzten Zeit macht Max ja alles. Irgendwie geraten wir in Streit, weil Max lieber zum Griechen gegangen wäre, und er sagt, es stinkt ihm mit der Kocherei und dem ganzen Drumherum. Ich will ihm helfen, kann aber meine Tränen nicht mehr halten. Für mich ist diese Diskussion gerade total unnötig und nimmt mir den letzten Rest meiner Kraft, mit der ich diesen Tag bisher überstanden habe.

Die Gerichtsstory hat mich doch mehr mitgenommen, als ich zunächst gedacht hatte. Ich fühle mich plötzlich so allein. Ich denke an Mama. Im Moment reagiere ich überempfindlich und Max ist überfordert. Das kann ich ihm gar nicht übelnehmen. Ich weine, weine, weine wie ein kleines Kind und es wird nicht besser. Ich bedauere, dass ich diesen Weg gehen musste, der ja nicht der normale Lauf der Dinge ist. Normal ist, dass Kinder einen Erbschein beantragen, wenn ein Elternteil gestorben ist, um alles abwickeln zu können, und es schmerzt, dass mir das nicht wegen der Umstände möglich ist.

Max würde mir so gerne helfen, aber er weiß nicht, was er für mich tun kann. Er meint, es wäre gut, wenn meine Mutter wieder da ist. Aber dann könnte ich auch nicht immer, wenn es mir gerade schlecht geht, zu ihr fahren oder sie anrufen, weil Matthias das ja gar nicht versteht. Merkwürdig, wie rücksichtsvoll ich wieder denke, obwohl es ganz normal wäre, Mama anzurufen in dieser Zeit.

Ich schicke Johanna eine SMS, weil ich keine Lust habe, mir die Festnetznummer rauszusuchen. Sie ruft gleich darauf an. Das Gespräch tröstet mich einigermaßen und sie erzählt mir, dass sich die Erbfolge nun nach unten hin fortsetzt und nun alle meine Cousins und Cousinen – auch in den USA – die Ausschlagung des Erbes vor Gericht erklären müssen. Das ist doch ein Wahnsinn! Mein Vater verursacht ja noch einmal mächtigen, interkontinentalen Wirbel!

Mittwoch, 13. Februar

Heute ist wieder ein sonniger, schöner Wintertag. Im Büro geht mir endlich mal was von der Hand, obwohl ich noch ziemlich erschöpft bin von gestern Abend. In der Mittagspause sehe ich mit ein paar Kollegen am PC alte Bilder von Betriebsausflügen und Weihnachtsfeiern an. Die Ablenkung ist eine Wohltat für mich und wir haben viel zu lachen. Ja, ich habe mal wieder gelacht. Und es fühlt sich gut an.

Ich nehme mir vor, Susanne heute noch zu besuchen, um zu klären, wie das mit den Kisten war und wie wir es nächste Woche zur Beisetzung machen, wer mit wem fährt und so. Wir stoßen vor dem Laden fast zusammen, weil sie nach den Blumen schaut und nicht auf mich geachtet hat. Sie scheint sich aber zu freuen, mich zu sehen. Sie hat schon viel vorbereitet für Valentinstag morgen, dem Großkampftag der Blumenhändler. Im hinteren Teil steht der ganze Boden voll mit Gestecken und Sträußen.

Sie erkundigt sich, wie es mir geht, und ich erzähle kurz, dass mir das mit dem Gericht gestern sehr zugesetzt hat. Ich schlage ihr vor, besser nach Bad Schwalbach zu gehen, da die Dame dort am Telefon schon einen sehr netten Eindruck gemacht hat und in Wiesbaden Fließbandabfertigung gemacht wird.

Bevor ich es vergesse, komme ich gleich auf die Kisten zu sprechen. Susanne hat diesen Oli gar nicht angetroffen und ihm einen Zettel an die Tür gehängt mit ihrer Telefonnummer. Kurze Zeit später hat er sich dann bei ihr gemeldet und sie haben sich getroffen und unterhalten. David war nicht dabei, das habe ich wohl falsch verstanden am Sonntag. Ich sage ihr, dass ich dabei bin, wenn die Kisten aufgemacht werden. Susanne sagt, sie braucht bestimmt eine Kiste Bier, um das durchzustehen. Ich sage, ich könnte ihr auch eine Flasche Cognac mitbringen, wenn es sein muss. Wir mutmaßen noch kurz, was in den Kisten sein könnte. Susanne meint, mein Vater habe ziemlich viel gesammelt, sie könnte sich vorstellen, dass da Klamotten und irgendso ein Zeugs drin sind. Ich habe da „romantischere" Vorstellungen, die eher in Richtung Zeugnisse, alte Schallplatten und Bilder gehen.

Wir unterhalten uns über Sternzeichen und ihre Eigenschaften. Susanne ist Jungfrau. Wir stellen fest, dass wir beide Angst beim Autofahren haben, besonders auf Autobahnen, obwohl wir noch nie einen Unfall hatten. Zur Beisetzung wird sie direkt hinfahren, da sie ja schon auf halbem Weg zum Krematorium wohnt. Ihre Mutter will auch kommen und ich überlege, wie ich reagiere, wenn meine Mutter den gleichen Wunsch, vielleicht ja auch nur mir zuliebe, äußern würde. Aber die Wahrscheinlichkeit ist ziemlich gering, da sie ja am Donnerstag erst aus dem Urlaub zurückkommt, denke ich. Susanne sagt, ihre Schwester kommt auch mit als moralischer Puffer zur Mutter. Die Mutter hat echt Nerven und ich bin gar nicht gespannt, wer sich noch alles blicken lassen wird.

Während wir reden, verdrahtet Susanne Efeu, um es in Blumensträußen zu verarbeiten, was mich sehr beruhigt. Ich frage sie, wo sie das Grünzeug herbekommt, und erwähne, dass wir im Garten eine ganze Wand voll davon haben. Sie schneidet sich Efeu meistens bei ihrem Nachbarn ab. Zwischendurch kommen ein paar Kunden.

„Er hätte so ein schönes Leben führen können entweder mit euch oder mit uns, wie auch immer." Ich nicke. Er hätte Federn in die Luft blasen können, nur noch halbtags in seiner Werkstatt mal nach dem Rechten sehen und die andere Hälfte des Tages mit seinen Hobbys oder was auch immer verbringen. Mein Vater hatte eine Leidenschaft für die Restauration alter englischer Autos und hat die irgendwann zu seinem Beruf gemacht. Er hatte viele Kunden, denen es nicht darauf ankam, wie viel Geld der Wiederaufbau ihres Schmuckstücks verschlingt. Aber er hat sich dabei so verzettelt und vor allem auf zu großem Fuß gelebt, dass ihn das seine Existenz gekostet hat.

Susanne berichtet, dass es Vera in Amerika sehr schlecht geht, da sie und ihr Bruder sich doch sehr nahegestanden haben. Ich muss unbedingt die Karte wegschicken, die ich heute für Vera gekauft habe. Aber dazu brauche ich mal Ruhe und Muße. Vielleicht klappt es am Sonntag.

Dann geht Susanne noch mal den Abend vor dem Unfall durch. Ihr Schwager war auch in der Kneipe, in der mein Vater den Abend verbracht hat, und es muss ein fröhlicher Abend gewesen sein. Es wurde Billard gespielt, Musik gehört und einiges getrunken. Ein anderer Gast hat meinem Vater wohl angeboten, ihn nach Hause zu fahren. Leider hat er das Angebot nicht angenommen. Es war auch nicht der falsche Reifen, der hinten aufgezogen war, sondern ein Notrad. Damit ist er vermutlich seit einigen Wochen unterwegs gewesen. Dieser Oli hatte ihm ein oder zwei Wochen vor dem Unfall noch angeboten, einen anderen Reifen aufzuziehen. Warum hat er das Angebot nicht angenommen? Je mehr Einzelheiten an den Tag kommen, wird sein Mitverschulden an dem Unfall immer deutlicher. Tragisch. Ich frage Susanne, ob denn wohl eine Blutalkoholuntersuchung erfolgt ist. Susanne plant, den Polizisten noch mal anzurufen.

Gegen halb sieben bin ich zu Hause. Max telefoniert mit Ruth und wir erfahren, dass sie bis Mitte März Verlängerung in der Kur bekommen hat. Später gehen wir zum Griechen. Drei Ouzo reichen und ich schlafe wie ein kleines Kind.

Donnerstag, 14. Februar

Heute ist Valentinstag. Ich bin sehr müde und morgens ist mir erst mal übel, als ich im Büro ankomme. Mein Kreislauf ist ziemlich im Keller, wofür wohl der Ouzo verantwortlich ist.

Ich überstehe den Tag trotzdem irgendwie und fahre noch zu Oma. Obwohl ich kein Freund von Tagen wie dem heutigen mit eindeutig kommerziellem Hintergrund bin, lasse ich mich doch dazu hinreißen, einen Blumenstrauß für sie zu besorgen. Und das ist auch gut so, weil Oma sich lautstark beklagt, dass sie heute noch keine Blumen bekommen hat. Ich muss lachen, als ich das von draußen höre, während ich auf den Aufzug warte, in dem Oma mit einem Pfleger steht. Da das Wetter am Sonntag sehr schön werden soll, frage ich Oma, ob wir denn zusammen endlich mal Kaffee trinken gehen wollen. Das hatte ich ihr schon so lange versprochen. Sie hat keine Lust und will das lieber machen, wenn es wärmer wird. Auch gut.

Für den Abend hatte ich schon vor vier Wochen einen Tisch bei einem guten Italiener bestellt. Da haben wir einen Schlemmergutschein, was bedeutet, dass es ein Gericht kostenlos gibt. Max hat wie immer schon geahnt, was ich vorhabe. Er ist aber so lieb und spricht es nicht aus, damit ich nicht enttäuscht bin. Das Essen ist sehr gut, außer dass Max sein Steak noch mal in die Küche gibt, weil es ihm zu englisch ist. Dazu eine sündhaft teure Flasche Wein, wie sich später auf der Rechnung präsentiert. Aber das ist mir heute total egal. Ich erinnere mich, dass Susanne gesagt hat, genießen konnte man mit meinem Vater immer gut. Und es macht mich in diesem Moment sehr traurig, dass wir nie als Vater und Tochter irgendwo gesessen haben und zusammen ein gutes Essen genießen konnten. Ich denke an die paar Ausnahmen in meiner Teenagerzeit. Wenn wir mal zusammen Pizza essen waren, war es immer nur er, der die ganze Zeit geredet hat von seinen fantastischen Plänen. Ich weiß noch zu gut, wie sehr mich diese wenigen Zusammentreffen enttäuscht haben, weil es mir vorkam, als würde er nur einen Zuhörer brauchen, und es ihm gar nicht darum ging, mit mir zusammen zu sein.

Meine Augen wandern auf dem Tisch herum und ich kann es immer noch nicht fassen, dass er nicht mehr in der Lage sein wird, Wein zu trinken, das Flackern der Kerze zu sehen und die Blumen zu riechen. Warum beschäftigen mich solche Gedanken? Vielleicht weil ich älter bin. Aber vor drei Jahren, als Opa gestorben ist, habe ich mir über so etwas nicht den Kopf zerbrochen. Warum geht mir das so nah? Was ist das? Ich habe keine Erklärung. Vielleicht gibt es auch keine. Ich gebe mich damit zufrieden, dass ich gegen die Gedanken machtlos bin und nicht weiter nach Erklärungen suchen sollte.

Freitag, 15. Februar

Die Woche verging wieder wie im Flug. Ich verlasse um halb drei das Büro und gehe für Oma einkaufen. Abends schreibe ich endlich die Karte für Vera, die ihr hoffentlich über die Entfernung hin Trost spenden wird.

Später telefoniere ich kurz mit Mama in Arizona. Ich sage ihr, dass heute ein guter Tag war und dass wir auf jeden Fall nächsten Donnerstag telefonieren werden, wenn sie wieder gut gelandet ist, da wir ja zu Ruth fahren und am Freitag die Beisetzung ist. Sie sagt noch einmal, wie traurig sie alles findet, und wünscht mir, dass ich es gut überstehe. Ich bin irgendwie erleichtert, dass sie nicht den Wunsch äußert mitzugehen.

In dieser Nacht werde ich nicht um die Zeit wach, als es passiert ist. Ich werte das als Zeichen des Friedens und nicht als Zeichen des Vergessens.

Samstag, 16. Februar

Heute verbringt Marie den Tag bei uns. Um elf Uhr hole ich sie ab. Wir fahren erst zum Metzger und dann zu uns. Max ist im Garten am Arbeiten und sägt uns ein Stück Holz zu, damit wir für Marie ein Schiff bauen können. Da es heute zu kalt draußen ist und ich meinen ursprünglichen Plan, in die Fasanerie zu fahren, verwerfen muss, ist das mit dem Schiff eine gute Alternative für drinnen. Marie ist gut drauf, nur nachmittags hat sie einen Durchhänger, weil sie müde ist. Wir gehen zum Spielplatz, puzzeln, malen, Marie hilft mir beim Saubermachen, die Zeit vergeht wie im Flug. Sehr schön zu beobachten für mich ist, dass Marie nun auch mit Max richtig warm wird. Wir sitzen im Esszimmer, sie klettert zu ihm auf den Schoß und die beiden „lesen" zusammen die Tageszeitung. Interessant, denke ich, auf was ein Kind bei einer Zeitung achtet. Bei vielen Bildern fragt sie: „Wer ist das?"

Um kurz vor sechs machen wir uns auf den Weg zurück zu ihrer Familie. Ich bleibe abends dort, da Felix und Caroline zu einem Geburtstag eingeladen sind. Pia schläft bei den Großeltern, sodass ich nur zwei Kinder zu beaufsichtigen habe. Während ich Lili und Marie noch eine Geschichte vorlese, kommen mir kurz die Tränen. Zum einen wegen der Geschichte, es geht um einen Hasen, der gerne Osterhase werden möchte, zum anderen, weil die beiden Mädchen sich an mich kuscheln und die Situation so friedlich ist.

Als die beiden Mäuse im Bett sind, ist es halb neun und ich schaue mal nach, was es im Fernsehen gibt. Es gibt leider nur Schrott. Ich springe im Programm hin und her zwischen „Deutschland sucht den Superstar", Mario Barth und einer Reportage über Polizisten in der Ausbildung. Im Anschluss daran gibt es eine Dokumentation über Bestatter. Ich bin erst abgestoßen, aber dann doch zu neugierig, um den Bericht nicht anzuschauen. Und es ist wirklich ganz interessant.

Es ist ein Uhr zweiundfünfzig, als ich auf dem Weg nach Hause im Auto auf die Uhr schaue. Diese Uhrzeit wird mich wahrscheinlich noch lange in ihren Bann ziehen. Es ist jetzt schon drei Wochen her und es kommt mir vor wie ein ganzes Jahr, was ich in dieser kurzen Zeit erlebt und vor allem empfunden habe. Um zwei Uhr bin ich zu Hause, trinke noch ein Glas Wein und falle um halb drei einigermaßen erschöpft in mein Bett. Max schläft tief und fest, weil er morgen arbeiten muss.

Sonntag, 17. Februar

Ich bin um halb neun wach und eigentlich nach sechs Stunden Schlaf noch gar nicht ausgeschlafen, aber ich zwinge mich aufzustehen, sonst kriege ich die Kurve nicht mehr wegen dem Essen. Max muss heute arbeiten und wird mit seinen Kollegen bei uns Pause machen.

Nach dem ersten Kaffee putze ich erst mal die Treppe und meine Schuhe. Beim Frühstück schicke ich meiner Kollegin Lisa eine SMS, weil ich ihren Geburtstag vor einer Woche total vergessen habe. Manchmal ist mein Pflichtbewusstsein anderen gegenüber für mich unerträglich. Ich schreibe aber nicht, warum ich den Geburtstag vergessen habe. Ich kann und will nicht die Betroffenheit von anderen.

Nachdem ich das Essen auf dem Herd habe, kümmere ich mich um Omas Wäsche, weil ich vorhabe, später zu ihr zu fahren. Ich mache also nichts besonders Intelligentes, aber genau das brauche ich jetzt. Im Internet stöbere ich nach einem alten

Mini, weil ich mit dem Gedanken spiele, mir einen zu kaufen. Wie ich den finanzieren würde, weiß ich eigentlich gar nicht.

Während wir essen, bemerkt Max' Kollege plötzlich und völlig aus dem Zusammenhang, er hätte mir ja noch gar nicht sein Beileid ausgesprochen. „Aber es war nur dein Stiefvater, oder?" Ich kläre ihn auf, dass es sich schon um meinen leiblichen Vater handelt und frage mich, warum er das so hinterfragt hat. Wäre dann alles nicht so schlimm? Ich bin etwas irritiert, gehe aber nicht weiter darauf ein, weil ich eine Diskussion darüber ziemlich überflüssig finde.

Später telefoniere ich kurz mit Rebecca. Sie wünscht mir, dass ich die nächsten Tage gut überstehe und dann am Freitag mit der Beisetzung für mich einen Abschluss bekomme.

Nach einigem Hin- und Herüberlegen zwinge ich mich dann doch, nicht zu Oma zu fahren, weil ich einfach zu kaputt bin. Da mir einige Stunden Schlaf fehlen, ist mein schlechtes Gewissen nicht besonders groß und ich wäge ab, dass mir die Ruhe heute wichtiger ist. Ich versuche drei Mal, Oma telefonisch zu erreichen, um zu hören, wie es ihr geht. Aber es gelingt mir nicht.

Ich packe das Kinderbild von meinem Vater für Susanne ein. Das will ich ihr noch vor der Beisetzung geben. Das Original für mich schneide ich zurecht und rahme es in den schönen Holzrahmen. Auf den Rahmen klebe ich die Teile der Baumrinde vom Unfallort und freue mich, wie schön das zu dem gesamten Rahmen passt. Niemand wird wissen, dass der Rahmen selbst gestaltet ist und was es mit der Rinde auf sich hat. Ein Stück bleibt übrig. Es ist zu groß für den Rahmen und ich finde, dass es nach Tod riecht. Ob ich es aufbewahre, weiß ich noch nicht.

Vielleicht kommt Max ja nicht so spät und wir können noch spazieren gehen. Doch es ist fast schon dunkel und so wird nichts daraus.

Abschließend kann ich sagen, es war ein schöner Sonntag für mich und trotz Schlafmangel relativ entspannend. Aber trotzdem fühlt sich alles anders an, denke ich, als ich aus dem Fenster schaue. Ob sich das mit der Zeit wieder gibt?

Montag, 18. Februar

Heute ist wieder ein schöner, klarer, bitterkalter Wintertag. Das Thermometer zeigt minus vier Grad an. Ich habe Kopfschmerzen, da wir gestern Abend zwei unterschiedliche Sorten Rotwein getrunken haben. Ich wünschte, ich könnte mich da etwas zügeln. Stattdessen spüle ich meinen Kummer runter und belaste dabei noch meine Gesundheit. Das macht Sinn!

Im Büro angekommen schreibe ich Sonja eine Mail und frage, ob ihre Kinder schon bei Gericht waren. Sie meldet sich gleich zurück und in ihrer Antwort greift sie Susanne an. Ich vermute, dass Henning ihr was Falsches erzählt hat wegen der Beerdigung und der Trauerfeier. Ich antworte noch mal, wie alles wirklich war und was in der Zwischenzeit so passiert ist. Auch dass ich mit Susanne in Kontakt stehe. Danach kommt keine Antwort mehr und ich frage mich, warum es manchmal innerhalb einer Familie so kompliziert sein muss und es oft Heimlichkeiten untereinander gibt.

Nachmittags bin ich bei Oma. Bei ihr ist soweit alles in Ordnung. Sie freut sich, mich zu sehen, und das ist immer die Belohnung dafür, wenn ich eigentlich viel zu müde bin, um sie zu besuchen. Außerdem genieße ich die Gespräche mit ihr, weil sie mir im Moment so guttun und mich beruhigen. Ja, Oma ist ein echter Ruhepol, weil sich bei ihr momentan nichts zu verändern scheint. Außerdem ist sie meine nächste Angehörige, die wirklich auf meiner Seite ist.

Als ich nach Hause komme, fange ich gleich an zu kochen. Es gibt gefüllte Paprikaschoten. Es geht mir nicht so leicht von der Hand und es scheint ewig zu dauern, bis das ganze Gemüse geschnitten ist. Ich bin wirklich ungeduldig heute. Viele Töpfe sind auch dreckig hinterher.

Später sitzen wir noch vor dem PC, Max brennt das Lied für die Beisetzung am Freitag auf CD und wir schauen uns noch mal den ZDF-Beitrag mit meinem Vater an. Während ich ganz fasziniert auf den Monitor starre und meinem Vater zuhöre, welche Zukunftspläne er damals geschmiedet hat, holt mich meine Weigerung, die Realität zu akzeptieren, wieder ein. Nachdem mein Tränenpegel den Höchststand erreicht hat, gehe ich ins Bett. Ein kleines Mädchen rollt sich zusammen und verkriecht sich ganz tief unter der Decke. Das kleine Mädchen wünscht sich in diesem Moment einen Vater, der an ihr Bett tritt und gute Nacht sagt. Warum werden uns viele Sehnsüchte erst mit dem Bewusstsein klar, dass sie unerfüllt bleiben? Meine Träume in dieser Nacht lassen diese Frage unbeantwortet.

Dienstag, 19. Februar

Meine Kollegin Anna, die seit einem Jahr an Krebs erkrankt ist, meldet sich bei mir, um zu berichten, dass es ihr sehr schlecht geht. Ihr ganzer Kopf sei voller Metastasen. Da ich ihrer Meinung nach für die Verbreitung der Hiobsbotschaften, die ihre Krankheit betreffen, zuständig bin, informiert sie mich kurz über das aktuelle Stadium. Sie wird jetzt Bestrahlungen bekommen, „das ganze Rundum-Programm eben". Und da sie vermutlich durch die Hölle gehen wird, meldet sie sich wieder, falls sie es packt. Ariane steht neben mir. Wir haben gerade im Internet nach Kleiderhaken für unser Büro gesucht. „Scheiß' auf die Kleiderhaken", rutscht es mir raus und ich frage mich insgeheim, ob das vielleicht das letzte Telefonat mit Anna war. Ich bin überrascht, wie selbstverständlich ich diese Nachricht aufnehme. Bin ich abgestumpft?

Sonja schreibt mir noch mal und bedankt sich für die Aufklärung bezüglich Susanne. Henning hatte ihr erzählt, Susanne hätte von mir die Organisation und Finanzierung einer Trauerfeier verlangt. Sie fragt, ob wir, also Henning, sie, Max und ich, in der nächsten Woche mal essen gehen zusammen. Zur Beisetzung werden sie nicht kommen.

In der Mittagspause gehen Meret, Ariane und ich Sushi essen. Wir reden über Mexiko, was Meret dort plant und was sie machen will, wenn sie zurückkommt. Immerhin plant sie zurückzukommen, da sie bereits einen Rückflug gebucht hat.

Nach der Arbeit gehe ich einkaufen und bin gegen sechs zu Hause. Max hat in der Küche zwei Kaffeemaschinen zerlegt und es ist unmöglich, in diesem Durcheinander an kochen zu denken. Ich dusche stattdessen, bin kurz am PC und rufe dann Johanna an, um zu klären, wie wir es am Freitag machen. Sie erzählt mir, dass Susanne sich Gedanken um Blumenschmuck macht, und auch Vera aus Amerika hätte gesagt, sie würde ihr dreißig Dollar schicken für einen Strauß. Ich werde noch mal mit Susanne sprechen deswegen, da es ja eigentlich eine anonyme Bestattung ist. Sie soll nicht Geld für etwas aufwenden, was dann unter Umständen gleich auf dem Müll landet.

Johanna erzählt, dass sie die Rechnung vom Bestattungsinstitut Ahrend gestern abgeholt hat und dass noch mal zweihundert Euro dazugekommen sind für die „Kühlung" meines Vaters in Bad Schwalbach. Somit sind wir mittlerweile bei zweitausendsechshundert statt der ursprünglich veranschlagten fünfzehnhundert Euro. Auf preiswerte Art unter die Erde zu kommen ist in diesem Land wohl unmöglich. Ich bitte Johanna, wenn sie die Rechnung bezahlt, auf mich zuzukommen, da sie ja mit Sicherheit den Betrag auch nicht in der Schublade liegen hat. Susanne hätte sie auch schon angesprochen deswegen. Johanna sagt, sie hat vierzehn Tage Zeit, die Rechnung zu bezahlen, und hat auch schon Kopien zu Vera nach Amerika gefaxt. Ich glaube nicht, dass das mit dem Geld dort so schnell geht. Außerdem hat Vera gesagt, sie bringt es im September mit. Ich bin etwas verwirrt. Ich würde es vorab gerne teilen und hoffe, sie gibt mir Gelegenheit dazu. Wir verabreden, dass wir Johanna am Freitag um halb zwei abholen.

Abends gegen halb zehn ruft Susanne an. Es klingelt nur ein Mal. Ich rufe sie zurück. Sie sagt, sie wollte mir eigentlich nur eine SMS schreiben und so spät nicht mehr anrufen. Sie ist sehr nervös wegen Freitag. Ich sage ihr, dass ich morgen sowieso zu ihr in den Laden komme und wir dann noch mal über die Blumen sprechen können. Sie will auch wissen, was wir im Anschluss an die Beisetzung machen. Ich habe mir auch schon Gedanken darüber gemacht. Sie bietet an, dass wir zu ihr gehen und sie Kaffee kocht und Kuchen besorgt. Das Übliche. Eigenartig, dass es immer auf einen „Leichenschmaus oder Kaffee trinken“ rausläuft. Warum kann eine Trauergesellschaft nicht zusammen ins Kino gehen?

Sie hat mit Oli Kontakt aufgenommen und erzählt, dass David dort einen Tag zur Probe gearbeitet hat und ein Praktikum machen kann. Jetzt steht Oli der Kistenaktion wohl skeptisch gegenüber und möchte keine Fledderei, da er die Fürsorge für die Sachen übernommen hat. Ich weiß nicht, ob ich sie richtig verstanden habe, aber ich werde Oli ja am Freitag auch kennenlernen. Wir telefonieren eine knappe Stunde. Ich hatte mir fest vorgenommen, einmal früh ins Bett zu gehen, weil mir das Wochenende noch nachhängt. Daraus wird also wieder nichts.

Mittwoch, 20. Februar

Ich werde Susanne mal fragen, was sie von der Idee mit dem Kinobesuch nach der Beisetzung hält. Es läuft gerade dieser Dokumentarfilm „Unsere Erde“ von Walt Disney mit vielen Tier- und Landschaftsaufnahmen. Da Susanne erzählt hat, dass mein Vater leidenschaftlicher Kinogänger und noch dazu sehr tierlieb war, würde ich das passender finden als die „Kaffeevariante“. Ich suche im Internet die Spielzeit für den Film raus. Außerdem drucke ich mir die Fahrtroute zum Krematorium aus, um zu erfahren, wie lange wir dorthin brauchen. Der Film läuft um siebzehn Uhr und wir würden eine Stunde zurück nach Wiesbaden brauchen. Ich werde mit Susanne sprechen, was sie davon hält. Nach dem Kino könnten wir noch zusammen essen gehen, von mir aus auch an einer Imbissbude, wäre mir egal. Hauptsache, wir hätten in seinem Sinn gemeinsam etwas erlebt. Ich muss daran denken, wie schön es vor drei Jahren war, als wir nach Opa Petrys Beerdigung alle zusammen in seine Wohnung gefahren sind und in Erinnerungen geschwelgt haben. Einer meiner Cousins hatte sich in Opas Fernsehsessel gesetzt und mit den Fingern auf den Lehnen getrommelt, wie Opa das immer getan hat. Es war ein schöner, friedlicher Nachmittag und hatte nichts von einem Leichenschmaus.

Nach der Arbeit fahre ich zu Oma. Sie freut sich auch schon, dass Mama wieder zurückkommt. Mir kamen diese Wochen endlos vor, fast wie eine kleine Ewigkeit. Nicht weil Oma eine Belastung für mich war, sondern wegen der Fülle der Ereignisse.

Dann bin ich bei Susanne. Ich falle gleich mit der Tür ins Haus, also meiner Idee mit dem gemeinsamen Kinobesuch nach der Beisetzung. Sie sagt, sie glaubt nicht, dass sie danach noch ins Kino gehen kann, und ich bin etwas enttäuscht und frage mich, ob sie nicht auch ein kleines bisschen spießig ist in dieser Beziehung. Ich füge mich. Gut, denke ich, machen wir es, wie es alle anderen auch machen. Wir sprechen kurz darüber, was sie sich mit Blumen überlegt hat, und ich sage ihr, dass es keinen Sinn macht, in der Halle, wo wir uns an der Urne versammeln, Blumen zu dekorieren, da wir diese nicht gemietet haben und uns dort nicht lange aufhalten werden. Sie plant, für sich und die Kinder drei kleine Kränze zu binden und für jeden ein Blümchen mitzubringen.

Im Zusammenhang mit der Beisetzung erwähnt sie, dass Rainer Wild, ein oder der einzige echte Freund meines Vaters, auch kommen möchte. Seine Beweggründe sind uns beiden nicht klar, da er den Kontakt zu ihm vor ein paar Jahren auch komplett abgebrochen hatte.

Wir sprechen auch über Oli und die Kisten. Susanne erzählt mir heute, dass er das „Zeug“, wie er sich ausgedrückt hat, nun doch kurzfristig loswerden möchte. Das verstehe ich nun gar nicht, weil alles, was vorher gesagt wurde, nicht dazu passt. Erst sagt er, wir hätten alle Zeit der Welt, und jetzt will er alles schnell loswerden? Ich frage Susanne, um wie viele Kisten es sich überhaupt handelt? Sie zuckt mit den Schultern. „Einige“, entgegnet sie hilflos. Mir kommt das alles spanisch vor und ich fühle mich nicht wohl bei der Sache. Trotzdem schlage ich ihr vor, das an einem Sonntag zu machen, weil wir da alle sicher genug Zeit haben. Sonntags ginge es bei Oli nicht, antwortet sie, weil er keine Lust hätte, am Sonntag zu der Halle zu fahren. Ich hatte irgendwie gedacht, dass er dort wohnt. Dann einigen wir uns auf Samstag, wobei Susanne bis nachmittags arbeiten muss. Später denke ich, dass das keine gute Idee ist, weil es dann bestimmt dauert, bis es dunkel ist, und ich weder Lust habe, mir die Nacht um die Ohren zu hauen, noch bei Susanne zu übernachten.

Dann übergebe ich ihr das Kinderbild von meinem Vater. Sie packt aus, schaut es sich eine ganze Weile an, sagt aber nichts dazu, sodass ich nicht weiß, ob es ihr gefällt oder nicht.

Ich frage sie, ob sie mal die CD einlegen kann mit dem Lied, das ich für Freitag ausgesucht habe. Sie dreht mir den Rücken zu, hört es sich in Ruhe an und sagt im Anschluss „sehr treffend“, obwohl ich nicht sicher bin, ob es für sie nicht eher ein Herz-Schmerz-Lied ohne Hintergrund ist.

Sie erzählt auch von den dunklen Zeiten mit meinem Vater, in denen sie sich total zurückgezogen hatte von der Außenwelt, weil sie sich irgendwann mal gedacht hat, sie kann sowieso keinen Schritt machen, ohne dass er sie verfolgt. Auch dass das einsam gemacht hat, sagt sie. Und ihre einzige Verbindung zur Außenwelt war zeitweise das Telefon, das sie dann auch abgemeldet hat, damit mein Vater keinen Telefonterror mehr macht. Wie er Geschichten über sie gestreut hat nach seinem Gefängnisaufenthalt. Susanne hatte aus finanziellen Gründen keine andere Wahl, als dafür zu sorgen, dass er für eine gewisse Zeit seine nicht erfüllten Unterhaltsverpflichtungen absitzt. Wie oft habe er ihr danach gedroht, ihr die Kinder wegzunehmen. Während sie mir das wie automatisiert offenbart, denke ich: ‚Da sind meine Mutter und ich ja richtig gut weggekommen bei der ganzen Sache, abgesehen von dem Geld, das meine Mutter für den gemeinsamen Lebensabschnitt investiert hat.' Apropos meine Mutter. Zwischendurch erzählt sie, dass Oma Petry ihr gegenüber mal erwähnt hat, „meine Mutter würde nur betrunken in Kneipen herumziehen und mich allein lassen". Ich fasse es nicht, das ist so typisch für diese Familie. Was mein Vater alles falsch gemacht hat, zählte überhaupt nicht. Ob er diese Gerüchte über meine Mutter verbreitet hat und warum? Ich hatte nach meiner Konfirmation den Kontakt zu den Großeltern abgebrochen, nachdem sie einige Male schlecht über meine Mutter gesprochen haben.

Auch von Urlaubserlebnissen und von ihrer Leidenschaft für Indien spricht Susanne und erzählt eine ganze Reihe von Geschichten, die sie unterwegs mit meinem Vater erlebt hat. Ja, zu erleben war immer was mit ihm. Es ist anstrengend für mich, ihr zu folgen, wahrscheinlich, weil ich mit meinen Gedanken woanders bin. Gegen sieben Uhr kann ich mich loseisen. Und als Susanne sagt, sie habe ich mich ja total zugequatscht, frage ich mich, ob es die Einsamkeit ist.

Später berichte ich Max von der „Kistenaktion". Er findet das auch alles dubios, vor allem, dass Oli nun doch vielleicht nicht zur Beisetzung kommen wird.

Heute ist der erste Abend, an dem ich es schaffe, einigermaßen früh im Bett zu liegen, und hoffe, ein wenig Schlaf nachzuholen.

Donnerstag, 21. Februar

Heute hat Ruth Geburtstag und Mama sitzt schon im Flieger zurück nach Hause. Das sind meine ersten Gedanken, als ich aufstehe.

Im Büro muss ich heute ganz schön Gas geben, weil ich um zwei Uhr gehen will und Ariane Urlaub hat. Ich kriege gerade so die Kurve, weil sehr viele Rechnungen zu bezahlen und für nächste Woche noch ein paar Dinge vorzubereiten sind.

Auf der Heimfahrt stelle ich an der Tankstelle fest, dass meine EC-Karte nicht mehr da ist, und versuche zu rekonstruieren, wo ich sie zuletzt hatte. Ich war am Samstag nur in der Apotheke, sodass sie eigentlich nur in der Tüte sein könnte. Vielleicht ist sie aber auch im Altpapier gelandet? Max kriegt eine Krise deswegen. Mich überrascht das gar nicht und ich bin eher gelassen, rufe aber trotzdem bei der Bank an und lasse die Karte sperren zur Sicherheit.

Dann fahren wir zu Ruth nach Bad Nauheim. Sie steht schon am Fenster, als wir kommen. In ihrem Zimmer zeigt sie uns die Glückwunschkarten, die sie bekommen hat. Wir beschließen, zu einem Italiener essen zu gehen und auf dem Weg dorthin noch einen Kaffee zu trinken. Ruth erzählt von ihrer Maltherapie, die sie am Nachmittag begonnen hat, und davon, dass ihr alles insgesamt zu langsam geht. Ich habe überhaupt kein Verständnis für ihre Ungeduld. Wir reden ihr wie so oft gut zu, dass sie sich nicht selbst so unter Druck setzen soll und so weiter. Ich bin aber mittlerweile überzeugt davon, das will sie sowieso nicht hören. Von dem Café bis zu der Pizzeria ist es ein gutes Stück zu laufen und ich habe ein schlechtes Gewissen, dass wir nicht mit dem Auto gefahren sind. Max und ich bestellen eine Vorspeise. Wenn wir gewusst hätten, was das für Riesenportionen sind, hätten wir uns die gespart. In dem etwas kitschig aufgemachten Lokal sitzen an den umliegenden Tischen noch zwei Geburtstagskinder. Es ist insgesamt ganz nett und ich denke zwischendurch nur ein Mal kurz an morgen. Niemand spricht darüber und ich bin ein bisschen enttäuscht, dass Ruth nicht fragt, wie es mir geht.

Auf dem Rückweg gehen wir ein Stück durch die Altstadt und das geht wesentlich schneller als am Nachmittag. Ich habe trotzdem den Eindruck, Ruth hat der Nachmittag ganz schön angestrengt. Das würde sie natürlich nicht zugeben. Wir begleiten sie noch in ihr Zimmer. Es ist fast neun, als wir uns auf den Rückweg nach Hause machen.

Freitag, 22. Februar

Der Tag der Beisetzung ist da. *Vier lange Wochen und ein unruhiges Leben werden heute ihren Abschluss finden.* Ich habe frei und werde um halb neun wach. Es ist ein trüber, grauer, aber trockener Wintertag.

Ich überlege fieberhaft, was ich anziehen soll. Max fragt mich das auch. „Du brauchst nicht in Schwarz zu gehen, Susanne macht das bestimmt auch nicht." Für mich steht jedoch fest, dass heute nichts Farbenfrohes an mir zu sehen sein wird, obwohl ich nicht der Meinung bin, dass man nur in Schwarz gekleidet seiner Trauer Ausdruck verleihen kann.

Um halb zwei holen wir Johanna ab und dann beginnt die Fahrt, die sich zieht wie Kaugummi. Von Wiesbaden aus sind es mehr als sechzig Kilometer über Land. Dementsprechend spät wird es, als wir uns kurz vor dem Ziel total verfahren, weil Johanna irgendwie einen anderen Internetausdruck zur Strecke hat als ich. Ich sehe uns schon die ganze Veranstaltung verpassen und rufe: „Das passt! Er ist ja auch immer und überall zu spät gekommen." „Oder gar nicht", ergänzt Johanna und lacht. Drei Minuten bevor es losgehen soll, erreichen wir endlich das Krematorium. Im Prospekt hat alles viel schöner ausgesehen, aber das liegt wohl auch an der Jahreszeit und dem trüben Wetter. Susanne kommt uns entgegen. Sie ist komplett in Schwarz gekleidet, was mich nun nicht mehr überrascht, wenn ich an das Gespräch bezüglich des Kinos denke. Sie beugt sich in gewisser Weise der Tradition oder ihr ist einfach auch nach Schwarz. Susanne ist ziemlich durcheinander, weil einige Leute gekommen sind, die sie gar nicht kennt. Von Rainer Wild und Oli ist auch noch nichts zu sehen.

Wir gehen in einen Aufenthaltsraum und mir springt zuerst ein Kaffeevollautomat ins Auge, der an eine Raststätte erinnert. Dort sitzen Susannes Schwester mit ihrer kleinen Tochter, die beiden Jungs, Susannes Mutter und ihr Lebensgefährte, wie ich vermute. Dann entdecke ich noch zwei ältere Damen, eine kleine rothaarige Frau mit Brille in einem weißen Kunstpelzmantel. Um den Kopf trägt sie ein Stirnband, das ihre ungepflegten Haare verdecken soll. In der zweiten Frau erkenne ich eine Freundin meiner Tante Vera. Ich begrüße alle außer Susannes Mutter und ihre Begleitung. Nachdem ich die Mutter eingehend beobachte, glaube ich, in ihr eine gewisse Ähnlichkeit mit Oma Petry zu erkennen. Diese vermeintliche Ähnlichkeit dürfte unter anderem auch die Erklärung sein, weshalb da von meinem Vater so viel Unterstützung angenommen wurde.

Es dauert noch eine Viertelstunde, bis alle zusammen sind und wir in die Abschiedshalle gehen. Meine CD und das Lied habe ich wegen der Hetze unserer Irrfahrt abgehakt und bin gespannt auf die Musik. Der Friedhofsmitarbeiter erklärt uns, dass wir nun fünf Minuten Zeit haben, uns zu verabschieden, und er dann kommt, die Urne aufnimmt und wir ihm zur Grabstelle folgen.

Eine kleine Trauergemeinde schiebt sich nun langsam in diesen Raum. Er ist mit Kunstblumen geschmückt, die nicht so hässlich auf mich wirken wie das Kunstblumen sonst tun. Das liegt wahrscheinlich an der Ausnahmesituation, in der sich alle Angehörigen in einem solchen Moment befinden. Es brennen Kerzen. In der Mitte auf einem Tisch steht die Urne. Im Hintergrund wird ein Opernstück eingespielt. Eine Frau singt. Immer noch besser als Orgelmusik! Mir kommen die Tränen bei dem Gedanken, dass ein stattlicher Mann oder auch das wilde Tier in dieser „kleinen Dose" Platz gefunden hat. Papi, was ist aus dir geworden?

Die Minuten rauschen wie ein Film vorbei und dann kommt auch schon der Mitarbeiter des Krematoriums, verbeugt sich vor der Urne und nimmt sie an sich. Wir folgen ihm zu dem für meinen Vater vorgesehenen Platz auf dem Rasenfriedhof. Obwohl ich meine Brille nicht aufhabe, kann ich die Stelle schon von Weitem ausmachen. Am Rand des Grundstücks an einem Zaun steht ein Strommast. *Wie passend ist dieser Platz! Er stand ja auch immer unter Strom.*

Die Urne wird auf einem kleinen Tisch neben dem Erdloch abgestellt. Ich gehe nach vorn, weil mich interessiert, ob auf dem Deckel der Name steht oder was Ähnliches. Es steht ein Geburtsdatum und noch ein Datum darauf, ich vermute später das Bestattungsdatum. Der Aufkleber weist als Geburtsdatum den 09.10.1934 aus (bei dem Tag möchte ich mich nicht so festlegen). Ich denke: ‚Das kann doch nicht sein, das ist die falsche Urne!' Oder ist es bei einer anonymen Bestattung egal, wessen Urne wo in der Erde versenkt wird? Fragen über Fragen. Alles dreht sich in meinem Kopf. Mein Herz schlägt schneller, mein Puls tobt. Ich überlege, ob ich meine Entdeckung preisgeben soll, ob ich dazu nicht sogar verpflichtet bin. In Sekundenbruchteilen entscheide ich, mich zurückzuhalten. Ich weiß zum einen nicht, wie die Kinder und Susanne reagieren würden. Und zum anderen will ich nicht, dass es einen Riesenaufstand am offenen Grab gibt. Obwohl, Wirbel und Aufstände waren eigentlich immer das, was meinen Vater ausgemacht hat.

Dann wird die Urne zu Grab gelassen und Tante Johanna ist die Erste, die zwei Schaufeln voll Sand in das Loch wirft. Danach schaut Susanne zu mir herüber und ich bin mir nicht sicher, ob sie und die Kinder zuerst gehen möchten. Ich werte ihren Blick als Aufforderung an mich und gehe nach vorn. Leise sage ich „Mach's gut", überlege aber stattdessen, wen wir da unten jetzt mit Sand bedecken. Alle anderen außer Susannes Schwester gehen ans Grab. Als Max da vorn mit der Schaufel in der Hand steht, wirkt das grotesk. *Er macht es bestimmt mir zuliebe.*

Wir stehen noch eine ganze Weile am Grab, ich unterhalte mich mit Rainer Wild, dann ruft Susanne mich zu Oli wegen der Kisten. Heute sagt er wieder, ihm eile es nicht, und ich frage ihn, ob der Sonntag für die Aktion grundsätzlich ausgeschlossen ist. Nein, das wäre schon möglich, nur nicht an den nächsten zwei Sonntagen, weil er Motorradtouren geplant hat, wenn das Wetter schön ist. Das beruhigt mich.

Während wir zusammenstehen und eine Zigarette rauchen, kommt Susannes Mutter wie zufällig dazu und erwähnt eine blaue Mappe, die im Unfallauto gefunden worden sei. Es wären Kfz-Papiere, möglicherweise von den Autos, die bei Oli stehen, darin und die Mappe sei jetzt bei ihr. Er könnte ihr ja seine Visitenkarte geben und sie würde ihm dann die Unterlagen zuschicken. Wie gerissen, denke ich. Sie will bestimmt nur wissen, wo sie Oli finden kann, und hat nichts Besseres zu tun, als umgehend bei ihm auf der Matte zu stehen. Aber das wendet Oli geschickt ab und sagt: „Susanne hat ja meine Kontaktdaten. Am besten, Sie geben Susanne die Mappe."

Wind ist aufgezogen und es ist ziemlich ungemütlich, als wir zu dem Aufenthaltsraum zurückgehen. Johanna erwähnt, dass sie jetzt nicht mit zu Susanne nach Hause möchte. Sie schlägt vor, auf dem Rückweg nach Wiesbaden einen Kaffee zu trinken. Rainer möchte uns begleiten, obwohl das nicht auf seiner Strecke liegt.

Susanne gegenüber erwähne ich kurz, dass ich ein falsches Geburtsdatum auf der Urne wahrgenommen habe. Sie reißt die Augen auf und gibt ein entsetztes „Waaass?" von sich. Ich bin mir nicht sicher, ob der Wind meine Worte überhaupt zu ihr getragen hat, und lasse das Thema vorerst fallen.

Wir gehen mit den Blumen noch einmal zum Grab. Susanne hat einen Kranz und drei schöne Gestecke angefertigt. Die Gestecke haben die Form von kleinen Herzen, für jedes Kind eins. *Es hätte auch Gestecke für die nicht anwesenden Kinder geben müssen.* Immerhin war mein Vater sehr produktiv und hat insgesamt sechs Kinder in die Welt gesetzt. In die Welt ist sehr passend, da wir noch eine Halbschwester in Frankreich und einen Halbruder in den USA haben. Ein weiterer Junge wurde zur Adoption freigegeben und lebt ganz in unserer Nähe.

Wir legen die Gestecke auf eine Platte, die nun das Erdloch bedeckt. Susanne kniet sich hin und rückt die Blumen zurecht. In jeder Ecke platziert sie ein Herz und ihren Kranz. Sie sagt: „All' deine Lieben sind hier", und mir kommt das etwas unpassend vor, weil ich mich nicht zu den Lieben zähle. *Sie beweint den Falschen. Da unten, das ist nicht Papi.* Zwischendurch schießt mir der verrückte Gedanke durch den Kopf, dass er sich ja auch eine neue Identität gekauft haben könnte und vielleicht gar nicht tot ist. Absurd, ich weiß. Aber ich bin in diesem Moment aufgewühlt und verwirrt zugleich.

Bevor wir fahren gehe ich noch mal in den Aufenthaltsraum, wo Susannes Schwester, Oli, die Mutter und die Kinder sitzen und Kaffee trinken. Zum Abschied reiche ich allen die Hand – außer Susannes Mutter –, als Oli sich an mich wendet: „Ist das richtig, dass Sie die Kosten dieser Maßnahme hier zu tragen haben?" Ich nicke zögernd und überlege, über was hier eben gesprochen wurde. Er fragt mich, ob er sich in irgendeiner Form beteiligen kann. Ich habe die Abwicklung der Zahlungen schließlich an Johanna abgetreten und weiß nicht, wie das jetzt weitergeht. „Wir können gerne darüber sprechen, aber nicht heute." Ich soll ihn in jedem Fall erinnern, bittet er mich.

Es ist schon halb fünf, als wir aufbrechen. Susanne will nicht mit, da die Jungs nach Hause möchten, und so verabschieden wir uns. Ich bin sehr froh, als wir im Auto sitzen.

In der nächstgrößeren Stadt finden wir nach einem kleinen Rundgang ein Café. Nachdem sich eine zunächst peinliche Stille gelöst hat, kommt doch ein Gespräch in Gang. Es ist beruhigend und sehr wichtig für mich, was Rainer über meinen

Vater erzählt. Über seine ganzen Träume und Illusionen, für die er gelebt und dabei die Realität nicht mehr wahrgenommen hat. Insbesondere was die Schulden betraf. Rainer bestätigt mir, dass es meinem Vater schon sehr leidgetan hätte, dass er keinen Kontakt zu mir hatte. Tja, leid tut es mir auch um all die Zeit, die vergangen ist, und darum, dass es so ist, wie es jetzt ist. Ich verspüre eine ungeheure Traurigkeit darüber, dass mein Vater mir nie selbst gesagt hat, er ist stolz auf mich. Das habe ich nur durch Erzählungen anderer erfahren. Wieso bedeutet mir das so viel? Mama hat mir oft genug gesagt, dass sie stolz darauf ist, was aus mir geworden ist und welchen Weg ich bis heute gegangen bin. Aber es nützt nichts. Ich muss mich mit den Tatsachen abfinden und damit, was ich erst jetzt über ihn herausfinde.

Weitere drei Stunden später sind wir wieder in Wiesbaden. Ich umarme Johanna zum Abschied und dann fragt Max, ob wir noch mal zu meiner Mutter fahren wollen. Ich bin nicht begeistert, wenn ich daran denke, dass ihr Lebensgefährte Matthias nur seine Urlaubsstorys zum Besten geben und berichten wird, wo die Steaks am besten waren. Er ist nicht besonders sensibel, was das Zwischenmenschliche betrifft, und davor fürchte ich mich heute. Wir fahren aber trotzdem hin. Schon allein, weil ich Mama sehen will nach den langen Wochen.

Ich bin sehr überrascht. Nicht Matthias übernimmt heute den unsensiblen Part, sondern Mama. Sie ist so krass in ihren Bemerkungen und erwähnt ohne Vorankündigung: „Wenn ich zu einer Beerdigung gehe, dann um jemandem die letzte Ehre zu erweisen.“ Sie versteht überhaupt nicht, warum mich das alles so mitnimmt. Ich soll lieber mal an das Geld denken und was uns die ganzen Eskapaden meines Vaters gekostet haben. Dass er mir den Führerschein versprochen und mir in meinem

Leben gerade mal ein paar Schuhe gekauft hat. Diese Schuhe haben bei uns offensichtlich einen hohen Stellenwert, weil auch Mama sie erwähnt. Ich gehe davon aus, dass sie mit ihren harten Worten vor Matthias verbergen will, wie es in ihr aussieht. Da bin ich mir ziemlich sicher. Das ist jedoch kein Trost für mich. Ja, sie hat nicht unrecht und ich habe ganz bestimmt nichts vergessen. Aber aus meiner Haut kann ich nun mal nicht und antworte ihr: „Kein Mensch kann die Hand dafür ins Feuer legen, wie er in bestimmten Situationen reagiert." *Die Hand ins Feuer legen.* Ich erwähne meine Vermutung mit der falschen Urne. Aber das will hier und jetzt so richtig niemand hören.

Zwischendurch ruft Susanne auf meinem Handy an und ich flüchte mich ins Bad auf die Wanne und lausche gespannt, was sie zu sagen hat. Sie steigert sich gerade richtig rein und ist nicht zu beruhigen. Ich frage mich, warum Susanne niemanden außer mir zu haben scheint, mit dem sie reden könnte. Jemanden, der jetzt bei ihr ist und sie tröstet. Das macht mich traurig. Ich kann nicht lange mit ihr sprechen. Ich bin irgendwie ausgepowert.

Gegen halb zwölf sind wir endlich zu Hause. Wir sitzen am Kamin, trinken Wein und hören Musik. Ich muss weinen, weil jetzt die ganze Anspannung des Tages von mir abfällt. Ich frage mich, wann die Zeit des Vergessens beginnt. Um ein Uhr vierundfünfzig jedenfalls bin ich, wie fast jeden Freitag, noch wach und muss an den Unfall denken.

Samstag, 23. Februar

Heute ist der Ablauf anders als jeden Samstag. Wir frühstücken zuerst und ich fahre danach zum Einkaufen. Mein Kopf brummt wieder einmal und ich male mir aus, was daraus heute noch werden könnte.

Mama hat sich für mittags angekündigt und bis dahin erledige ich noch ein paar Kleinigkeiten im Haushalt. Gegen Mittag ruft sie mich übers Handy an und sagt, dass sie gerade im Supermarkt ihre Schlüssel verloren hat. Ich fahre zu ihr und wir suchen noch mal alles ab von der Gemüseabteilung bis zu den Papierkörben auf dem Parkplatz. Der Schlüsselbund bleibt verschwunden. So müssen wir nun zu ihr nach Hause fahren, den Ersatzschlüssel holen und vor allem Matthias beichten. Das gibt wahrscheinlich wieder eine Riesenwelle. Mir ist das alles sehr vertraut und ich denke gerade an meine EC-Karte.

Nach der ganzen Aktion mit dem Schlüssel sitzen wir dann schließlich in unserem Esszimmer zusammen. Heute spricht Mama ganz anders und ist ein heulendes Elend. Ich fühle mich bestätigt darin, wie sie gestern reagiert hat, weil Matthias in der Nähe war.

Meine Verantwortungslosigkeit im Umgang mit Alkohol, ohne feste Nahrung und wenig Schlaf führt dazu, dass ich nachmittags Migräne bekomme. Ich lege mich eine Stunde ins Bett, da wir uns heute Abend zum Essen bei Felix und Caroline treffen. Auf dem Weg dorthin ist mir so übel, dass ich befürchte, ich muss mir ein Taxi nehmen und direkt wieder nach Hause fahren. Unser Abend ist sehr entspannt, wir lachen viel und nachdem ich etwas gegessen habe, sind auch meine Kopfschmerzen besser. Vom Alkohol halte ich mich aber fern. Geht doch, denke ich mir.

Gegen Mitternacht brechen wir nach Hause auf. Im Auto frage ich Vivien, was denn alles auf einer Urne steht, und erwähne meine Vermutung, dass gestern die Urne vertauscht wurde. Sie sagt, sie hätte mich absichtlich den ganzen Abend über nicht nach der Beisetzung gefragt und rät mir, in jedem Fall noch mal bei Frau Ahrend anzurufen, damit ich Gewissheit habe. Ich bin mir noch nicht sicher, ob ich das will, und werde nichts überstürzen.

Sonntag, 24. Februar

Max ist heute Nachmittag mit Steffen zum Kartfahren verabredet und ich hatte ursprünglich geplant, mich in dieser Zeit mit Eva zu treffen. Da aber mein Kopf noch nicht hundertprozentig wiederhergestellt ist und mir alles andere zu anstrengend erscheint, entscheide ich mich, zu Hause zu bleiben. Max ist nicht begeistert, denn er ist der Meinung, mir würde es guttun, mal rauszukommen.

Mama ruft mich an, um mir zu sagen, dass sie meine Aufzeichnungen bis zum Tag vor der Beisetzung gelesen hat. Dabei hat sich ihr Magen so verkrampft, dass sie erst mal Baldrian genommen hat. Ich habe ein schlechtes Gewissen, als ich das höre, weil ich mich wieder einmal verantwortlich fühle. Ich überlege mir, wie sie wohl empfunden hat, und ob es richtig war, ihr meine Zeilen mehr oder weniger aufzudrängen mit der Bemerkung: „Ich habe alles für dich aufgeschrieben, weil du ja nicht hier sein konntest.“ Letztendlich schreibe ich für mich, um alles irgendwie zu verarbeiten. Ich rufe sie etwas später noch mal zurück und sage, dass es mir leidtut, und frage, ob es ihr besser geht. Sie beschwichtigt mich, es wäre alles in Ordnung. Aber meine Zweifel bleiben. Das sind wieder Dinge, die nicht mehr rückgängig zu machen sind, und ich hoffe, dass das, was sie gelesen hat, nun nicht zwischen uns steht.

Montag, 25. Februar

Es dauert eine Weile, fast einen halben Tag, bis ich mir ein Herz fasse und bei Frau Ahrend anrufe wegen der Urne.

Ich gebe ihr eine kurze Rückmeldung zur Beisetzung am Freitag, erwähne, dass wir durch unsere Verspätung nicht dazu gekommen sind, die CD abzugeben, aber dass die Musik in der Abschiedshalle in Ordnung war. Dann frage ich sie, welche Angaben üblicherweise auf einer Urne stehen, und dass ich mir nicht sicher bin, aber möglicherweise die falsche Urne beigesetzt wurde. Ich erkläre ihr, dass ich am Grab nichts gesagt habe mit Rücksicht auf meine Halbbrüder und weil ich mir auch heute noch nicht sicher bin, ob ich vor lauter Stress nicht eine falsche Wahrnehmung hatte. Frau Ahrend ist entsetzt und sagt, dass in ihrem Haus immer noch einmal überprüft wird, ob auch die richtige Urne beigesetzt wird. Auf der Urne stehen der Name, das Geburtsdatum und das Datum der Bestattung, erklärt sie mir. Ich bitte sie, doch einmal im Krematorium anzurufen und zu fragen, ob am Freitag jemand mit dem Geburtsdatum, das ich auf der Urne erkannt habe, beigesetzt wurde. Sie verspricht mir, sich gleich darum zu kümmern.

Es dauert nicht lange und der Mitarbeiter des Krematoriums, der am Freitag die Beisetzung vorgenommen hat, meldet sich direkt bei mir. Er stellt sich als Herr Engel vor. Ein passender Name für einen Friedhofsangestellten!

Er erzählt mir, dass noch am Freitag, und zwar zum Anschlusstermin, die Verwechslung aufgefallen war und er erwartet hatte, dass jemand aus unserer Gruppe sich bei ihm meldet deswegen. Er sei krank gewesen und ein Kollege habe ihm die Urne übergeben und er habe nicht mehr geprüft, ob es die richtige war. „Dann liegt mein Vater jetzt ein Stück weiter oben?“, will ich von ihm wissen. Nein, noch am Freitag seien beide Urnen an den richtigen Plätzen untergebracht worden, berichtet er.

Während Herr Engel zu mir spricht, kann ich förmlich spüren, wie unangenehm ihm das ist. „Auch wir haben ein Gewissen und ich biete Ihnen an, dass wir einen Termin vereinbaren, das Grab noch einmal öffnen und Sie sich überzeugen können, dass alles nun seine Ordnung hat.“ Er will mir sogar die Benzinkosten für die Anfahrt erstatten. Das wird ihm in seiner ganzen Laufbahn nicht mehr passieren, da bin ich mir sicher. Ich beschwichtige ihn, dass Fehler überall passieren, und ich die Einzige bin, der es überhaupt aufgefallen ist. Ich werde mir das mit dem Termin überlegen und mich noch einmal bei ihm melden.

Nachdem ich aufgelegt habe, denke ich darüber nach, wem ich das nun erzählen muss oder ob ich diese Gelegenheit nicht ganz für mich allein wahrnehmen soll. Vielleicht kann ja auch Mama mitfahren. Das alles schwirrt mir für den Rest des Tages durch den Kopf.

Max ist der Meinung, dass ich Johanna darüber informieren müsste, was ich herausgefunden habe, weil wir ja auch auf der Rückfahrt im Auto darüber gesprochen haben. Wann ich sie anrufe, will er wissen. Ich bin mir noch nicht sicher. Muss ich auch Susanne informieren? Ich will nicht, dass daraus eine zweite Beisetzung gemacht wird, in dem Punkt bin ich mir sicher.

Dienstag, 26. Februar

Jetzt ist es einen Monat her. Und irgendwann wird es ein Jahr sein und länger. Die Erinnerungen an diese Zeit werden verblassen so wie die wenigen Erinnerungen, die ich überhaupt noch habe.

Morgens im Büro rufe ich Mama an. Als ich ihr von der Verwechslung der Urne erzähle, entgegnet sie knapp: „Na, dann hat ja jetzt alles seine Ordnung." Das enttäuscht mich etwas und ich frage mich, ob etwas zwischen uns steht und was das sein könnte? Haben wir uns voneinander entfernt, weil sie nicht versteht, warum ich so reagiere, wie ich reagiere? Ich traue mich nicht mehr, sie zu fragen, ob sie mitfahren würde, wenn ich mich entschließe, das Angebot von Herrn Engel anzunehmen.

Gegen Mittag erreiche ich Herrn Engel endlich und sage ihm, dass ich sein Angebot gerne annehmen und einen Termin vereinbaren möchte. Ich frage, ob es am Freitag möglich wäre, dann hätte ich im Februar wirklich noch einen Abschluss für mich. Er schaut nach, wann Beisetzungen terminiert sind für diesen Tag. Ob ich auch ganz früh kommen kann, will er von mir wissen. Er gibt mir einen Termin für acht Uhr morgens und ich überschlage schnell, wann ich zu Hause losfahren müsste, und sage zu. Max wird nicht begeistert sein. Erstens nicht, weil ich alleine fahre, und zweitens wegen der Uhrzeit, der Strecke und überhaupt. Ich weiß noch nicht, wie ich ihm das beibringen soll.

Auch bei Herrn Daniels, dem Mann, der die Wohnungsschlüssel meines Vaters in Verwahrung hat, rufe ich noch einmal an, obwohl ich mir sicher bin, dass sich in Sachen Nachlasspflegschaft noch nichts getan hat, wie mir Herr Daniels auch bestätigt. Er sagt, dass er bald ins Krankenhaus muss und gar nicht weiß, wem er die Schlüssel übergeben soll. Ich schlage ihm vor, sie beim Gericht in Bad Schwalbach abzugeben, und wundere mich über seine Hilflosigkeit. Auf der anderen Seite wohnt er in einem wirklich kleinen Nest auf dem Land, wo jeder jeden kennt und alles seine Ordnung hat. Ein solcher Vorfall gehört dort nicht zur Norm und deswegen ist er unsicher, was er zu tun hat.

Nach dem Büro fahre ich zu Oma. Ich weiß nicht, wie wir darauf zu sprechen kommen. Oma erwähnt jedenfalls, dass meine Mutter, als der Vater meiner Oma alt und krank war, zu ihr gesagt hat, sie verstehe nicht, warum meine Oma sich überhaupt um ihn sorgt, weil ihr Vater sich ja auch nie richtig um sie gekümmert habe. Daraufhin habe meine Oma meiner Mutter geantwortet: „Der Vater bleibt immer der Vater, egal was war.“ Das ist eine sehr weise Aussage, denn sie trifft auch auf mich zu in meiner jetzigen Situation. Ich versuche, mich in die Situation meiner Mutter zu versetzen, als ihr Vater vor fast zwanzig Jahren Selbstmord beging. Wenn die Aussage meiner Oma zutrifft, dann müsste meine Mutter doch ähnlich stark empfunden haben. Ich habe das damals gar nicht so wahrgenommen. Ich war erst zwanzig und wahrscheinlich zu sehr mit meiner eigenen Trauer beschäftigt, nehme mir aber vor, meine Mutter bei passender Gelegenheit darauf anzusprechen. Vielleicht ergibt sich das bei unserem nächsten Kurztrip nach Norddeutschland, den wir für Sommer geplant haben.

Abends rufe ich dann Johanna an, um ihr zu erzählen, was ich wegen der Urne erfahren habe. Ich will von ihr wissen, ob wir Susanne das sagen sollten. Sie hält das für keine gute Idee, weil es sie zusätzlich aufwühlen würde, und ich bin erleichtert, dass sie vorhat, Susanne morgen im Laden zu besuchen.

Susanne. Ich denke jeden Tag an sie und frage mich, ob es ihr ein kleines Stück besser geht. Anrufen kann ich sie nicht. Ich befürchte, dass mich das runterzieht so wie das letzte Telefonat am Freitagabend nach der Beisetzung. Ich möchte momentan ein bisschen das Leben, das ich vorher hatte, leben und mich nicht ständig mit den Dingen beschäftigen, die ich in den vergangenen Wochen erfahren habe. Ich nehme mir vor, Susanne in der nächsten Woche zu besuchen.

Johanna erwähnt fast beiläufig, dass sie Ende der Woche die Rechnung für die Bestattung überweisen wird. Sie fragt, wann ich mich mit Henning treffe. Ich soll doch mal mit ihm über seinen Anteil sprechen. Das ist mal wieder sehr gelungen. Erst sagen alle, ich werde damit gar nichts zu tun haben, und nun soll ich bei Henning anfragen, in welcher Form er sich beteiligt. Susanne sollte ihrer Meinung nach außen vor bleiben, sagt sie, da sie sowieso kaum etwas hat. Damit ist Max nicht einverstanden und Henning wird das auch nicht akzeptieren. Da ich weiß, dass den Letzten – also mich – rein rechtlich die Hunde beißen, muss ich mich wohl fügen, fühle mich allerdings sehr unwohl, wenn ich an morgen denke. Wir sind mit Henning und Sonja zum Essen verabredet.

Mittwoch, 27. Februar

Ich überlege den ganzen Tag, wie ich am Abend das Gespräch auf die Kosten lenken kann und vor allem, was ich sage. Scheiße, denke ich, das vermasselt irgendwie von vornherein alles, weil ich es die ganze Zeit im Hinterkopf haben werde.

Wir treffen uns um sieben bei einem Griechen in Wiesbaden. Henning hat einen Tisch vorbestellt und wir warten nicht lange auf die beiden. Seltsam, dass wir uns immer nur sehen, wenn in der Familie jemand gestorben ist. Zur Begrüßung umarmt mich Sonja und fragt, wie es mir geht. Gut. Wir kommen gleich auf die Beisetzung zu sprechen und auch auf die familiäre Situation früher mit den Großeltern. Sonja erzählt viel von den Kindern und den Problemen, die sie haben. Erstaunlich, wie unterschiedlich sich die vier entwickelt haben.

Das Essen ist gerade auf dem Tisch, als das Gespräch irgendwie auf das Geld in Amerika kommt. Ich glaube, Henning fängt davon an. Ich erwähne, dass die Beerdigung nun insgesamt zweitausendsiebenhundert Euro kosten wird und Johanna die Rechnung Ende der Woche überweisen muss. Da Vera das Geld erst im September mitbringt, sollten wir überlegen, wie wir es machen, weil Johanna die Summe sicher nicht allein vorlegen kann. Wir könnten dann im Sommer darüber „abrechnen“, wenn Vera da ist. Ich erwähne auch Oli und Susanne und hoffe, dass ich alles diplomatisch genug rübergebracht habe. Wieso nehme ich da eigentlich immer so viel Rücksicht? Wahrscheinlich weil ich weiß, dass allein ich für die ganze Finanzierung zuständig bin, und zum anderen, weil ich vielleicht damit rechne, dass Henning gleich abblockt. Mir ist auch klar, dass er und Sonja mit vier Kindern nicht im Geld schwimmen. Henning verspricht mir, mit Johanna zu sprechen, und ich bin mir nicht sicher, was er ihr sagen wird. Aber für mich ist damit das Thema durch, meinen Teil habe ich dazu beigetragen und bin erleichtert, dass ich nicht bis zum Ende des Abends damit warten musste.

Später im Auto frage ich Max, wie er es gesehen hat mit den Kosten. Er geht davon aus, dass Henning sich nicht beteiligen wird, da Johanna ja alles an sich gerissen hat. Ich finde es nach wie vor merkwürdig, dass ich nicht weiß, um welchen Betrag es geht, der in Amerika liegt. Denn wenn alle Geschwister vor drei Jahren aus der Versicherungssumme den gleichen Anteil bekommen haben und der Anteil meines Vaters zurückgehalten wurde, weil er im Gefängnis saß, dann ist mir schleierhaft, warum so ein Geheimnis um die Summe gemacht wird.

Freitag, 29. Februar

Wie sehr mich dieser Tag beeindrucken wird, weiß ich noch nicht, als ich mich um fünf Uhr aus dem Bett quäle. Es regnet ziemlich stark und mir graut ein bisschen vor der Fahrt, da ich zum einen nicht gerne bei Dunkelheit fahre und es bei dem Regen noch unangenehmer sein wird. Gestern habe ich vollgetankt, den Luftdruck bei den Reifen überprüft und nach dem Wischwasser gesehen (das werde ich heute sicher nicht brauchen). Seit einiger Zeit blinkt die Motorkontrollleuchte in meinem Auto und ich hoffe, dass dies nicht ausgerechnet heute dazu führt, dass ich tatsächlich unterwegs liegen bleibe.

Um halb sieben verabschiede ich mich von Max und hoffe, dabei einen relativ unbeschwerten Eindruck zu machen. Tatsächlich stehe ich unter Hochspannung, als ich mich auf den Weg mache. Ich frage mich recht schnell, warum ich das eigentlich auf mich nehme und was ich erwarte. Trotz Dunkelheit und Berufsverkehr komme ich gut voran, da ich gegen den Strom der Pendler fahre. Was für eine Strecke. Wie kann man nur freiwillig so weit vor der Stadt leben? Es wird langsam hell, aber der Himmel hängt voller Wolken und es gibt unterwegs teilweise heftigen Nebel. Passendes Wetter, der Himmel weint und hat alle Schleusen geöffnet!

Eine gute Stunde später erreiche ich das Krematorium diesmal ohne Umweg und Irrfahrt. Der Parkplatz ist leer. Zuerst gehe ich zu dem Aufenthaltsraum, in dem wir vor einer Woche waren. Der ist jedoch verschlossen und ich versuche es am Haupteingang. Auf mein Klingeln tut sich erst mal gar nichts. Erst als mich eine Frau, die sich gerade einen Kaffee macht, mit skeptischem Blick durch die Glastür wahrnimmt, wird mir aufgemacht. Die Dame bietet mir einen Platz an, weil Herr Engel noch nicht da ist. Es ist ein Büro, in dem drei Leute sitzen. Ich frage, ob ich auch einen Kaffee bekommen kann. Durch eine Glaswand kann ich in eine Halle sehen, in der ein Leichenwagen steht. Die Halle ist ziemlich groß und ich denke: ‚Hier herrscht bestimmt großer „Kundenandrang“ ‘. Ich trinke meinen Kaffee und hänge meinen Gedanken nach. Kurz darauf kommt Herr Engel und zieht gleich den Vorhang zu der Halle zu. *Sehr pietätvoll.* Er holt sich ebenfalls einen Kaffee und bittet mich, mit ihm in sein Büro zu kommen, da sei es ruhiger. Ich folge ihm durch die Halle in ein Nebengebäude. Als wir an einer Küche vorbeigehen, fällt mir ein großer Teller mit Fleischwurst ins Auge, der mich merkwürdig berührt. Aber essen müssen die Leute, die hier arbeiten, ja auch!

Im Büro von Herrn Engel angekommen schaltet er seinen PC an und zeigt mir eine Präsentation des Krematoriums. Ich frage mich, ob er die Zeit überbrücken will, bis wir zu dem eigentlichen Grund kommen, weshalb ich heute hier bin. „Sie sind mir überhaupt nicht aufgefallen letzte Woche“, sagt er und ich erwidere mit einem Lachen: „Dann waren Sie wirklich krank.“ Er zündet sich eine Zigarette an und erwähnt, wie sehr es ihn gestört hat, dass nicht gleich jemand zu ihm gekommen ist, als das mit der Verwechselung passiert ist. Ich nehme ihm das nicht übel und erkläre, warum ich mich so verhalten habe. Wenn ich nicht eine Woche vorher diese Dokumentation über Bestatter gesehen hätte, wäre ich wahrscheinlich gar nicht nach vorne gegangen, um zu schauen, was auf der Urne steht. Ich frage ihn, wie er das mit der anderen Trauergesellschaft geregelt hat, weil wir ja sehr lange geblieben sind. Er habe ihnen aus lauter Verzweiflung erzählt, dass die Urne noch nicht fertig ist, zwei Öfen ausgefallen sind und sie noch warten müssten. Unter welchem Stress muss er gestanden haben in dieser Situation! Es sei für ihn wie eine Erlösung gewesen, als am Montag das Bestattungsinstitut angerufen habe. Also, er hat mit Sicherheit auch ein beschissenes Wochenende gehabt. Ich wegen meiner Selbstzweifel und der ganzen Sache an sich und er wegen der Ungewissheit, ob jemand außer ihm seinen Fehler bemerkt hat.

Er erzählt mir von den verschiedenen Arten, auf dem Gelände des Krematoriums zur letzten Ruhe zu kommen. Es gibt Familien- und Freundschaftsbaumgrabstätten. Da Herr Engel für die Öffentlichkeitsarbeit zuständig ist, erklärt er mir den Unterschied zu öffentlichen Krematorien. Es berührt mich seltsam, dass heute auch der Tod PR benötigt. Und plötzlich fragt er mich, ob ich mich „dafür“ interessiere, dann würde er mir die ganze Anlage zeigen und erklären. „Aber nur, wenn Sie das aushalten können“, meint er und ich bin mir nicht sicher, was auf mich zukommt. Aber er macht einen so vertrauenerweckenden Eindruck auf mich und deshalb verspüre ich keine Angst. ‚Wenn ich schon noch einmal hier bin, sicher will ich alles sehen und wissen!' Wir gehen wieder zurück zur Anmeldung.

Direkt dahinter kann ich durch eine Glasscheibe einen Sarg erkennen. Herr Engel bittet mich, kurz zu warten. Dann winkt er mich zu sich. Wir stehen in einer Halle, die mich sofort an eine Autowerkstatt *(wie passend!)* erinnert. Es stehen zwei Särge vor den sogenannten Brennkammern. Herr Engel hat aus Datenschutzgründen die Zettel mit den Angaben verdeckt, sodass ich nicht erkennen kann, wer sich in den Särgen befindet. Ich bleibe dicht bei ihm und tue zunächst so, als ob der Sarg, neben dem wir stehen bleiben, gar nicht da ist. Er fragt mich, ob alles in Ordnung sei, da es nicht selbstverständlich wäre, das aushalten zu können. Mir fällt meine Zeit im Fotolabor bei der Polizei ein und meine Knie sind für einen kurzen Moment etwas weich. Aber ich verliere nicht meine Fassung und hoffe, mir ist nichts anzumerken.

Wir wenden uns einem Schaubild zu, auf dem der Aufbau der ganzen Anlage grafisch dargestellt ist. Herr Engel erklärt mir Schritt für Schritt, dass der Ausdruck „verbrennen" im Zusammenhang mit der Feuerbestattung falsch ist, da in den Kammern kein Feuer, sondern nur Hitze entsteht. Dort herrschen bis zu siebenhundert Grad. In der Brennkammer geht es los, danach fallen die sterblichen Überreste durch einen Trichter in eine weitere Kammer, in der Mineralien zugesetzt werden, um die Gifte, die bei dem Prozess freigesetzt werden, zu neutralisieren. Bei dem Prozess spricht man von „Entsorgung" und ich denke: ‚Logisch, Sondermüll muss ja auch entsorgt werden.' Ich berühre kurz die Urne, die unter dem Schaubild steht. Daneben liegt der kleine Schamottstein mit der Identifikationsnummer, die auch auf der Urne steht. Der Stein kommt mit in den Sarg und verwittert auch später nicht, sodass immer nachgewiesen werden kann, wer sich in der Urne befindet.

Neben dem Schaubild hängt ein Foto, auf dem ein Behälter mit Gebeinen zu sehen ist. Ganz deutlich zu erkennen sind die Oberschenkelknochen und anderes. Ich dachte bisher, dass die Asche oder die Rückstände die Form von kleinen Kügelchen haben, ähnlich wie Blumendünger, nur in Grau oder Weiß. Mir brennt die Frage auf der Seele, über die ich mit so vielen Leuten schon spekuliert habe und niemand mir bisher beantworten konnte. Befindet sich wirklich nur ein Verstorbener in jeder Urne oder wird nicht etwa die Asche von mehreren Toten „zusammengekehrt und abgefüllt"?

Dann gehen wir eine Treppe hinunter. Es ist die Rückseite der Anlage und Herr Engel erklärt, an welchem Platz des Schaubildes wir uns jetzt befinden. Es sieht alles sehr technisch aus und ich bin überrascht, weil ich bisher dachte, es ist nur ein Ofen erforderlich und sonst nichts. Über den Ablauf chemischer Prozesse und auch die Umweltschutzbestimmungen in diesem Zusammenhang spricht ja niemand. Wir gehen zum Ende der Anlage, also dem Punkt, wo der Behälter mit den sterblichen Überresten entnommen wird. Und tatsächlich steht dort ein solcher Behälter. Die Asche ist noch warm und auch hier sind ganz deutlich noch Knochenteile zu erkennen. Wer das wohl war? Nun bin ich überzeugt, dass nur die Asche eines Verstorbenen in der Urne ist, weil ich es mit eigenen Augen gesehen habe. Wir gehen wieder nach oben und Herr Engel würde mir noch eine „Einfahrt" zeigen, wenn ich interessiert bin und mir das zutraue. Mit Einfahrt ist die Beschickung des Ofens mit dem Sarg gemeint, der auf einer Schiene dort einfährt. Aber zuerst muss in der Brennkammer ein Unterdruck erzeugt werden, durch den es überhaupt erst möglich ist, die Klappe zu öffnen wegen der enormen Hitze. Es geht alles vollautomatisch. Und als die Tür geöffnet ist, muss ich an unseren Kamin zu Hause denken. Der Sarg setzt sich langsam in Richtung der glutroten Brennkammer in Bewegung. Dann geht alles ziemlich schnell. Die Klappe schließt sich und ich sehe in ein Fenster aus Glut. „Aber da war doch jetzt Feuer“, rufe ich Herrn Engel zu. „Ja, weil der Sarg sich durch die Hitze entzündet hat, deswegen wird auch immer ganz trockenes Holz verwendet. Aber dort ist nur Hitze, kein Feuer!“

Wir gehen nach draußen. „Sehen Sie den Rauch?“ Ja, denke ich, das ist der Sarg, dessen „Einfahrt“ ich eben miterleben durfte und dessen Inhalt jetzt gerade „entsorgt“ wird. „Wenn es die Filteranlage und die chemischen Prozesse, die dabei ablaufen, nicht geben würde, könnten wir jetzt hier nicht stehen. Sie würden es nicht aushalten bei dem Gestank.“ Er lässt mich kurz allein. Ich stehe vor dem Aufenthaltsraum und schaue nach oben zu der Grabstelle meines Vaters. Im Nebel kann ich einen Mann sehen, der gleich anfangen wird, die Stelle aufzugraben, und es tut mir leid, dass er das im strömenden Regen tun muss. Er hält einen Moment inne, verbeugt sich und macht sich an die Arbeit.

Mir wird etwas mulmig und ich bin froh, als Herr Engel wieder bei mir ist. Er fragt mich, ob denn die anderen unserer Gesellschaft gar nichts wissen, und ich sage ihm, dass nur mein Mann weiß, dass ich heute hier bin, da ich davon ausgehe, dass es für die anderen nicht diese Bedeutung hätte. Wie egoistisch. Aber dieser Moment gehört jetzt mir! Wir gehen in Richtung der Grabstelle. Zwischendurch bleibt Herr Engel immer wieder kurz stehen, während wir uns unterhalten. Ich würde lieber direkt weitergehen und bin mir nicht sicher, warum er diese Stopps einbaut. Ob er den Beruf des Bestatters gelernt habe, will ich von ihm wissen und denke wieder an die Dokumentation im Fernsehen. Er ist Theologe. Das überrascht mich sehr und es erklärt absolut, warum er in dieser Art und Weise zu mir spricht.

Ich frage ihn, was es mit dem Tisch in der Außenanlage auf sich hat, der uns in der vergangenen Woche schon aufgefallen ist. Es ist ein großer Steintisch, auf dem Laternen, Bilder oder Schilder mit den Namen von Verstorbenen abgestellt sind. Herr Engel erklärt, dass ein Mal im Jahr die ganze Grünanlage abgeräumt wird und dann verschiedene Dinge auf diesen Tisch kommen. „Sehen Sie, den letzten Willen eines Verstorbenen bei einer anonymen Beisetzung umzusetzen und auf der anderen Seite das Bedürfnis, der Trauer ein Bild zu geben, ist für die Angehörigen oft sehr schwierig." Ich erwähne, dass meine Oma wünscht, anonym beigesetzt zu werden, und sie nicht möchte, dass wir dabei sind, damit daraus keine Verpflichtung für uns resultiert. Herr Engel schüttelt den Kopf „Aber letztlich sind es doch die Angehörigen, die mit dem Verlust weiterleben müssen. Also sollten sie auch die Möglichkeit haben, zu entscheiden, auf welche Art sie das möchten." Wie weise das klingt. „Kommen Sie doch im Sommer wieder und schauen sich die Anlage an, wenn alles etwas freundlicher aussieht als heute." Ja, das werde ich ganz sicher tun.

Als wir nach einer gefühlten Ewigkeit an dem Strommast angekommen sind, erzähle ich Herrn Engel, warum dieser Platz im übertragenen Sinn so passend für meinen Vater ist. Das Loch ist geöffnet und der grabende Mann fragt, ob er die Urne komplett freilegen soll. Ich verneine: „Der Deckel genügt." *Er hat schon genug zu schaffen gehabt!* Dann darf ich hinunterschauen und bin erstaunt: „Da steht ja sogar sein Name drauf!" „Ja sicher!", bestätigt Herr Engel. „Und was ist das für eine Nummer?“ Die Identifikationsnummer, die auch in den Schamottstein in der Urne gestanzt ist. *Logisch! Blöde Frage.* Die beiden lassen mich allein und entfernen sich ein Stück, um eine Zigarette zu rauchen.

Identifikationsnummer 92135, Klemens Petry, 06.11.1948. Das alles blinkt mir auf dem Urnendeckel aus dem Matsch entgegen. Das Entsorgungsdatum präge ich mir nicht ein, es ist unwichtig. *Da bist du also wirklich! Tut mir leid, dass ich dich heute noch mal störe. Aber es musste so sein!* „Dann sage ich dir jetzt noch ein letztes Mal Tschüss.“

Ich kann mich nur schwer lösen, es scheint alles so endgültig, aber klar. Dennoch gelingt es mir, mich abzuwenden, und ich danke dem „Gräber“ für seine Mühe bei diesem Wetter. Er macht sich wieder an die Arbeit, ganz bedächtig und mit einer Ruhe, die mich fasziniert. Er sieht so aus, als hätte er auch schon viel durchgemacht in seinem Leben, und vielleicht ist das ja hier genau die richtige Aufgabe für ihn. Denn es ist wirklich eine Aufgabe, nicht nur „Erdbewegung“.

Herr Engel und ich schlendern langsam Richtung Parkplatz. Ich bedanke mich auch bei ihm für die Zeit, die er sich genommen hat, und füge fast entschuldigend hinzu, dass er mein Kommen heute nicht als Misstrauen ihm gegenüber verstehen soll. „Bleiben Sie dabei, wenn Sie in Ihrem Leben an irgendetwas Zweifel haben, verschaffen Sie sich in jedem Fall Gewissheit. Denn nur mit Gewissheit können wir leben“, antwortet er mir. Wir stehen noch einen Moment zusammen und meine Augen füllen sich mit Tränen. Aber es ist kein Schmerz dabei, sondern Freude darüber, diesen Menschen getroffen zu haben, der durch seinen Fehler, den er heute wiedergutgemacht hat, mein Leben so intensiv bereichert hat. Er fragt mich, ob wir noch einen Kaffee zusammen trinken, und ich zögere, denn es ist schon später geworden, als ich geplant hatte. Ich muss noch ins Büro. Aber gleichzeitig möchte ich noch einen Augenblick die friedliche Atmosphäre genießen, die dieser Tag ausstrahlt. Herr Engel übergibt mir seine Visitenkarte. „Wenn Sie Menschen kennen, die sich für das alles hier interessieren, rufen Sie mich an. Wir freuen uns, wenn die Menschen zu uns kommen, und wollen keine Geheimniskrämerei betreiben so wie die öffentlichen Krematorien."

Wir verabschieden uns. Ich gehe noch ein letztes Mal zu der Grabstelle. Es wurde frischer Torf aufgebracht und ich sage leise: „Nun hast du deine Ruhe und hoffentlich Frieden!" Auf dem Weg zu meinem Auto schaue ich mir noch einige Baumgräber an und entdecke unter einer Birke, meinem Lieblingsbaum, einen kleinen Engel direkt am Stamm. ‚Wie hübsch: So könnte mich mir auch mein eigenes Grab vorstellen.'

Dann berühre ich noch den Stein des Anstoßes, einen großen felsartigen Stein, der dort liegt und zu dem Herr Engel mir erklärt hatte, dass der Tod immer noch Anstoß ist. Zu was in meinem Fall weiß ich noch nicht, aber ich bin gespannt und zuversichtlich, dass mich der Tod meines Vaters weiterbringt im Leben. Ich will jetzt ein Stück von dem Leben zurückhaben, das ich vorher gelebt habe. „Das ist gut so", bestätigt mir Herr Engel, „denn diese Einstellung ist eine natürliche Schutzfunktion für uns."

Auf der Rückfahrt bin ich sehr stolz und freue mich über das Erlebte. Eine tiefe Zufriedenheit macht sich in mir breit. Ich bin sehr aufgewühlt und mir wäre jetzt eher danach, für den Rest des Tages weiterzuträumen und nachzudenken als ins Büro zu fahren. Der Nebel, der Regen und dabei die passende Musik. Es ist einfach schön und friedlich. Ich entdecke, wie schön das Lied „Wenn ich tot bin“ doch ist und wie anders es sich heute, vier Wochen später, anhört. Ich fahre wie auf Schienen zurück nach Wiesbaden, weine und lache. Und jedes Mal, wenn ich in den Himmel schaue, fühle ich mich beobachtet. Ich bin beseelt.

Es war eine sehr weise Entscheidung, den Termin auf genau diesen Tag zu legen, da ich dann im nächsten Jahr nicht sagen kann: „Heute vor einem Jahr war das mit der Urne.“ Ich werde diesen Tag also erst wieder in vier Jahren noch einmal gedanklich durchleben, wenn ich das Bedürfnis dazu habe.

Im Büro angekommen ist es fast elf Uhr und ich bin relativ durcheinander. Am Nachmittag haben wir Bewerbertraining für die neuen Auszubildenden und ich habe total vergessen, dass ich für die Raumvorbereitung eingeteilt bin, als mein Kollege plötzlich vor mir steht und mich daran erinnert. Meine Kollegin Hannah fragt mich sanft: „Hat er nun seinen Platz gefunden?“ Hannah hatte einige Tage zuvor das Telefonat mit Herrn Engel unfreiwillig mitbekommen und ich berichte ihr kurz von dem schönen Morgen, den ich heute hatte.

Montag, 10. März

Es ist jetzt zehn Tage her, seit ich mich entschlossen habe, nicht mehr traurig zu sein, und es geht mir auch erstaunlich gut dabei.

Henning besucht mich morgens im Büro. Er will wissen, „ob ich noch etwas gehört habe“. Es geht mal wieder um die Kosten und ich bin überrascht, da er mir zugesagt hatte, Johanna anzurufen deswegen. Er habe sie bis jetzt noch nicht erreicht und bei ihm sieht es momentan auch eng aus finanziell. „Na ja, dann ist das ja alles gut ausgegangen", entgegnet er, als ich ihm berichte, dass es wohl wirklich erledigt ist.

Ich nehme mit der ZDF-Redaktion telefonisch Kontakt auf wegen des Beitrags über meinen Vater. Ich hätte gerne ein Exemplar für mich zur Erinnerung. Der Herr am anderen Ende macht sich viel Mühe mit der Suche, um mir dann zu sagen, dass der Beitrag im Internet mit einem Sperrvermerk zum Schutz von Persönlichkeitsrechten versehen ist und deshalb nicht zur Verfügung gestellt werden kann. Er erkundigt sich aber, ob in „meinem Fall" eine Ausnahme gemacht werden kann. Nachdem das nicht möglich ist, verweist er mich an die Redakteurin, die im vergangenen Jahr den Beitrag zusammengestellt hat, weil das die einzige Möglichkeit für mich wäre, noch an irgendwelches Material zu kommen.

Als ich die Redakteurin erreiche, erkläre ich kurz und aufgeregt, worum es geht. Sie fragt mich zunächst, wer denn mein Vater gewesen sei. „Ach ja, der Kfz-Mechaniker mit dem Jaguar. Ich erinnere mich. Hatte er nicht einen kleinen Sohn? Er hat mir seine Brieftasche mit dem Foto gezeigt. Mit dem Geld für den Jaguar wollte er sich wieder selbstständig machen."

Ich bestätige ihr meine zwei Halbbrüder und dass ich nicht weiß, was aus der Selbstständigkeit geworden ist, und erwähne den Unfall. „Ich hatte keinen Kontakt zu meinem Vater und dieser Beitrag würde eine meiner einzigen Erinnerungen sein." Am anderen Ende vernehme ich eine Schockreaktion. „Oh nein, das ist ja schrecklich, mein Beileid." Lange nicht gehört diese Floskel! Frau Veller verspricht mir, das Rohmaterial des Beitrags zu sichten, kann aber nicht sagen, wann sie das schaffen wird. Ich gebe ihr alle Zeit der Welt und bitte sie, mir ihre Mühe in Rechnung zu stellen. Sie sagt, das sei nicht notwendig, und verspricht, mich anzurufen, wenn sie fertig ist. Ich hoffe insgeheim, dass dabei nicht nur der Beitrag, wie er gesendet wurde, herauskommt, sondern vielleicht auch ungesendetes Material, und bin gespannt, was Frau Veller daraus für mich machen wird.

Nach der Arbeit besuche ich Oma. Sie liegt im Bett und schläft, was völlig untypisch ist um diese Zeit. Ich beobachte einen Moment, ob sich die Bettdecke hebt durch ihren Atem, und bin erleichtert, als ich das erkennen kann. Sie ist total erkältet und ich gehe in die Küche, um für sie das Abendessen zu holen. Die Situation erinnert mich an die Zeit, als sie vor drei Jahren im Krankenhaus lag. Während ich ihr das Brot aufschneide, spricht sie etwas verwirrt und ich bin besorgt, dass nun der Zeitpunkt gekommen sein könnte, an dem sie nicht mehr aufsteht.

Am Abend rufe ich Susanne an. David ist am anderen Ende und wir sprechen kurz über sein Praktikum bei Oli. Dabei fällt mir seine dunkle, eindringliche Stimme auf. Ich glaube, er ist über meinen Anruf nicht begeistert, da nun das Telefon blockiert ist. Er kennt seine Mutter, es kann dauern, wenn sie mal das Telefon in Beschlag hat.

Ich will eigentlich hören, ob es was Neues gibt in Sachen Kisten. Oli sei ein komischer Kauz und sie hätten ein wenig Ärger gehabt wegen David und der Fahrerei zum Praktikum. Da Susanne, wie auch ich, ein ängstlicher Fahrer ist, hat sie David in der vergangenen Woche bei Schneetreiben vor Bad Camberg abgesetzt und gesagt, er solle sich den Rest des Weges allein durchschlagen. Das hat Oli gar nicht gefallen, da er schließlich die Fürsorgepflicht habe, wenn David bei ihm ein

Praktikum macht. Deshalb wurde mit den Kisten immer noch nichts geklärt.

Dann berichtet sie mir, dass sie am Samstag „am Baum" waren, als ein Auto angehalten hat. Es war der Vater eines Klassenkameraden von David, der bei der freiwilligen Feuerwehr ist. Er war froh, Susanne anzutreffen, und erzählte ihr wieder etwas mehr zu der Nacht. Ein junges Mädchen, das direkt hinter meinem Vater gefahren war, hat alles in die Wege geleitet, also die Polizei angerufen und so. Ich frage mich, wer sie ist und wie sie das alles verarbeitet hat.

Der Feuerwehrmann berichtet weiter, er sei einer der Ersten am Unfallort gewesen. Er habe meinen Vater aus dem Auto geborgen, als er noch gelebt hat. Sie haben ihn neben das Auto auf den Boden gelegt. Die Augen waren offen und er tat noch einige Atemzüge. Einen kurzen Moment später war da aber nichts mehr. Dann habe das Rettungsteam mit den Wiederbelebungsversuchen begonnen. Die starken Verletzungen am Brustkorb haben es jedoch unmöglich gemacht, noch etwas für ihn zu tun. Mir kommen die Tränen, als sie das erzählt, und ich sehe ihn dort liegen. Ich frage, wie David reagiert hat, als der Feuerwehrmann das alles so haarklein erzählt hat. Susanne sagt, er habe sich abgewendet und sie konnte nicht sehen, was in ihm vorging.

Susanne kommt darauf zurück, dass sie sich die Bilder bei der Polizei ansehen will. Ich weiß nicht, ob ich das kann. Ich würde wahrscheinlich die Bilder, die ich seit dem Unfall in meinem Kopf habe, bestätigt sehen und nicht mehr loswerden. Wir telefonieren wieder einmal fast eine Stunde und es ist halb elf, als wir uns gute Nacht wünschen.

Dienstag, 11. März

Gegen Nachmittag erreicht mich im Büro ein Anruf, der über die Zentrale zu mir durchgestellt wird. Es ist Anna. Sie ist im Krankenhaus und ich verstehe sie kaum. Sie erzählt, dass es ihr immer schlechter geht und sie Ende der Woche nach Hause entlassen wird. Es ist ein sehr chaotisches Gespräch, in dessen Verlauf es hoch hergeht. Anna regt sich erst mal über die Zentrale auf und schimpft: „Es hat sich nichts verändert. Wir sind immer noch kein Dienstleistungsunternehmen, so wie die einen abbügeln da unten." Ich versuche, sie zu beruhigen, will wissen, wieso sie über die Zentrale zu mir gekommen ist. „Ich bin im Krankenhaus!", ruft sie und diese Antwort passt nicht, denke ich. Sie fragt nach meinem Nachbarn, Werner, der auch an Krebs erkrankt ist. ‚Das ist verrückt, Anna!', schießt es mir durch den Kopf. ‚Warum willst du das ausgerechnet jetzt wissen?' „Er lebt doch noch?" „Ja, aber ich habe ihn länger nicht gesehen. Wir feiern am nächsten Samstag zusammen seinen Geburtstag." „Sag ihm, er soll nicht aufgeben, nie aufgeben, sag ihm das!" Palliativmedizinisch sei sie in besten Händen. Ich habe eine schleichende Ahnung, was sie mir mit ihren Äußerungen sagen will. Es sind indirekte Botschaften. Sie wird sterben und es bleibt nicht mehr viel Zeit. Ich habe hinterher ein ganz schlechtes Gefühl, weil wir so permanent aneinander vorbeigeredet haben während des gesamten Gesprächs. Ich weiß zu diesem Zeitpunkt noch nicht, dass diese Sprünge in ihrem Zustand normal sind, weil sie unter starken Medikamenten steht.

Ariane und ich beschließen, es den anderen erst morgen während unserer Teambesprechung zu sagen, weil ein Kollege einen Sektempfang zu seinem Geburtstag gibt und Anna bestimmt auch nicht wollte, dass die Stimmung wegen dieser tragischen Nachricht auf den Nullpunkt sinkt.

Samstag, 15. März

Heute hat Werner Geburtstag und feiert im kleinen Kreis. ‚Er sieht richtig gut aus', denke ich. Wie es wohl in seinem Inneren aussieht? Da ich heute nicht besonders fit bin, halten wir uns etwas im Hintergrund. Im späteren Verlauf des Abends setzt sich Werner zu uns und wir stoßen noch einmal gemeinsam auf seinen Geburtstag an. Ich beobachte ihn von der Seite. Mir fällt dabei Anna ein, was mir die Tränen in die Augen treibt. ‚Du lebst', denke ich. Aber keiner weiß, wie lange noch. Ich richte ihm aus, was Anna mir für ihn mit auf den Weg gegeben hat. Er nickt: „Sage ihr, ich weiß, was abgeht!" Und ich weiß nicht, ob sich noch eine Gelegenheit ergibt, ihr das auszurichten.

Montag, 17. März

Am Nachmittag fahre ich zu Caroline, um die Osternester für die Kinder vorbeizubringen. Marie ist gerade dabei, einen Blumentopf zu bemalen. Sie hat Spaß und taucht ihre Hände immer schön in einen grünen Farbtopf.

Caroline hat vieles, was passiert ist, noch gar nicht mitbekommen. Es hat sich bisher nicht ergeben, ihr das ein oder andere zu erzählen. Und so berichte ich ihr unter anderem von meiner Detektivarbeit bezüglich des ZDF-Beitrags, den Kisten, deren Inhalt noch auf Entdeckung wartet, und was sich so zugetragen hat in der Zwischenzeit.

Susanne schickt mir gegen Abend eine merkwürdige SMS und bittet mich, bei Herrn Daniels anzufragen, wie weit die Einleitung der Nachlasspflegschaft fortgeschritten ist. Ihre Mutter hätte David gegenüber behauptet, sie dürfte in die Wohnung. Das ist wieder äußerst mysteriös. Nachdem wir vom Griechen wieder zu Hause sind, rufe ich sie an.

Ihre Mutter hätte unter dem Vorwand, ihr Führerschein befinde sich dort, Zugang zur Wohnung gehabt, erzählt mir Susanne aufgeregt. So ein Schwachsinn!, kommt es mir gleich in den Sinn. Nach sechs Wochen fällt ihr so eine Story ein und es gibt dann auch noch Leute, die darauf reinfallen? Susanne ist wieder gut drauf und regt sich ziemlich auf deswegen. Ich verspreche ihr, bei Herrn Daniels nachzuhören, was mit der Wohnung ist.

Auch von einem Besuch von Rainer Wild am vergangenen Sonntag erzählt Susanne. Sie hätten Kaffee getrunken und sich gut unterhalten. Als er ging, sagte er jedoch zu Susanne: „Und wenn da noch irgendwo Werkzeug auftaucht, das gehört mir!" Ich nehme an, Susanne hat ihm von den Kisten erzählt. Es ist aber auch nur eine Vermutung und ich weiß nicht, was ich davon halten soll. Was hätte Rainer davon, wenn er irgendwelches Werkzeug bekommen sollte? Natürlich würde er es gleich zu Geld machen. Aber würde ihm das eine Genugtuung verschaffen? So hatte ich ihn bis jetzt nicht eingeschätzt. Die Aasgeier ziehen ihre Kreise.

Dienstag, 18. März

Heute haben Max und ich unseren vierzehnten Jahrestag und es ist Vivien, die mich per SMS daran erinnert! Mit den Gedanken bin ich nicht bei der Sache oder ich werde alt!

Um Punkt neun Uhr rufe ich Frau Stark, die freundliche Dame beim Amtsgericht in Bad Schwalbach, an, um zu erfahren, wo die Wohnungsschlüssel meines Vaters sind. Wie aus der Pistole geschossen, erfahre ich die Adresse des Nachlassverwalters, der bestellt wurde, und frage mich, wer da schon vor mir angerufen hat. Weitere Auskünfte kann ich von ihr nicht bekommen, da sie erst die Akte ziehen müsste. Ich schreibe gleich ein Fax an den Nachlassverwalter mit der Bitte um Rückruf. Bis zum Nachmittag tut sich jedoch nichts, deshalb rufe ich dort an. Nach Ewigkeiten meldet sich eine Dame. Ich erkläre, wer ich bin, und frage, ob mein Fax angekommen ist. Da ich davon ausgehe, dass der Nachlassverwalter die Wohnung räumt, frage ich schon mal vorsichtig an wegen der persönlichen Dinge. Die Dame gibt sich sehr verständnisvoll und sagt mir in jedem Fall einen Rückruf des Nachlassverwalters zu. Es tut sich wieder nichts.

Zu Hause berichte ich Max von den Neuigkeiten, die ich in Erfahrung gebracht habe. Ich zögere zunächst, noch einmal bei dem Nachlassverwalter anzurufen, da ich befürchte, mich für etwas rechtfertigen zu müssen, was ich nicht zu vertreten habe. Da es aber noch nicht sehr spät ist, versuche ich es doch und habe Herrn Fischer direkt in der Leitung. Mein Name sagt ihm nichts, ich muss wieder alles von vorne erklären. Mein Eindruck ist, dass er sich nicht mal die Mühe gemacht hat, mein Fax zu lesen, geschweige denn an einen Rückruf zu denken!

Er habe gestern die Wohnung besichtigt und die sei in einem erbärmlichen Zustand. Wie er das meint, frage ich. „Na ja, ganz schön zugemüllt eben.“ Ich erwähne, dass ich erfahren habe, dass mein Vater einiges gesammelt hat, aber „zugemüllt“? „Ja, also sehr unaufgeräumt“, korrigiert er sich schließlich. „Es sieht aus, als ob jemand alles durchwühlt hat. Das ist aber nicht der Fall.“ Ich frage mich, wieso er sich da so sicher ist, und mir fällt spontan Susannes Mutter ein. „Weil die Wohnung gleich durch die Polizei versiegelt wurde“, antwortet er auf meine nicht geäußerte Vermutung. Ich frage ihn dennoch nach Susannes Mutter und ob sie in der Wohnung war, um ihren Führerschein zu suchen. Er spricht schnell, ich kann ihm nicht folgen. Teilweise widerspricht er sich in seinen Äußerungen. Da ich in meinem Kopf währenddessen weitere Fragen zusammenstelle, kann ich in seiner Antwort nicht genau unterscheiden zwischen „sie war drin“ oder „sie war nicht drin“ (weil die Wohnung ja versiegelt ist – logisch). Er faselt noch etwas von einem anderen Schloss, das eingesetzt worden ist, und dass die Vermieter wegen der Mietschulden von ihrem Pfandrecht Gebrauch gemacht haben, was den Inhalt der Wohnung betrifft. Für ihn sei die Arbeit damit abgeschlossen, ich sollte mich direkt an die Vermieter wenden. Er gibt mir freundlicherweise noch den Namen und die Adresse. So einfach ist das. Ich bedanke mich bei ihm (wofür eigentlich?) und suche zunächst im Internet nach der Telefonnummer von Familie Stein. Im Anschluss daran rufe ich noch einmal den Vertreter von Herrn Daniels an, der die Schlüssel zuletzt hatte. Ich frage auch ihn, ob Susannes Mutter in der Wohnung war. Er verneint dies und sagt, „er habe ihr mal gleich gesagt, was da los ist“. Herr Daniels hatte ihm vom Zustand der Wohnung berichtet und auch er verwendet das Wort „vermüllt“. Er kennt die Vermieter und ich könnte dort ruhig anrufen.

Ich erreiche Frau Stein direkt, erkläre ihr zunächst, wer ich bin, und entschuldige mich gleich für die Unannehmlichkeiten, die sie nun durch meinen Vater hat. Ich fühle langsam vor, weil ich schon damit rechne, dass sie stinksauer ist und mir dies stellvertretend zu verstehen geben wird. Erstaunlicherweise ist sie jedoch ruhig und beantwortet bereitwillig meine Fragen.

Was sie mir berichtet, ist irgendwie unfassbar und vertraut zugleich. Es bestätigt mir, dass das Bild, das ich mir in der Zwischenzeit zurechtgelegt hatte, nicht zu dem passt, wie er zuletzt war. Diese Leute haben jetzt gerade erfahren, was ich während meiner beruflichen Tätigkeit bei einer Wohnbaugesellschaft leider schon sehr oft erlebt habe. Die Steins leben auf dem gleichen Grundstück. Ich will wissen, mit wie viel Mieten er im Rückstand war, und erfahre, dass er dort erst seit einem Jahr gewohnt, aber seit September keine Miete mehr gezahlt hat. „Aber das Sozialamt hat doch die Miete gezahlt?!“ „Nein, nein, sie haben ihm das Geld gegeben und er hat es ausgegeben, statt uns die Miete zu zahlen.“ Ich sage, dass mir das sehr leidtut. „Haben Sie ihn denn mal darauf angesprochen, wenn Sie ihn gesehen haben?“ „Ja sicher, dann hat er behauptet, es sei was mit der Bank schiefgelaufen und sein Konto wäre momentan gesperrt. Sie sollten sich aber keine Gedanken machen, er werde alles regeln. „Und wir haben ihm immer geglaubt.“ Wieso konnte und wollte dieser Mensch nie mit Geld umgehen? In mir macht sich großer Ärger breit. Ich frage mich, wer für diese Unfähigkeit verantwortlich ist. Das sind doch grundlegende Dinge, die jedem irgendwann mal beigebracht werden. „Bei unserem Sohn hat er auch noch Mietschulden für das Ladengeschäft.“ Das muss der Laden sein, aus dem die Kisten stammen, die bei Oli eingelagert wurden. Ich erwähne, dass ich keinen Kontakt zu meinem Vater hatte und nun trotzdem für die Bestattungskosten herangezogen wurde. Das findet Frau Stein wiederum ungerecht und sagt: „Ja, mit Kosten in der gleichen Höhe werden wir auch aus der Sache rausgehen.“ Das Problem aller Gläubiger ist ja, dass sie ihm geglaubt haben. Es ist schon ein Wahnsinn, welche Überzeugungskraft mein Vater immer hatte. Was hat er sich wohl dabei gedacht, wenn er das Geld der Steins für sich behalten und ausgegeben hat? Ich rate Frau Stein, in Zukunft vorsichtiger zu sein, aber sie ist erstaunlich optimistisch: „Wir haben schon so oft vermietet und sind noch nie eingegangen. Uns ist niemand etwas schuldig geblieben. Das war das erste Mal."

Ich will wissen, ob die Wohnung wirklich so verwahrlost ist, wie mir berichtet wurde. „Die Wohnung ist sehr unordentlich. Überall stehen Kisten und nicht zusammengebaute Möbel herum. Auf dem Boden liegen Kleidungsstücke und Schuhe. Auch der Speicher ist voller Kisten und Koffer. Auf dem Balkon steht ein Ledersofa, das auch nichts mehr wert ist." Sie war zuletzt vor einem halben Jahr in der Wohnung, um die Zähler abzulesen. Zu diesem Zeitpunkt war alles ordentlich und bewohnbar. Was ist in der Zwischenzeit passiert?

Schließlich komme ich zum eigentlichen Grund meines Anrufs und frage, ob wir persönliche Dinge, die in der Wohnung sind, haben können, bevor sie auf dem Müll landen. „Sein Ausweis liegt auf dem Tisch, den können Sie haben. Wir haben noch gar keinen Überblick und müssen erst mal alles durchsehen. Aber von Wert ist da nichts, der Computer und der Fernseher sind ja auch nicht neu. Für Donnerstag ist ein Kübel bestellt und am Samstag wird mein Sohn zusammen mit den Enkeln anfangen, die Wohnung zu räumen." Ärgerlich, dass ich über Ostern nicht da bin. Ich überlege, ob ich Susanne verständigen soll deswegen. Frau Stein verspricht mir jedoch, persönliche Dinge beiseitezustellen, und ich vereinbare, mich in der nächsten Woche zu melden, wenn ich wieder da bin.

Nun muss ich mir nur noch überlegen, wie ich Susanne das Ganze beibringe. Ich versuche in folgenden Tagen mehrmals, sie zu erreichen. Aber sie meldet sich nicht.

Mittwoch, 19. März

Da Ostern vor der Tür steht und ich länger nichts von Johanna gehört habe, schreibe ich ihr eine Karte. Im Anschluss an die vorgedruckten Ostergrüße bitte ich sie darum, mir ihre Bankverbindung mitzuteilen, damit ich ihr einen Anteil für die Bestattungskosten überweisen kann. Max gegenüber erwähne ich davon nichts, weil er mich dann sowieso für verrückt erklären würde. Auch Mama würde mich fragen, ob mich sämtliche guten Geister verlassen haben. Aber ich tue dies aus Pflichtbewusstsein und vielleicht, um ein letztes Mal meinen guten Willen zu zeigen. Die brave Nichte, die nichts von ihrem Vater zu haben scheint. Ja, vielleicht will ich durch diese Aktion meinen Abstand zu ihm verdeutlichen. Aber wer hat etwas davon? Es kann mir doch völlig egal sein, ob Johanna mich mag oder nicht oder was sie über mich denkt.

Donnerstag, 20. März

Heute fahren wir nach Österreich zum Skilaufen. Ich habe mir freigenommen und bin richtig froh über den bevorstehenden Tapetenwechsel. Wir holen Vivien und Jan ab und dann geht es ab auf die Autobahn.

In der Nähe von Ulm wird im Radio schon auf einen Stau nach einem schweren Verkehrsunfall hingewiesen und Panik macht sich in mir breit. Wir fahren an das Stauende heran und auf der benachbarten Spur begleiten uns von nun an zwei Lastwagen mit Unfallautos auf dem Hänger direkt in Augenhöhe. Ich muss weinen, als ich sehe, wie die Autos aussehen, versuche mir vorzustellen, wie die Unfälle passiert sind und ob die Insassen noch leben. Vivien bemerkt meine Unruhe. Auf sie ist Verlass. Ich nehme zur Beruhigung einen großen Schluck aus ihrem Flachmann, den sie mir wortlos reicht. Dabei fällt mir die Überschrift des Zeitungsartikels über den Unfall meines Vaters ein: „Mann in Autowrack gestorben". Die Blechklumpen ziehen meine Blicke magnetisch an, während meine Gedanken sich überschlagen. Ich kann nicht wegschauen und bin froh, als sich der Stau nach einer Stunde endlich auflöst und wir unserem Ziel näher kommen.

Es ist eine schöne Pension, die Wirtin und ihre Schwiegertochter begrüßen uns freudig. Da Max mit der Gruppe im letzten Jahr schon dort war, gibt es viele Neuigkeiten auszutauschen. Ich bin mit meinen Gedanken wieder ganz woanders und frage mich, warum Susanne sich nicht gemeldet hat und ob der Kübel schon mit den Habseligkeiten meines Vaters gefüllt wurde. Das zerreißt mir fast das Herz. Aber ich muss es jetzt laufen lassen und kann von hier aus nichts mehr steuern. Ich tröste mich damit, dass ich meinen Teil dazu beigetragen habe, um das zu verhindern. Es ist ein schwacher Trost. Ich habe es nicht mehr unter Kontrolle. Aber da mich mein Kontrollzwang nicht ruhen lässt, schicke ich Susanne am späten Abend doch noch eine SMS.

„Hallo Susanne, habe dich leider nicht erreicht. Frau Stein (Vermieterin) hat versprochen, persönliche Dinge beiseitezustellen. Für Einzelheiten ruf mal an. Was läuft am Samstag? Kistenaktion? Ich bin Dienstag erst zurück. Schlaf gut, ich denke an euch, Linda"

Ich bin hundemüde und schlafe sofort ein. Von unten aus dem Frühstücksraum dringen noch Gesprächsfetzen der anderen zu mir. Es wird eine traumlose Nacht.

Karfreitag, 21. März

Es muss während der ganzen Nacht geschneit haben. Die Landschaft ist mit dicken Schneehaufen überzogen und sieht wunderschön aus. Wenn nicht Ende März wäre, könnte direkt Weihnachtsstimmung aufkommen. Auf der Piste angekommen ist das Ganze dann nicht mehr so lustig. Es bläst ein eisiger Wind und die Sicht ist gleich null. Als wir im Lift nach oben schweben, halten wir uns die Hände vor die Gesichter und machen nur eine Abfahrt, weil alles andere zu gefährlich wäre. Da wir heute nur für den halben Tag einen Skipass gekauft haben, ist der Verlust nicht allzu groß.

Nachdem wir in der Pension zurück sind, wird zünftig Après-Ski gemacht. Innerhalb kürzester Zeit sind einige Flaschen Sekt geleert. Da wir noch nichts gegessen haben, ist die Wirkung entsprechend stark.

Susanne schickt mir gegen Abend eine SMS. Eine Frau Stein hätte eine Nachricht auf der Mailbox hinterlassen und um Rückruf gebeten, aber keine Nummer hinterlassen. Ob ich weiß, wer das sein könnte? Damit steht fest, dass sie meine SMS vom Vortag noch gar nicht gelesen hat, und ich rufe sie an. Nachdem ich ihr erklärt habe, wer Frau Stein ist und was am kommenden Wochenende stattfinden wird, regt sie sich ziemlich auf: „Wieso müssen die an Ostern die Wohnung räumen? Das ist doch Mist. Ich muss am Samstag arbeiten!“ Ich finde es schon erstaunlich, dass sie sich so aufregt, weil eigentlich niemand von uns auch nur irgendetwas zu entscheiden hat in dieser Sache. Es ist das gute Recht der Steins, ihre Wohnung wieder in Besitz zu nehmen. Meine Frage, warum sie sich nicht früher bei mir gemeldet hat, lässt Susanne unbeantwortet. Ich gebe ihr die Nummer der Steins, die ich zufällig noch auswendig weiß, und wünsche ihr viel Glück, was immer sie dort ausrichten wird.

Etwa zwei Stunden später, wir sind gerade beim Abendessen in einem Lokal, klingelt mein Handy. Es ist wieder Susanne. Ich gehe nach draußen und rufe sie zurück. Während ich mich in einer dunklen Garage im Hof vor dem Schneetreiben schütze, lausche ich gespannt, was Susanne ganz aufgeregt zu berichten hat. Sie ist so aufgekratzt wie vor einigen Wochen, als sie mir zum ersten Mal von Oli und den Kisten erzählt hat. Sie war gerade bei den Vermietern und hat vor dem Kübel in Sicherheit gebracht, was ihr wichtig war. Einige Kleidungsstücke, Spielsachen der Kinder und etliche Kisten voll mit Bildern, die sie gerade durchsieht. Ich bin nicht zuletzt wegen David und Dominik erleichtert, dass nun doch einige persönliche Dinge gerettet sind, und biete ihr an, am Samstag beim Durchsehen zu helfen, da ich den Eindruck habe, Susanne ist allein damit überfordert.

II. Der Frühling, der mir die Augen öffnete

Mittwoch, 26. März

Heute hat David Geburtstag. Er wird vierzehn und ich frage mich, wie er sich fühlt. Gegen Abend ruft Susanne an. Sie bedankt sich für die Karte, die ich meinem Halbbruder geschickt habe, was mich merkwürdig berührt. Dann reicht sie mich weiter an David, damit ich ihm gratulieren kann. Wieder fällt mir zuerst seine erstaunlich tiefe Stimme auf. Ist ja normal mit vierzehn. Eine angenehme, tiefe Stimme. Wir sprechen kurz und David sagt, dass er heute nichts Besonderes gemacht hat. Er will im Garten feiern, wenn es wärmer ist. Ich realisiere nun endlich, dass er ja auch seinen Vater verloren hat und ihm wahrscheinlich gar nicht nach feiern zumute ist. Wie ungeschickt von mir. Seine Freundin Laura ist aber bei ihm. Wir verabschieden uns und dann ist Susanne wieder in der Leitung. Ich sage ihr, dass mir gerade wegen meiner Handyrechnung ein bisschen warm geworden ist, und frage sie nach ihrem Anbieter. Im Februar hatte ich schon fünfundfünfzig Euro, was für meine Verhältnisse sehr viel ist. Aber die Märzrechnung ist noch höher und beläuft sich diesmal auf dreiundachtzig Euro. Mir wird ganz schwindelig, wenn ich daran denke, was das Gespräch, das ich in der Garage aus Österreich mit ihr geführt habe, kosten wird.

Ich komme auf den kommenden Samstag zu sprechen und will wissen, wann ich bei ihr sein soll. Irgendwie habe ich den Eindruck, sie will sich wieder mal nicht festlegen, und in diesem Punkt passen wir absolut nicht zusammen! Schließlich verabreden wir aber doch, dass ich gegen halb zwölf Uhr bei ihr sein werde. Sie will Brötchen besorgen, damit wir zusammen frühstücken können. Ich bin gespannt.

Samstag, 29. März

Auf dem Markt kaufe ich für meinen Vater ein Vergissmeinnicht, das ich am Baum abstellen möchte, bevor ich zu Susanne fahre. Um elf Uhr breche ich auf. Der Baum hat sich einigermaßen gut erholt und auch von den anderen Unfallspuren ist nicht mehr allzu viel zu sehen. Ein weißer Topf mit nicht mehr definierbarem Inhalt fällt mir ins Auge. Darin steckt ein mit Samt überzogenes Herz aus Plastik. *Wie kitschig.* Susanne hatte mich schon gefragt, ob der Topf von mir sei. Ich stelle ihn hinter den Baum, da er wirklich nicht mehr ansehnlich ist. Außerdem ist sowieso unklar, wer ihn dort abgestellt hat.

Als ich bei Susanne ankomme, ist sie noch im Bad. Dominik öffnet mir barfuß und umarmt mich kurz und hilflos, als ich vor ihm stehe. Laura ist auch da. Susanne ruft aus dem Bad: „Schau dir ruhig alles an. Die ganzen Kisten sind voll mit Bildern." Die Wohnung sieht, abgesehen von der ganz normalen Unordnung, gar nicht so schlimm aus, wie Susanne mir angekündigt hatte. Dass sie etliche Kisten mit Kleidern schon nach Wiesbaden geschafft hat, weiß ich zu diesem Zeitpunkt noch nicht.

Zuerst fällt mir ein gerahmtes Familienfoto in die Hände. Es wurde zur Feier der diamantenen Hochzeit meiner Großeltern aufgenommen und zeigt das Jubelpaar mit allen vier Kindern. Mein Vater sieht erstaunlich gut aus, obwohl er etwas kräftiger ist, als ich ihn in Erinnerung hatte. Mir treibt es die Tränen in die Augen, als mir bewusst wird, dass jetzt exakt die Hälfte der Personen auf dem Foto nicht mehr am Leben ist. Mein Magen krampft sich zusammen.

Susanne kommt zwischendurch zu mir und übergibt mir zuerst eine Geldkassette, in der er wohl wichtige Dinge verwahrt hat. Unter anderem ist auch eine Brille darin und ich versuche mir vorzustellen, wie er damit ausgesehen hat. In meiner Erinnerung ist er eben immer noch Mitte dreißig. Das war der Zeitpunkt der letzten und endgültigen Trennung unserer Wege.

Abgesehen von dem Intermezzo zu meiner ersten Hochzeit vor fünfzehn Jahren. Das habe ich ihm auch nie verziehen. Er kam nicht etwa mit Susanne, sondern mit einer anderen Frau, von der ich wusste, dass auch sie einmal ein Verhältnis mit ihm hatte. Susanne muss zu dieser Zeit mit David schwanger gewesen sein und es wäre logisch gewesen, dass sie ihn begleitet hätte. Und so stand er plötzlich vor mir, ohne Vorwarnung und Einladung. „Du siehst so hübsch aus. Ich wünsche dir alles Gute zur Hochzeit." Er wirkte unsicher, als er mir ein Blumengesteck übergab. Am liebsten wäre ich auf der Stelle weggelaufen. Ich habe ihn den ganzen Abend gemieden wie die Pest und mich nicht ein einziges Mal mit ihm unterhalten. Bestrafen wollte ich ihn mal wieder für seinen unpassenden Auftritt, aber habe mich letztendlich mehr verletzt, als ich es wollte. Wie viel Mut und Überwindung musste es ihn gekostet haben, überhaupt zu erscheinen? Musste er doch damit rechnen, dass ich ihn zum Teufel jage. Das ist mir heute klar. Zu spät.

Auf dem Tisch liegt sein Personalausweis, das Foto erschreckt mich sehr. Er wirkt darauf alt, müde und hat einen desillusionierten Blick. Mich überzieht eine Gänsehaut, wenn ich mir vorstelle, dass ich ihm so begegnet wäre. Hätte ich ihn erkannt? Ein anderes Passfoto zeigt ihn wieder ganz anders, wenn auch nicht unbedingt besser aussehend. Was war nur aus ihm geworden? Das Leben, die Jahre auf der Flucht und die Selbsttäuschung haben schreckliche und markante Spuren in seinem Gesicht hinterlassen. Ich bin geschockt.

Nachdem Susanne im Bad fertig ist, setzt sich sie zu mir und übergibt mir einen Brief. Es sind Zeilen, die ich meinem Vater im Februar 1982, also mit fast dreizehn Jahren, geschrieben habe.

(Lieber) Papi,

ich schreibe Dir nicht, weil ich Angst habe, mit Dir zu reden, sondern weil es so besser geht. (Außerdem, wann sollte ich mit Dir reden, Du bist ja doch fast nie da, oder?) Ich wollte Dir nur sagen, wie gemein Du zu uns bist und dass Du Dich nicht wie 33, bald 34, benimmst, sondern wie ein Jugendlicher von 17 (aber der wäre wahrscheinlich noch vernünftiger). Mir macht das alles vielleicht nicht so viel aus wie der Mutti.

Und wenn Du mal da bist, meckerst Du, weil ich nicht freundlich bin oder über was anderes. Aber dann willst Du, dass ich zu Dir komme, mit dem Hund spazieren gehe oder Dir beim Squash zuschaue. Das kann ich aber nicht. Womöglich würde ich dann noch irgend so einer Tussi in die Arme laufen, zu der Du dann noch stolz sagen würdest: „Das ist meine Tochter!“

Und ich habe 1978 auch gedacht ‚Jetzt wird alles gut!‘ Fehlanzeige, denn Du hast jetzt zum zweiten Mal alles kaputt gemacht. Wenn Du Dich mal ein bisschen zusammenreißen und nur für Deine Firma und die Familie leben würdest, das wäre doch was (und sag jetzt bloß nicht, dass

Du das nicht kannst!) Alle Väter machen das so. Und so einen Vater habe ich mir immer gewünscht. Aber wenn Du Dich wirklich für so unfähig hältst! Und Mutti erzählt mir immer, Du hättest mich wirklich lieb. Da kann doch was nicht stimmen, sonst hätte ich davon doch schon mal was gemerkt.

Wenn Du irgendwas gutmachen willst, dann ändere Dich und sei nicht mehr so egoistisch! Ich persönlich habe ja gar nichts gegen Deine Hobbys, aber man kann es auch übertreiben. Es wäre auch ganz nett, wenn Du mal wieder hier übernachten würdest. Also, so wie Du Dich jetzt benimmst, glaube ich nicht, dass Du uns auch nur ein bisschen lieb hast.

Linda

P.S. So wie es jetzt ist, kann es nicht weitergehen, oder? Entscheide Dich für uns oder für Deine Ausflüge (nachts)!

Ich bin sprachlos über diese harten, klaren Worte und versuche, mich an seine Reaktion auf diesen Brief zu erinnern. Aber die habe ich genauso verdrängt wie den Brief an sich. Ich hatte ihn meinem Vater an seine damalige Firmenadresse geschickt. „Ganz schön mutig von dir", sagt Susanne. Ich bin immer noch platt. Wie auf den Punkt gebracht das alles ist und das in einem Alter von gerade mal zwölf Jahren. Ich werde bei nächster Gelegenheit Mama fragen, ob sie von dem Brief weiß. Apropos meine Eltern. Es gibt auch einige Fotos in Schwarz/-Weiß, die mich und meine Eltern zeigen. Von einer Party im Wald gibt es Bilder, die Susanne und mich an die Flower-Power-Zeit erinnern.

Auch Francine, die Mutter meiner Halbschwester Claire, aus Frankreich hat ihm geschrieben. Zwei sehr dramatische ihrer

Schriftstücke hat mein Vater aufbewahrt. Sie klagt ihn an, dass er nicht zu wahrer Liebe fähig sei und sie ihn freigeben muss, um nicht zugrunde zu gehen und um sich selbst zu schützen. In einem zweiten Brief, den sie drei Wochen später nach einem Telefonat mit ihm verfasst hat, beschwört sie ihn, dass er nicht versuchen soll, seine Tochter je wieder zu sehen. Es sei besser für alle Beteiligten. Traurig, denn diese Episode in seinem Leben begann im Jahr 1983, also nach meinem Brief an ihn, und ist im Nachhinein die Bestätigung, dass er nichts dazugelernt hatte.

Während wir weiter in den Bildern stöbern, klingelt es an der Tür. Ich bin so vertieft in die letzten Jahre meines Vaters auf Fotopapier, dass ich nicht mitbekomme, wer da geklingelt hat. Erst als eine männliche Stimme sagt: „Das ist doch seine Tochter aus der Ehe mit Patrizia", horche ich auf und gehe zur Tür. Es ist eine komische Situation. Ich erkenne einen alten Bekannten meiner Eltern, der ein Versandhauspäckchen unter dem Arm hält. *Immerhin, er arbeitet!* Er berichtet uns, dass er mit meinem Vater verabredet war, aber der Unfall hat das Zusammentreffen unmöglich gemacht. „Das war ein ganz schöner Schock für uns." Susanne und ich schauen uns an. Ich finde die ganze Situation grotesk, kann mich aber zurückhalten zu erwidern: „Was meinst du, wie es für uns war?" Mama wird das alles nicht glauben und es bewahrheitet sich wieder, wie klein die Welt doch ist. Ich ziehe mich zurück und entdecke in einer Kiste Bilder aus England zusammen mit mir und meiner Mutter. Schön, dass er die aufgehoben hat. Wir müssen ihm doch eine Menge bedeutet haben.

Dann zeigt Susanne mir einen Stapel Post, den ich neugierig durchsehe. Es sind zum größten Teil Strafzettel für zu schnelles Fahren oder Falschparken und wir amüsieren uns über die verschiedensten Fotos aus den Überwachungskameras. Eines ist dabei auf einem Motorrad. Mit dem Jethelm sah er aus wie der Hauptdarsteller aus dem Film „Police Academy". Susanne meint, das Foto fand er bestimmt richtig gut.

Der kleine Stapel setzt sich im Weiteren fast nur zusammen aus Zahlungsaufforderungen, fristlosen Kündigungen, Versäumnisurteilen, Steuerverpflichtungen, rückständigen Krankenkassenbeiträgen: überschlagen eine Summe von ungefähr vierzigtausend Euro. Hierbei handelt es sich nur um Verpflichtungen aus den letzten zwei Jahren. *Ein Wahnsinn. Wie konnte er so leben?* Der letzte Sozialhilfebescheid fällt mir in die Hände. Demnach hatte mein Vater monatlich sechshundert Euro zur Verfügung. Davon sollte er aber auch seine Miete zahlen. Das hat er nicht getan, wie ich inzwischen weiß. Völliges Unverständnis macht sich in mir breit.

Susanne hat vor, David abzuholen, der bei Oli ist, und dann später weiter zu ihrem Freund zu fahren. Dort wollen alle übernachten. Das passt mir ganz gut, weil ich dann nicht zu spät nach Hause zurückkomme. Sie schlägt vor, dass ich die Bilderkisten mitnehme und in Ruhe durchsehe. Danach könnten wir alles aufteilen. Ich lade zusammen mit Laura zwei Kisten und zwei Plastiktüten voll mit Bildern in meinen Kofferraum. Auch ein Laptop, eine Videokassette und eine CD sind dabei und ich bin gespannt, was sich auf diesen Medien verbirgt. Ich danke Susanne insgeheim für ihr Vertrauen.

Ob ich noch mit zu Oli komme, will sie von mir wissen. Ich bin nicht sicher, was mich dort erwarten wird, sage aber zu, weil es noch früh genug ist. Gegen fünfzehn Uhr brechen wir dann nach Bad Camberg auf. Ich folge Susanne und Laura.

Unterwegs laden wir Dominik noch bei einem Freund ab. Er will dort übernachten und ich bin erstaunt, weil er gar nichts bei sich hat außer einem Fußball. *Sie sind einfach total chaotisch.*

Oli kommt recht schnell zur Sache, nachdem wir bei ihm auf den Hof gerollt sind. Wie wir es denn nun mit den Kisten machen, will er wissen. Ich bin total überrumpelt und frage mich, ob Susanne das vorher wusste und warum sie mir nichts gesagt hat. Wir blicken auf unsere beiden Autos. Mein Kofferraum ist voll mit den Fotos und Susanne hat ihren mit Autoreifen belegt. Unschlüssig stehen wir herum, als Oli fragt: „Wo sollen die Kisten denn hin?" Keiner von uns antwortet ihm, nur ratlose Gesichter. „Ich fange gleich an, schallend zu lachen." *Komischer Kauz!* Ich bekomme schlagartig stechende Kopfschmerzen, weil ich mit der ganzen Situation total überfordert bin. Als wir uns heute wiedergesehen haben, hat er mich zunächst geduzt und ich dachte: ‚Oh, ich bin in den erlauchten Kreis aufgenommen.' Jetzt aber ruft er mir zu: „*Frau* Linda, machen *Sie* mal keinen Stress!", während ich dabei bin, in meinem Auto die Sitze umzulegen, um Ladefläche zu schaffen. „Ich mache euch einen Vorschlag. Ich lade die Kisten in meinen Kombi und fahre sie zu Susanne." Einverständnis und Erleichterung auf allen Seiten.

Ich bereue schnell, hierhergekommen zu sein, weil ich seine Absichten nicht kenne und er so unfreundlich ist. Wenn er irgendwelche Forderungen hätte, könnte er das ruhig offen sagen. Zum Beispiel wenn es um Unkosten für die beiden abgestellten Autos gehen würde. Auch Ballast, den mein Vater dort abgestellt hatte. Ich habe keine Vorstellung davon, was mit den Autos passieren soll, wer Anspruch darauf hat, ob Oli sie sich unter den Nagel reißen will. Mir tut es nur leid, zu sehen, dass der Jaguar im Freien unter einer Plastikplane vor sich hinrostet. Der Seat macht ohnehin schon einen ziemlich vergammelten Eindruck.

Oli fackelt nicht lange. Mit einem Gabelstapler holt er insgesamt etwa zehn Kisten von einer Empore in seiner Werkstatthalle. Während die Kisten zu Boden schweben, lässt sich der Inhalt schon erahnen. Es sind ungefähr sechs Kisten voll mit Modellautos, zwei Kisten sind mit „Ordner" beschriftet und noch dies und das. „Dann weißt du ja, mit was du die nächsten Nachmittage verbringst", flüstert mir Susanne beschwörend zu und ich sage ihr gleich für morgen zu. Als alle Kisten in Olis Kombi verstaut sind, fährt er mit den Worten „Da fällt mir gerade noch was ein ..." den Gabelstapler erneut in die Höhe. Kurze Zeit später erblicken wir eine Holzkiste, in der sich ungefähr zehn Blumentöpfe mit verdörrtem Inhalt und Blumenzwiebeln, die nun wieder keimen, befinden. Das wirre Gesamtbild wird noch ergänzt um kitschige, grellbunte Schmetterlinge aus Plastik, die in den Töpfen stecken und durch das leblose Grün richtig gut zur Geltung kommen. Sie scheinen uns auszulachen. Warum zum Teufel hat er solchen Krempel aufgehoben? Alle sind sprachlos. Nachdem ich zuerst meine Stimme wiederfinde, schlage ich Susanne vor, dass sie die Töpfe in den Laden mitnehmen soll, weil die immerhin noch verwendbar sind. Zwei rote Rennanzüge mit Ferrarilogo für Kinder im Alter von drei bis vier Jahren kommen ebenfalls zutage. Sie sind noch originalverpackt. Warum hat er die nicht David und Dominik gegeben, als sie in dem Alter waren? Wieder mal Fragen über Fragen.

Als die Kisten verladen sind, sitzen wir bei Oli in einer Art Büro mit Schaufenster. Dort stehen ein Tisch, eine Couchgarnitur und einige Motorräder. Ich bin dankbar, als ich endlich ein Wasser bekomme, um etwas gegen meine Kopfschmerzen einzunehmen. Oli verkündet, er wolle jetzt noch eine Motorradtour machen bei dem schönen Wetter und ich bin insgeheim froh darüber, weil wir dann schnell hier wegkommen. Susanne ist mittlerweile unschlüssig, was ihre Fahrt zu ihrem Freund betrifft. Plötzlich schlägt Oli vor, dass wir ja alle zusammen Eisessen fahren könnten. Es dauert geschlagene zwanzig Minuten, bis er wieder auftaucht und es losgeht. Ich habe keine Vorstellung, wo wir hinfahren und wie weit es ist. Ich lasse mich treiben. Die Situation entbehrt nicht einer gewissen Komik. Fünf Personen und ein Hund fahren über Land zu einer Eisdiele. Ich fühle mich fast wie bei einem Familienausflug. Aber wer hat hier welche Rolle? Die Stimmung während der Fahrt ist entsprechend steif. Es wird nur wenig geredet.

Die Eisdiele liegt sehr idyllisch an der Lahn und scheint ein magischer Anziehungspunkt zu sein für viele Motorradfahrer und alle, die es bei dem schönen Wetter nach draußen zieht. Oli hat wirklich nicht übertrieben, das Eis ist sehr gut. Worüber wir sprechen, während wir dort sitzen und ich die Leute beobachte, weiß ich nicht mehr. Als es an die Bezahlung geht, kommt die nächste komische Situation. Der Rechnungsbetrag beläuft sich auf achtzehn Euro und zehn Cent. Ich hatte mir vorher schon etwas Kleingeld abgezählt in die Tasche gesteckt, um vorbereitet zu sein, wenn die Rechnung kommt und jeder sein Eis zahlt. Die Bedienung legt ganz selbstverständlich Oli die Rechnung hin. „Ich bin doch nicht Rockefeller. Ich habe nur zehn Euro dabei." Es ergibt sich, dass mein abgezähltes Kleingeld zufällig genau achtzehn Euro ausmacht. Das lege ich auf den Tisch und sage: „Ich zahle alles bis auf zehn Cent." Oli schaut zweifelnd zu mir herüber. „Auch ich bin nicht Rockefeller. Ich hab nichts mehr klein."

Nachdem wir wieder zurück bei Oli sind, verabschiede ich mich von Susanne und habe den Eindruck, sie ist zum einen enttäuscht, weil ihre Pläne für den Abend durch Olis Aktion nun endgültig durchkreuzt sind, und zum anderen, weil ich nicht mehr mit zu ihr fahre. Ich kann nicht mehr und freue mich auf zu Hause.

Max hat schon das Abendessen vorbereitet. Es gibt einen griechischen Spinatauflauf. Es ist eine Probe für unseren Kochzirkel in der nächsten Woche. Max hat Bereitschaftsdienst und wird nach dem Essen zu einem Einsatz gerufen, sodass ich in Ruhe in den mitgebrachten Sachen meines Vaters stöbern kann.

Zuerst schließe ich den Videorecorder an, um zu erfahren, was auf der Kassette zu sehen ist. Ich weiß nicht, mit was ich rechne. Es ist der Fernsehbeitrag zum Thema „Geld gegen Auto", den ich schon kenne. Deshalb gehe ich nach oben in mein Zimmer, um die Bilder anzuschauen. Ich sichte etliche Fototaschen, es sind bestimmt bis zu tausend Fotos, viele von Restaurationen alter englischer Fahrzeuge im Kundenauftrag. Jede Bildertasche ist mit Inhalt und Jahr beschriftet. Einige Namen von damals kenne ich noch. So viel Akribie hätte ich meinem Vater gar nicht zugetraut und muss innerlich schmunzeln, wenn ich an meine Kiste mit nicht eingeklebten Fotos denke. Wir sind aus demselben Holz. Auch in meiner Kiste gibt es Umschläge, die Thema und Jahr des Inhalts beschreiben. Auch von Claire sind Bilder im Alter von etwa drei Jahren dabei. Ein süßer Fratz war sie und ich frage mich, wie sie wohl heute aussieht.

Dann nehme ich mir den Laptop vor und fühle mich wie ein Detektiv auf Spurensuche. Ein gerahmtes Bild von meiner Tante und meinem Vater stelle ich direkt neben den Bildschirm auf den Schreibtisch. Ich weiß nicht, was ich zu finden hoffe und bin zum Zerreißen gespannt, als ich den PC einschalte. Das Gerät ist schon älter, aber wie ich finde noch in sehr gutem Zustand. Beim Hochfahren wird davor gewarnt, dass die Programme und Dateien älter als einhundertsechs Monate sind und möglicherweise Viren beinhalten können. Das Ding ist somit fast zehn Jahre alt!

Es wird der Benutzername „Jaguarx“ vorgeblendet und nach einem Passwort gefragt. *Das kann ja heiter werden.* Ich versuche es zuerst mit allen möglichen Jaguartypen. Fehlanzeige. Dann alle Vornamen seiner Kinder und schließlich die Namen der Mütter. Nichts tut sich. Zwischendurch scheint mein Vater von dem Foto zu mir herüberzublicken und ich glaube, etwas Schadenfreude in seinen Augen blitzen zu sehen. Nachdem ich alle von mir in Erwägung gezogenen Passwortvarianten ein Mal in Groß- und Kleinschreibung durchprobiert habe, ist es zwischenzeitlich fast zweiundzwanzig Uhr und ich bin ehrlich gesagt ziemlich erledigt. Ich nehme mir vor, es morgen erneut zu versuchen und gehe auf „abbrechen“. Damit bin ich im Programm. Das hätte mir auch gleich einfallen können!

Ich untersuche den Arbeitsplatz nach vorhandenen Dateien. Doch alles, was zu finden ist, sind Bilder von einigen Autos und eine Worddatei, die nur sein Geburtsdatum enthält. Es war offensichtlich seine einzige Übung. Außerdem sind noch einige Bilder, die eventuell aus dem Internet stammen, zu finden. Als ich mir die Details zu den Dateien ansehe, entdecke ich, dass sie vom 14. März stammen, also nicht von ihm. Enttäuschung und Unverständnis machen sich in mir breit. *Du blöde Kuh, wie anmaßend du bist. Was hast du erwartet?* Ich hatte vielleicht einen Einblick in seinen Alltag erwartet. Ich rede mit Max darüber, dass ich nicht begreifen kann, wie er zuletzt gelebt hat und wie er das ertragen konnte. Hatte er sich in seiner chaotischen Lebensweise Susanne angepasst oder umgekehrt? Waren wir doch so unterschiedlich? Fragen über Fragen tauchen auf. Obwohl ich mich entschlossen hatte, nicht über die möglichen Antworten zu spekulieren, ist die Ungewissheit darüber heute fast unerträglich.

Es war wieder einmal viel Energie, die mich dieser Tag gekostet hat. Als ich im Bett liege, überkommt mich eine tiefe Traurigkeit. Ich muss an meinen Brief denken und weine mich in den Schlaf. Ob er damals auch geweint hat, als er meine Zeilen gelesen hat? Nein, bitte keine Fragen mehr für heute!

Sonntag, 30. März

Susanne meldet sich nicht und ich frage mich, warum. Geht es ihr nicht gut? Hat sie der gestrige Tag genauso angestrengt wie mich? Ich habe immer noch hämmernde Kopfschmerzen. Den ganzen Tag lang fühle ich mich in Lauerstellung, schaue ständig auf mein Handy, ob ich eine Nachricht von ihr verpasst habe. Erst gegen Nachmittag traue ich mich, in den Garten zu gehen, da ich mir sicher bin, dass heute keine Kisten mehr gesichtet werden.

Montag, 31. März

In meinem Kopf hämmert es weiter. Ich melde mich krank und gehe gleich wieder ins Bett. Ich habe das Gefühl, als ob mein Vater bei uns zu Besuch ist seit Samstag. Dabei ist es nur sein Leben in Bildern. Als es mir am Nachmittag endlich besser geht, sehe ich mir den Rest davon an und sortiere sie gleich bei dieser Gelegenheit. Eine Kiste füllt sich komplett nur mit Autobildern. Die letzten Jahre sind wirklich nahezu lückenlos dokumentiert. Mir fällt auf, dass das Jahr 2004 fehlt. Es sind keine Bilder dabei. Das muss die Zeit gewesen sein, in der er sich wegen psychischer Probleme ganz zurückgezogen hatte von der Außenwelt und den Menschen, die ihm möglicherweise Halt hätten geben können. Das hatte mir mein Großvater damals mal erzählt. Außerdem muss es das Jahr seines Gefängnisaufenthalts gewesen sein. Ich werde das noch mal bei Susanne recherchieren.

Warum muss ich das eigentlich alles so genau wissen? Diese Frage lässt mir keine Ruhe. Und dann bin ich wieder sehr traurig, weil ich so gut wie keine Erinnerungen an unsere kurze, gemeinsame Zeit habe. Viele Bilder von meinen beiden Halbbrüdern zeigen, dass er an deren Leben intensiver teilhatte. Das versöhnt mich in gewisser Weise, weil es zeigt, dass er ein wenig aus seinen Fehlern gelernt hatte. Aber es schmerzt zum anderen, weil ich und auch Claire nicht diese Zuwendung hatten.

Am Abend drängt Max mich dazu, endlich Susanne anzurufen wegen der Kisten. Sie plant, morgen in ihren Schrebergarten zu gehen, weil das Wetter schön werden soll. Merkwürdig, denke ich. Sie hat die ganze Wohnung voller Kisten stehen und kann sich wahrscheinlich kaum drehen in ihrem Wohnzimmer, aber der Garten ist wichtiger? Ich kann das nicht nachvollziehen, aber wahrscheinlich nur, weil ich ein ergebnisorientierter Mensch bin, der Dinge regelt, wenn sie anstehen, und wetterunabhängig seine Aufgaben erfüllt. Vielleicht sollte ich mir aber eine kleine Scheibe von Susannes Einstellung abschneiden!

Dienstag, 1. April

Gegen Mittag höre ich bei Susanne nach, ob sie nun im Garten sein wird oder nicht. Sie fragt, ob ich dort vorbeikommen möchte, sie und die Kinder würden grillen. Eigentlich habe ich andere Pläne. Ich möchte Oma erst besuchen und dann die Sache mit den Kisten hinter mich bringen. Schließlich fahre ich doch direkt zum Garten. Susanne, Laura, David sitzen am Grill. Auf dem Rost liegen noch ein paar verkohlte Würstchen. Das Geschirr ist dreckig, die Becher auch. Es gibt hier wohl kein fließendes Wasser. Ich bin froh, dass ich eine Flasche Wasser im Auto habe, und schäme mich gleichzeitig für meine Empfindlichkeit. Dominik tollt mit dem Hund im Garten herum. Ich esse aus Höflichkeit zwei Würstchen aus der Hand und dann packen wir auch schon zusammen, weil Wind aufkommt und es lausig kalt wird.

Bei Susanne angekommen schicke ich Max eine kurze SMS, damit er sich keine Sorgen macht. Dann machen wir uns an die Arbeit. Es sind insgesamt etwa zehn Kisten, von denen einige nur halb voll sind. Es sind viele zusammengewürfelte Sachen, die weder einen Bezug zueinander noch zu meinem Vater erkennen lassen. Ich kann mir nicht vorstellen, dass ihm die Sachen wirklich irgendetwas bedeutet haben. Es wirkt alles gesammelt. Eine Kiste beinhaltet nur Videokassetten mit dem Titel „Mein Sternzeichen“. Das war offensichtlich ein echtes Schnäppchen! Während ich voller Tatendrang alle Kisten öffne und überlege, was zusammengehören oder -passen könnte, macht Susanne einen ziemlich hilflosen Eindruck. Ich bezweifle, ob sie sich überhaupt von irgendetwas trennen will, und in mir keimt der Verdacht, dass sie momentan noch nicht loslassen kann. Dann fragt sie mich, wie ich sie sehe. Ich weiche aus, da ich nicht der Meinung bin, sie beurteilen zu müssen. Das kann und will ich mir nicht erlauben. Jeder hat sein Leben auf die eine oder andere Art selbst gewählt. Auf eine solche Frage könnte ich nur einer sehr guten Freundin wie Vivien oder Caroline antworten. Die Kisten offenbaren für mich ein Leben, dem in der letzten Zeit jede Struktur gefehlt haben muss. Jedenfalls die Strukturen, mit denen ich groß geworden bin. Wieso lege ich hier wieder einmal meine Maßstäbe an? Nach einem ersten verzweifelten Versuch, die Dinge irgendwie aufzuteilen, kommen Susanne und ich schnell überein, die Sachen gemeinsam im Sommer auf dem Flohmarkt zu verkaufen. Den Original-Meisterbrief bekommt David, denn wenn er wirklich in die Fußstapfen seines Vaters treten will, ist er bei ihm gut aufgehoben. Ein auf Spanplatte aufgezogenes Schwarzweißfoto eines Rennjaguars nehme ich an mich. Irgendwie erinnern mich englische Autos immer an meine Kindheit und an die Leidenschaft meines Vaters dafür.

Es werden dann schließlich doch fünf Kisten, die wir durchgesehen und umgepackt haben. Ich biete Susanne an, dass ich die Kisten bei uns unterstelle, da wir Platz haben. Ich versuche mir schon Max' Reaktion vorzustellen, wenn er den Inhalt sieht. Wie ein Dieb fühle ich mich, als ich die Kisten zu meinem Auto trage. Es ist schon dunkel. David erkläre ich, dass ich die Sachen nur aufbewahre, bis wir zum Flohmarkt gehen, als er plötzlich mit fragendem Blick vor mir steht. Ich bin mir nicht sicher, ob es ihn interessiert. Die Einzige, die mir bei der ganzen Aktion hilft, ist Laura. Ich fühle mich wieder einmal überfordert und sehr unwohl. Mir wäre am liebsten, ich hätte die Kisten nie zu Gesicht bekommen und mich mit den Bildern begnügt. Johanna hatte mir das auch geraten bei unserem Gespräch, nachdem wir beim Bestatter waren. Ich frage mich, ob ich eine masochistische Phase durchmache und warum.

Es ist schon spät, als Susanne vorschlägt, zusammen noch den Film „Harold und Maude" anzuschauen. Ich zögere, aber sie ist Feuer und Flamme, besorgt bei den Nachbarn einen DVD-Player, weil David sein Zimmer nicht räumen will. Dann legen wir uns auf Dominiks Bett und schauen den Film. Wenn man davon absieht, dass es sich um eine Liebesgeschichte zwischen einem Jüngling, mit gestörtem Verhältnis zu seiner Mutter, und einer fast achtzigjährigen Lady handelt, hat Susanne nicht übertrieben. Schön ist auch, dass Harold in dem Film einen Jaguar E-Type fährt. Und das ist wieder die Brücke zu meinem Vater. Dazu noch die schöne Filmmusik von Cat Stevens. Ein echter Kultfilm, den ich mit Sicherheit nicht zum letzten Mal gesehen habe.

Bei meinem Aufbruch ist es schon nach halb elf und ich bin entsprechend müde, als ich endlich zu Hause ankomme. Die Kisten in meinem Kofferraum müssen warten bis morgen.

Donnerstag, 3. April

Mama ruft im Büro an und will wissen, ob ich heute Zeit habe. Ich bin froh darüber und wir verabreden uns bei mir zu Hause. Ich zeige ihr einige der Bilder und Mama ist erstaunt darüber, wie sehr sich ihre Jugendliebe verändert hatte. Auf einigen Bildern wirkt er so fremd, dass sie ihn fast nicht wieder erkannt hätte, sagt sie. Ich gebe ihr meinen Brief an ihn zu lesen. „Nur schade, dass deine Aktion damals nichts bewirkt hat", kommentiert sie meine Zeilen.

Wir stöbern bei einem Glas Wein auch in einem Ordner, den meine Mutter mit seinem Namen beschriftet hat. Die Aufschrift ist zwar verblast, aber ihre Handschrift gut zu erkennen. Dort sind diverse Papiere, unter anderem das Scheidungsurteil meiner Eltern und Schriftverkehr mit dem Jugendamt wegen des Sorgerechts, Arbeitsverträge, Kündigungen und Bewerbungen zu finden. Demnach wollte mein Vater nach der Scheidung beruflich ins Ausland gehen. Dafür wurden auch Zeugniskopien aus der Schulzeit benötigt. Über die müssen wir beide schmunzeln. Er war in Mathematik auch keine Leuchte, hat mir aber immer Vorhaltungen gemacht deswegen. Ich erinnere mich daran, als ich ungefähr elf Jahre alt war und er mir verboten hatte, Reitunterricht zu nehmen, weil meine Mathematiknote seiner Meinung nach nicht gut genug war. Wir finden einige Bewerbungen bei namhaften Bauunternehmen. Leider hat es nicht geklappt, die entsprechenden Absagen hat er auch aufbewahrt.

Von großer Dramatik finden wir seine schriftliche Stellungnahme an die Bundeswehr wegen einer Verwarnung, weil er nicht pünktlich aus dem Weihnachtsurlaub zurückgekehrt war. Wahrscheinlich hatte er einfach keine Lust und hat auch noch meine Mutter als Entschuldigung für sein Versäumnis vorgeschoben.

Sehr geehrte Herren,

hiermit lege ich Widerspruch gegen den Disziplinarstrafbescheid ein.

Der in dem Disziplinarbescheid gegen mich erhobene Vorwurf ist nicht begründet. Ich war seit dem 21.11.1971 bettlegerisch krank. Ich litt unter sehr starken Kopfschmerzen, deren Ursache bisher nicht geklärt wer-

den konnte. Seit etwa einem halben Jahr bin ich deshalb beim zuständigen Truppenarzt in Behandlung.

Der Truppenarzt besuchte mich am 23.11.1971 zu Hause und sagte, ich sollte mich morgen auf der Sanitätsstation melden, wenn es mir besser gehen würde. Es war nicht davon die Rede, dass ich mich melden muss für den Fall, dass es mir nicht besser geht. Auch meine Ehefrau, die bei dem Gespräch zugegen war, ist sich sicher, dass der Arzt mich nicht aufgefordert hat, ihn anzurufen. Ich gehe im vorliegenden Fall von einem Missverständnis aus, da ich damit rechnete, dass es in den kommenden Tagen zu einem erneuten Hausbesuch kommen würde.

Am 25.11.1971 meldete sich der Truppenarzt telefonisch bei meiner Ehefrau. Ich schlief zu dieser Zeit, da ich Medikamente eingenommen hatte. Sie sagte mir am Abend nach ihrer Rückkehr von der Arbeit nichts von dem Anruf. Sie hatte es vergessen, wie sie mir später erklärte.

Meine Erklärung wollte der Truppenarzt nicht gelten lassen. Er unterstellte mir offenbar, die Unwahrheit zu sagen. Unter den gegebenen Umständen habe ich mich meines Erachtens keiner Dienstpflichtverletzung schuldig gemacht.

Sein Vorgesetzter hat die Entschuldigung angenommen und in dem Antwortschreiben sogar Verständnis für seine „derzeitig schwierige familiäre Situation“ geäußert. Er hat sich auch früher schon immer irgendwie durchgemogelt und seine Geschichten wurden ihm offensichtlich immer abgenommen, sogar von Institutionen wie der Bundeswehr.

Die Zeit beim Wehrdienst war glaube ich sein großer Halt, weil er sämtliche Ernennungsurkunden nahezu lückenlos aufbewahrt hat. Er hatte sich zwei Jahre vor meiner Geburt für sechs Jahre verpflichtet und war bei den Fallschirmspringern. Daher rührt auch der Wunsch, den er Dominik gegenüber einmal geäußert hatte. Nach seinem Tod sollte seine Asche bei einem Fallschirmsprung verstreut werden. Wie gern hätte ich ihm diesen Wunsch erfüllt.

Samstag, 5. April

Heute ist eine Rechnung vom Gericht im Briefkasten. Die Erbausschlagungserklärung kostet auch mich zwanzig Euro Gebühren.

Meine Gedanken beschäftigen sich heute fast nur damit, was Susanne von mir eventuell erwartet, warum sie so lebt, wie sie lebt, und wie es jetzt weitergeht mit den Kisten. Auch frage ich mich, wie sie sich unsere Beziehung im weiteren Verlauf vorstellt. Wir sind fast zufällig zusammengetroffen und kennen uns nicht, so sehe ich das. Unsere Zusammenkünfte beschränken sich immer noch darauf, über meinen Vater zu sprechen oder seine Sachen zu sortieren. Ein unbefangenes Kennenlernen ist dadurch nicht möglich. Ich habe Susanne in der letzten Woche gesagt, dass ich mich wie ein Eindringling fühle. Ich weiß auch nicht, wie David und Dominik meine Anwesenheit empfinden. Ist es für sie bedrohlich oder haben sie gar keine Meinung dazu?

Ich möchte die Kisten mit den Sachen, von denen viele noch nicht mal einen ideellen Wert haben, so schnell wie möglich loswerden. Am liebsten würde ich das alles von mir abschütteln und frage mich, warum ich so oft Verantwortung übernehme für Dinge, obwohl es wahrscheinlich nicht erwartet wird. Warum reiße ich immer alles an mich, will alles kontrollieren? Auch im Büro bin oft ich diejenige, die sich den Mund verbrennt, Dinge anspricht, Fragen stellt. Heute Nacht habe ich davon geträumt, dass ich gekündigt habe. Es bedeutet, dass ich mich entweder fügen muss und in einer Situation resigniert habe oder dass ich irgendetwas als abgeschlossen betrachte, wie mir mein Traumdeutungsbuch erklärt.

Diese Dinge schwirren durch meinen Kopf, als ich gegen Nachmittag versuche, Susanne im Laden zu erreichen. Stattdessen habe ich ihre Schwester am Telefon, die mich ziemlich kurz angebunden auffordert, es auf dem Handy zu versuchen: „Vielleicht ist sie ja erreichbar." Liegt es an mir, wenn sie den Anruf nicht annehmen sollte? Ist sie sauer oder enttäuscht, weil ich mich nicht mehr gemeldet habe seit ein paar Tagen? Ich erreiche sie nicht und schreibe ihr eine SMS.

„Hi Susanne, ich wollte dir nur sagen, dass ich eine kleine Pause brauche. Ich bin nicht so stark, wie es für dich scheint. Ich denke jeden Tag an dich – euch. Ich hoffe, du bist nicht enttäuscht. Harold und Maude hat mir sehr gut gefallen. Vielen Dank dafür, Gruß Linda"

Ich bin mir nie sicher, ob sie die Nachrichten überhaupt erreichen, weil nur selten eine Rückmeldung kommt.

Die Fotos meines Vaters faszinieren mich so sehr, dass ich überlege, meine Trauer in Bildern festzuhalten. Ich stelle mir Portraits vor und würde auch gerne ein paar seiner Utensilien mit einbringen, etwa das Jaguarbild oder ein Stück der Baumrinde. Ich bin noch unsicher, ob ich das für mich behalte und Max später nur die Fotos zeigen werde, als ich den Termin mit der Fotografin vereinbare.

Gegen Nachmittag hinterlässt Johanna eine Nachricht auf unserem Anrufbeantworter. Ich habe seit drei Wochen nichts mehr von ihr gehört. Zuletzt hatte ich ihr vor Ostern geschrieben und noch einmal angeboten, ihr einen kleinen Betrag zu überweisen. Aber sie hatte nichts hören lassen. Auf das Geld komme ich immer wieder zurück in Gesprächen mit meiner Mutter und auch Max. Wer wäre so ehrlich, mir zu verraten, wie viel alle bekommen haben? Max hält es sowieso für sehr unwahrscheinlich, dass drei von vier Begünstigten entscheiden können, dass einer von ihnen nichts bekommt. Hier in Deutschland wäre das nicht möglich.

Heute Abend findet unser Kochzirkel statt. Diesmal sind Max und ich an der Reihe, sodass ich tagsüber mit Einkaufen, Kochen und anderen Vorbereitungen beschäftigt bin. Wir machen einen griechischen Abend und ein Kollege hat mir zur Dekoration eine kleine Dionysos-Statue geliehen. Das ist der Gott des Weins. Da kann der Abend ja nur gut werden. Es tut gut, als Felix, Caroline, Jan und Vivien da sind. Aber mit meinen Gedanken bin ich nicht immer bei der Sache, wenn ich bemerke, dass ich manchen Gesprächen gar nicht folge.

Sonntag, 6. April

Liebe Susanne,

es ist sehr schwierig für mich, in Worte zu fassen, was mich momentan beschäftigt. Ich weiß nicht, was Du in mir siehst. Fühlst Du Dich mir verpflichtet? Glaubst Du, mir etwas schuldig zu sein? Das ist in keinem Fall so. Wir sind einander zu nichts verpflichtet. Wir sind aus verschiedenen Welten und lernen uns unter denkbar ungünstigen Bedingungen kennen. Unsere einzige Gemeinsamkeit scheint momentan mein Vater zu sein, abgesehen von einigen Gemeinsamkeiten, die wir bisher in Gesprä-

chen entdeckt haben. Ich habe manchmal das Gefühl, dass Du mir gar nicht zuhörst, wenn wir miteinander reden, und mit Deinen Gedanken ganz woanders bist. Empfindest Du mich als eine Belastung? Das will ich in keinem Fall sein. Im Gegenteil, ich würde Dich gerne unterstützen mit Rat und Tat, wenn Du das willst. Ich fühle mich nicht besonders wohl bei dem Gedanken, David und Dominik könnten meinen, ich mache jetzt auf „große Schwester". Das liegt mir absolut fern. Sie sind dort, wo sie heute stehen, allein und ohne mich in ihrem Leben zu haben angekommen. Das ist absolut in Ordnung. Ich bin auch in keiner Weise eifersüchtig oder habe das Gefühl, dass die Jungs mir etwas weggenommen haben in den vergangenen Jahren. Mich würde interessieren, wie sie das sehen. Aber ob ich das jemals erfahre, steht vorerst auf einem anderen Blatt. Mir geht es um Dich. Ich sehe Dich, Dein Leben für die Kinder lebend. Und nun, als allein Verantwortliche, verstärkt sich das wahrscheinlich noch. Ich vermute, Du hast auch nicht viel Rückhalt durch die Situation mit Deinen Eltern. Und dass auf der Seite meines Vaters gar niemand mehr da ist, macht die Sache nicht einfacher.

Erwarte also bitte nicht zu viel von mir, **denn auch ich bin ein Kind meines Vaters***, auch wenn uns beide nur ein paar Jahre Altersunterschied trennen. Das macht es gerade so schwierig für mich. Wir beide können uns gegenseitig keine Kraft geben, weil unsere Rollen in dieser Geschichte zu ungleich sind.*

Liebe Grüße und Gedanken

Linda

Das wären die Zeilen, die ich ihr schreiben würde. Viel lieber würde ich ihr das persönlich sagen. Aber ich denke nicht, dass mir das zusteht, und vorerst dreht sich sowieso noch alles um andere Dinge. Ich würde ihr so gerne eine Freude machen, weiß aber gar nicht, über was sie sich wirklich freuen würde. Ich spreche mit Max darüber, während ich am Nachmittag in der Badewanne liege. Er kann das alles nicht nachvollziehen. Insbesondere nicht, dass ich mich ständig damit beschäftige, was Susanne von mir denkt oder erwartet. Er hört aber geduldig zu, obwohl er eigentlich nicht die richtige Adresse für meine Fragen ist. Das bedeutet mir viel.

Montag, 7. April

Es ist nun fast eine Woche her, dass wir nicht miteinander gesprochen haben. Max fragt mich, was ich eigentlich erwarte. Ich habe Susanne geschrieben, dass ich eine Pause brauche. Dann soll ich mir die doch auch nehmen. Auch wieder richtig. Trotzdem schwanke ich immer wieder. Ich fühle mich schlecht. Sie könnte vielleicht sauer auf mich sein, weil ich alle Fotos und einen Teil der Kisten mitgenommen habe und nun nichts mehr von mir hören lasse. Diese Gedanken quälen mich und ich weiß auch nicht, warum ich das alles so hoch hänge. Habe ich ein schlechtes Gewissen? Wenn ja, warum?

Die Last der Kisten auf meiner Seele wird immer schwerer. Es ist Ballast aus der Vergangenheit, den ich abwerfen muss, sonst hänge ich weiter den Dingen nach, die unerreichbar und nicht mehr zu klären sind. Das habe ich mittlerweile begriffen.

Donnerstag, 10. April

Heute ist es genau fünfundzwanzig Jahre her, dass ich mein Tagebuch mit folgendem Eintrag gefüllt habe:

Ich hasse, dass wir schon wieder umgezogen sind. Ich bin so unglücklich und fühle mich hier so allein. Auch hasse ich meinen ehrenwerten Herrn Vater!!! Ich hasse ihn. Er hat sich sowieso nie richtig um uns gekümmert, aber wie er sich uns und seiner ganzen Umwelt gegenüber benimmt, das ist schon unverschämt. Er nimmt Rücksicht auf niemanden. Ach, was bringt das? Ich hasse ihn. Und nur ich weiß, warum.

Einen Moment muss ich überlegen, bis ich herausfinde, was mich zu diesem emotionalen Ausbruch veranlasst hat.

Es waren die Wochen vor meiner Konfirmation. Papa musste damals schon Francine gekannt haben. Eine Woche vor der Konfirmation findet in der Kirche Sonntags der sogenannte Vorstellungsgottesdienst statt. Papa hatte es an diesem Wochenende vorgezogen, sich mit Francine in Frankreich zu treffen, anstatt in dem kleinen Dorf, in dem wir lebten, das Bild einer halbwegs normalen Familie zu komplettieren.

Er muss mir damit sehr wehgetan haben. Aber auch das habe ich gut in der hintersten Schublade meines Herzens verstaut.

Freitag, 11. April

Heute Mittag besuche ich Susanne im Laden. Sie wirkt sehr aufgeräumt und positiv. Wir kommen auf unsere berufliche Situation zu sprechen und ich erzähle, dass ich schon seit fast zwei Jahren überlege, wie ich mich verändern könnte, vor allem, in welche Richtung. In der gleichen Branche möchte ich eigentlich nicht bleiben. Aber das Haus und die finanziellen Belastungen, die damit verbunden sind, machen es sehr schwer, das, was ich mir bei meinem jetzigen Arbeitgeber erarbeitet habe, einfach aufzugeben. Ich würde mich so gerne im sozialen Bereich engagieren. Zum einen fehlt mir jedoch der Nachweis einer Ausbildung auf diesem Gebiet und zum anderen sind die Verdienstmöglichkeiten eher gering. Ich könnte mir auch gut vorstellen, mit Kindern oder Jugendlichen zu arbeiten. Auch an Kreativem habe ich großes Interesse. Für mich wäre wichtig, durch meine Arbeit anderen eine Freude zu bereiten. Und in meinem jetzigen Aufgabengebiet ist das unmöglich. Es hat weder etwas Kreatives, die monatlichen Zahlungen von Wohnungseigentümern zu verbuchen, noch kann ich mit Rundschreiben zum Thema „Hundekot im Treppenhaus" jemandem eine ehrliche Freude bereiten.

Susanne hat mit dem Laden auch nicht das große Los gezogen. Sie erzählt, dass der Laden auf ihre Schwester läuft und nur als Selbstverwirklichungsprojekt dient. Sie hat einen Mann im finanziellen Hintergrund und so ist auch ihre Einstellung zu der ganzen Sache. Sie beschäftigt sich lieber und intensiver mit Internetauktionen, wenn sie im Laden eingeteilt ist. Susanne fühlt sich von ihr ausgebremst, wenn sie vorschlägt, Werbung zu machen oder Sonderaktionen zu starten. Das sei ihrer Schwester alles zu viel und darauf habe sie keine Lust. So steckt Susanne verstärkt ihre Energie in ihre „Nebenstellen", wie sie sagt. Sie ist zusätzlich im Gartenbau tätig und hat einige Kunden, für die sie die gesamte Gartengestaltung übernimmt. Zusätzlich beliefert sie Tankstellen mit Blumen. Das Material bekommt sie von ihrer Schwester. Dafür erhält sie keinen Lohn für die Arbeit im Laden. Das sei alles sehr unbefriedigend, sagt Susanne, weil sie genügend Ideen habe. Merkwürdig, wir treten irgendwie beide beruflich auf der Stelle mit dem Gefühl, dass sich was ändern müsste, haben aber beide einen Klotz am Bein. Susanne die beiden Jungs und ich ein Haus.

Sonntag, 13. April

Heute telefoniere ich mit Vera in Kalifornien. Wir sprechen fast zwanzig Minuten zusammen. Zwischendurch erwähnt sie: „Zu deiner Beruhigung, mit dem Geld ist alles geregelt. Ich bringe es im September mit und gebe Johanna zurück, was sie vorgelegt hat.“ Ich gehe nicht mehr darauf ein, weil ich mir sicher bin, dass alle Beteiligten mir diesbezüglich sowieso nur die halbe Wahrheit sagen. Henning ist der Einzige, den ich mich trauen würde zu fragen, weil ich denke, er hatte mit seinem Bruder schon länger als die anderen abgeschlossen. Aber wenn es um Geld geht, ist dann plötzlich doch wieder Blut dicker als Wasser.

Montag, 14. April

Gegen Abend ruft Susanne an. Ich hatte mich eigentlich telefonisch mit Rebecca verabredet, um über Viviens bevorstehenden Geburtstag zu sprechen. Susanne fragt mich, ob ich fünf Minuten Zeit habe. Mir ist natürlich klar, dass dieses Gespräch wieder länger dauern wird, und ich hake im Geiste schon das Telefonat mit Rebecca für heute ab.

Susanne ist wieder einmal ganz aufgeregt, als sie mir den Grund ihres Anrufes eröffnet. Sie hat sich überlegt, dass sie mit den Kindern im nächsten Jahr für vier Wochen nach Indien reisen möchte, und zwar am liebsten den ganzen Januar. Ob ich mir vorstellen könnte mitzufahren, wenn ich so lange Urlaub bekomme, will sie von mir wissen. Ich hatte ja selbst schon mit dem Gedanken gespielt, dass es schön sein könnte, mit ihr dorthin zu fahren, weil sie Kontakte vor Ort hat, was die ganze Sache erleichtert. Allein auf eigene Faust würde ich das wahrscheinlich nie in Erwägung ziehen. Ich weiß zwar nicht genau, wie sie das finanzieren will, und auch ich hatte andere Pläne, aber man kann ja mal drüber nachdenken. Was mich allerdings ein wenig abschreckt ist die Vorstellung, dass ein Urlaub mit ihr genauso chaotisch wird wie bei ihr zu Hause, und ich frage mich, ob ich das drei oder vier Wochen lang ertragen könnte. Wir telefonieren fast eine Stunde und verabschieden uns ohne eine feste nächste Verabredung. Als ich Max von der Reise erzähle, meint er nur, ich sollte mal meine Mutter fragen, was die von meinen Plänen hält.

Mittwoch, 16. April

Heute erreiche ich Rebecca. Ich sage ihr, dass es mir immer noch nicht gut geht und ich für die Planung von irgendwelchen Überraschungen zu Viviens rundem Geburtstag praktisch null Energie habe. Zu Carolines Geburtstag hatten Vivien, Jan, Max und ich mal eine Abba-Nummer einstudiert, die auch mit vollem Erfolg angekommen ist. Ich bin sicher, Vivien rechnet mit so etwas jetzt auch. Aber für mich ist allein die Vorstellung blanker Horror, vor den anderen Gästen herumzuhüpfen und auf lustig zu machen. Auch Vivien zuliebe kann ich mich da leider nicht überwinden. Ich berichte Rebecca, was seit der Beisetzung so alles passiert ist. Ohne mich zu unterbrechen, hört sie sich alles an, bevor sie mich fragt: „Werden das jetzt alles deine Probleme? Das finde ich sehr schwierig. Pass auf!“ Sie spielt auf Susanne, die Kinder und die Kisten an. Rebecca hat einen sehr klaren Blick für die Dinge und im Prinzip völlig recht. Warum wälze ich mich derart in Selbstmitleid und komme nicht wieder zurück zu den Dingen, die auch vorher für mich wirklich wichtig waren? Alles andere hilft sowieso keinem. Ich kann nichts dafür, wie Susanne lebt und warum sie so lebt. Bei dem, was ich mir zusammen mit Max aufgebaut habe, hat uns keiner geholfen. Es hat uns niemand was geschenkt und wir haben alles selbst erarbeitet. Schließlich wartet ein nicht unerheblicher Schuldenberg jeden Monat darauf, abgetragen zu werden. Warum also habe ich Susanne und meinen Halbbrüdern gegenüber ein schlechtes Gewissen?

Während wir telefonieren, nehme ich im Hintergrund das Geräusch einer Säge wahr. Nachdem wir uns verabschiedet haben, gehe ich dem Geräusch nach und entdecke in dem direkt an unser Grundstück grenzenden Garten in einem riesigen Nadelbaum einen Mann, der sich genüsslich an der Baumkrone zu schaffen macht. Wir hatten von unserem Wohnzimmer aus bisher einen Ausblick, der an den Schwarzwald erinnert. Diesen Ausblick in die großen Bäume liebte ich. Mir kommen die Tränen. Es tut fast körperlich weh zu sehen, wie stümperhaft an diesem Naturdenkmal herumgeschnitten wird. Dem Mann rufe ich zu, dass er sofort aufhören soll, da ich sonst die Polizei rufen werde. Ob er eine Fällgenehmigung hat, will ich von ihm wissen. Es kommt keine Antwort. Er versteht mich nicht. Ich fotografiere ihn, er lässt sich nicht beirren. Dann rufe ich noch was von Schwarzarbeit und unterstelle ihm, dass er wahrscheinlich noch nicht mal eine Aufenthaltsgenehmigung hat. Es nützt alles nichts, Ast für Ast fällt zu Boden und ein karges, ungepflegtes Grundstück kommt zum Vorschein. Insgesamt drei Mal versuche ich die Polizei zu erreichen. Unter 110 meldet sich niemand. Ich will nicht wissen, wie das in einem echten Notfall wäre, und beruhige mich nur langsam. Alles verändert sich. Nun sind es nicht nur meine Gefühle, sondern auch meine Umgebung. Nichts bleibt, wie es ist, und das tut in diesem Moment so weh. Ich habe genug von Veränderungen.

Donnerstag, 17. April

Ich melde mich krank, weil ich Migräne habe und mir hundeelend ist. Leider muss ich nun meinen Fototermin absagen. Ob da ein Zusammenhang besteht? Ich kann mich kaum rühren und verbringe den Tag im abgedunkelten Schlafzimmer. Das passt zu meinen traurigen Gedanken.

Die Eigentümerin des Grundstücks mit den großen Bäumen meldet sich am späten Nachmittag telefonisch, um sich zu erkundigen, was gestern vorgefallen ist. Ihr Mieter habe sie verständigt und sie möchte die Angelegenheit klären, da er nur schlecht deutsch spricht. Eine Genehmigung zur Fällung sei nicht erforderlich gewesen, berichtet sie. Außerdem seien Ersatzpflanzungen geplant und sie ist froh, dass ihr neuer Mieter endlich mal den Garten auf Vordermann bringe. Ich bin untröstlich. Und es ändert nichts mehr an der Tatsache, dass die schönen großen Bäume nun ohne Grund tot sind. Sie schiebt noch vor, dass die Bäume hohl waren, aber ein Blick auf die Stämme verrät, dass dies nicht sein kann. Ich beschwöre sie, uns bitte zu informieren, bevor die Kletterpflanzen an der Mauer zu unserem Grundstück auch noch entfernt werden, damit wir rechtzeitig Ersatzpflanzungen vornehmen können. Sie sagt es zwar zu, aber ich bin nicht überzeugt davon, ob sie dieses Versprechen halten wird.

Freitag, 18. April

Heute habe ich einen Termin bei Tina. Wir waren früher Nachbarn und kennen uns schon über dreißig Jahre. Da die Welt ja bekanntlich klein ist und sich solche Neuigkeiten oft über Nacht verbreiten, frage ich sie, ob sie schon gehört hat, dass mein Vater tot ist. Leider kann ich ihr dabei nicht in die Augen schauen, weil sie mir gerade die Wimpern färbt. So weiß ich nicht, ob sie schockiert ist oder nicht. Ich erzähle ihr, was und wie es passiert ist und dass es mir so schlecht geht seitdem. Sie bestätigt mir, dass sie alles genauso gemacht hätte wie ich. Sie hätte auch alles in Erfahrung bringen wollen, selbst wenn es wehtut. Sie warnt mich aber davor, mich zu intensiv Susanne anzuschließen. Sie scheint zu spüren, dass es mich belastet: „Du bist nicht verantwortlich dafür, wie sie lebt, dass sie zwei Kinder hat. Alles, was du jetzt tust, bringt dich deinem Vater weder näher noch entfernt es dich weiter von ihm." Da ist was dran. Ich bin dankbar für ihre Worte, weil sie die ganze Situation aus der Distanz und ohne Gefühle bewertet. Aber will ich das überhaupt hören? Habe ich mich mit Susanne da in etwas verrannt?

Nachdem ich zu Hause bin und von Johanna wieder eine Nachricht auf dem Anrufbeantworter zu finden ist, rufe ich sie am späten Nachmittag zurück. Sie bedankt sich für meine Osterkarte. Über das Geld und mein Anliegen deswegen verliert sie keine Silbe. Mich wundert zu diesem Thema gar nichts mehr und ich schwöre mir in diesem Moment, das Thema ihr gegenüber nicht mehr aufzugreifen. Wir plaudern noch ein paar Minuten, als hätten wir immer schon eine enge Tanten-Nichtenbeziehung gehabt. Als wir uns verabschieden, habe ich das Gefühl, es ist für eine unbestimmte Zeit.

Samstag, 19. April

Heute kommt wieder einmal Marie zu Besuch. Das Wetter ist leider schlecht, es regnet den ganzen Tag, sodass wir nur in der Wohnung bleiben können. Wir kegeln zusammen im Flur mit leeren Wasserflaschen und Tennisbällen. Zum Mittagessen holen wir uns einen Döner und singen dabei: *„Ich hab 'ne Zwiebel auf dem Kopf, ich bin ein Döner, denn Döner macht schöner."* Wir lachen, bis uns die Tränen kommen. Das tut so gut. Marie fällt das Bild im Esszimmer neben ihrem Spielkorb auf und sie will wissen, wer das ist. „Das ist mein Papa", erkläre ich ihr und sie schaut mich ungläubig an. „So klein?" Dann kramen wir in meiner Fotobox und ich zeige ihr Kinderbilder von mir. „Wir waren alle mal so klein wie du." Marie ist nicht überzeugt und runzelt die Stirn.

Ich beobachte Marie den ganzen Tag über nachdenklich. Sie ist jetzt fast vier Jahre alt. Genauso alt wie ich damals, als sich meine Eltern haben scheiden lassen. Ich hätte es nicht übers Herz gebracht, ein so kleines Mädchen aufzugeben und nicht weiter erleben zu können, welche Fortschritte sie jeden Tag macht und welche neuen Dinge sie lernt. Wie mein Vater sich dabei wohl gefühlt hat? Oder hat er immer nur an sich gedacht?

Solche Gedanken beschäftigen mich in diesen Tagen immer wieder. Warum mein Vater in seinem Leben so oder anders gehandelt hat und welche Gefühle er dabei hatte. Die Gedanken machen mich nicht mehr ganz so traurig wie zu Beginn meiner Aufzeichnungen. Es ist eher die Studie über ihn als Menschen, jedoch mit offenen Fragen und Interpretationen über sein Tun. So kommt mir zum Beispiel immer wieder in den Sinn, dass sein Selbstbewusstsein ihm sehr im Weg gestanden haben muss. Seine Schwester Vera hat mir in einem unserer Telefonate mal erzählt, dass er es meinem Opa nie recht machen konnte und dass es wiederum einer seiner größten Wünsche war, dass sein Vater stolz auf ihn ist. Deswegen war er vielleicht immer laut, jähzornig und aufbrausend, wenn die Menschen nicht so reagiert haben, wie er es erwartet hat. Aber tief im Innersten muss er gespürt haben, dass er im Unrecht war. So krank und realitätsfremd kann niemand über eine so lange Strecke seines Lebens sein. Irgendwann in einem stillen Moment kam die Erkenntnis, da bin ich mir ganz sicher. Im Übrigen habe auch ich ein Problem damit, zu akzeptieren, wie andere sind, wenn ich das für falsch halte. Ich lege immer meine – oftmals zu hohen – Maßstäbe an und die lassen die anderen selten in einem guten Licht erscheinen. Es tut gut, sich damit auseinanderzusetzen, weil ich neben Parallelen zu meinem Vater auch über mich etwas lerne und entdecke, dass ich vielleicht an der einen oder anderen Eigenschaft arbeiten sollte.

Donnerstag, 24. April

Ich kann nicht länger warten und starte einen weiteren Versuch, die Geldangelegenheit zu klären. Diesmal bei Sonja. Und zwar per E-Mail. Betreff: Ich habe da eine Frage, die mich quält.

Hallo Sonja,

ich hoffe, Dir geht's wieder besser. Henning sagte, Du bist operiert worden. Ich habe aber vergessen, wo genau. Im Büro habe ich ziemlich viel zu tun momentan. Meine direkte Kollegin ist für drei Wochen im Hochzeitsurlaub.

Vielleicht kannst Du mich von einer großen Ungewissheit befreien, die mich quält. Ich verstehe auch gar nicht, warum das so ein Geheimnis ist. Es geht um den Betrag, der in Amerika liegt. Wenn alle vier Kinder nach Opas Tod den gleichen Anteil bekommen haben (außer mein Vater, weil der ja zu dieser Zeit woanders war …), könntest Du mir bitte sagen, wie hoch der Anteil war?

Es ist ja so, dass die Kosten für die Beerdigung in jedem Fall darüber abgedeckt sind, das wurde mir immer wieder von Vera bestätigt. Wenn ich es wüsste, hätte ich mir vielleicht viele schlaflose Nächte und das ständige Nachfragen bei Johanna wegen ihrer Bankverbindung, damit ich ihr einen Teil der Bestattungskosten, die sie vorgelegt hat, überweisen kann, ersparen können. Verstehst Du das?

Beanspruchen kann den Rest, sofern es einen gibt, ja sowieso niemand. Vera und Johanna habe ich immer wieder Gelegenheiten gegeben, sich dazu zu äußern, aber sie tun es nicht. Es würde mich nur beruhigen, es zu wissen. Henning traue ich mich nicht direkt zu fragen. Warum, kann ich mir und Dir auch nicht erklären.

Wäre schön, von Dir zu hören. Es liegt mir wirklich am Herzen.

LG Linda

Nach der Arbeit treffe ich mich mit Mama zum Pizzaessen. Es dauert nicht lange und wir baden wieder einmal in sentimentalen Erinnerungen an meinen Vater. Mama erzählt von früher und neben teilweise schönen Erlebnissen ergeben sich immer wieder Spekulationen darüber, warum er zu uns keinen Kontakt mehr gesucht hat. Mama vermutet, dass er uns vielleicht schonen wollte, weil wir die einzigen beiden waren, mit denen er ein richtiges Familienleben geführt hat, und der Bruch dann doch zu endgültig war, als das er noch eine Chance gewittert hätte. Meine Mutter hat, als ich vierzehn war, die endgültige Trennung erwirkt. Aber es sei ihr doch sehr schwergefallen, wenn mein Vater sporadisch auf einer seiner Motorradtouren sonntags immer mal wieder vor der Tür stand und geklingelt hat. „Ich weiß nicht, was aus uns geworden wäre, wenn ich ihm noch einmal die Tür geöffnet hätte."

Auf der Fahrt nach Hause überkommt mich ein Weinkrampf. Ich schreie meine Trauer nach draußen, bis ich heiser bin. Emotional bin ich wieder einmal so aufgewühlt, dass sich mein Körper dafür rächen wird, das spüre ich. Ich habe Angst vor den Auswirkungen dieses Abends, als ich um Mitternacht schlafen gehe.

Freitag, 25. April

Es geht mir hundsmiserabel. Ich habe Migräne und es gelingt mir erst gegen halb zehn Uhr im Büro zu erscheinen. *Gleitzeit macht's möglich!* Ich muss erscheinen, da eine wichtige Besprechung angesetzt ist. Während ich noch einen Parkplatz suche, meldet sich schon ein Kollege per Handy, um zu fragen, wo ich bleibe. Es sind alle versammelt, als ich in den Raum betrete: „Entschuldigung, aber ich konnte nicht früher kommen. Mir geht es sehr schlecht." Mein Chef senkt betroffen die Augen. Die Besprechung dauert eine Stunde und ich beschließe, danach direkt wieder nach Hause zu gehen. *Gleitzeit sei Dank!*

Vorher entdecke ich eine Nachricht von Sonja in meinem Outlook-Eingang. Mir geht es zu schlecht, um zu interpretieren, ob sie sauer ist, aber ihre Antwort ist kurz und knapp:

Hallo Linda,

Du kannst Dir sicher vorstellen, dass ich von der ganzen Angelegenheit nichts weiß und nie etwas wissen wollte. Hast Du Johanna und Vera direkt angesprochen wegen dem Geld? Wieso hast Du Henning nicht gefragt? Wäre doch nicht schlimm gewesen! Ich habe Henning im Büro um Rückruf gebeten und melde mich später bei Dir.

Gruß Sonja

Ich antworte ihr kurz, dass sie es für heute gut sein lassen soll und dass ich dringend daran arbeiten sollte, nicht alle Dinge und Handlungen zu hinterfragen, weil das wohl eines meiner größten Probleme zu sein scheint. Insgeheim befürchte ich, mit dieser Aktion eine Lawine losgetreten zu haben. Aber in diesem Moment ist es mir wirklich egal. Ich will nur, dass es mir besser geht.

Ich melde mich in der Personalabteilung krank und fahre nach Hause. Der Tag ist für mich so gut wie gelaufen, da ich den Rest davon wieder einmal im dunklen Schlafzimmer verbringe.

Sonntag, 27. April

Es sind jetzt drei Monate vergangen und der Frühling scheint sich nun gegen die dunklen und trüben Tage durchzusetzen.

Heute Nacht hatte ich einen Traum, der mich sehr berührt hat, aber dessen Sinn ich nicht zu deuten weiß. Ich stand auf unserer Terrasse, als ich im Garten unserer Nachbarn meinen Vater entdecke. Er scheint auf einer Leiter zu stehen. Ich bin aufgewühlt und stolz, weil ich nicht daran geglaubt hatte, dass er nicht mehr am Leben ist. Er verschwindet wieder im Garten und ich rufe ganz laut: „Papa, Papa! Warte, ich bin es!" Kurze Zeit später steht er vor mir. Er hat längere Haare, so wie früher, als ich klein war, trägt eine schwarze Motorradlederhose und ein kariertes Hemd. Er hatte meistens karierte Hemden an. Auch einen Hund hat er dabei. Den kann ich nicht sehen, weil er hinter ihm steht. Ich glaube, es ist unser Schäferhund von damals. Er hat zwar leichtes Übergewicht, aber er sieht verdammt gut aus. Er lächelt mich an und ich erzähle ihm, dass ich drei Monate in dem Glauben gelebt habe, dass er bei einem Unfall ums Leben gekommen ist, und frage sofort, wer in dem Auto saß. Er erzählt, dass ein Freund, der unheilbar an Krebs erkrankt war, sich selbst getötet hat in der Nacht. Er nimmt mich in den Arm und verspricht, mich nie wieder allein zu lassen.

Mich erfüllt das einfach nur mit Freude, ohne Angst und Hintergedanken, wie jetzt alles werden wird, ob ich ihn finanziell unterstützen werde oder er mich emotional unter Druck setzt. Es ist alles so leicht und klar in diesem Moment. Eine große Last fällt von mir ab.

Zu diesem Traum, und während ich das schreibe, bin ich wirklich traurig, dass es nur ein Traum bleiben wird, stellen sich wieder einige Fragen. Warum ein krebskranker Freund, der seinem Leben selbst ein Ende gesetzt hat? Und welche Bedeutung hat es, dass mein Vater ausgerechnet in Werners Garten stand? Ich hoffe, dass die Interpretation dazu nur lauten kann, dass Werner noch sehr lange leben will und wird.

Und mein Unterbewusstsein hat heute Nacht mal wieder ganze Arbeit geleistet. Es ist es ein Wunschtraum, dass mein Vater mich nicht verlassen wollte und deshalb zurückgekommen ist. Demnach belastet mich dieses Thema auch heute noch. Vielleicht muss ich mir doch Hilfe holen, um das aufzuarbeiten.

Montag, 28. April

Sonja ruft mich im Büro an. Sie will wissen, was für ein Problem ich denn hätte wegen dem Geld in Amerika. Ich erkläre ihr, dass ich einfach nicht verstehen kann, warum niemand sagt, wie viel es war. Deswegen mache ich mir immer noch Gedanken, ob es reichen wird. Sonja erklärt mir noch einmal, dass sie keine Ahnung hat und sich auch nie mit dem Thema beschäftigen wollte, da es nicht ihre Familie und auch nicht ihr Geld war. Henning hätte sich damals ein Fahrrad und eine Stereoanlage gekauft von seinem Anteil. Ich beschwichtige sie, dass sie mir keine Rechenschaft schuldig ist. Sonja verspricht, mit Henning darüber zu sprechen und dass ich eine Rückmeldung bekommen werde. Ansonsten rät sie mir, allmählich loszulassen. „Ja, loslassen, das wäre schön. Aber er verfolgt mich immer noch bis in den Schlaf." Sie wirkt betroffen. „Oh, so intensiv ist das bei dir?"

Anna meldet sich auch. Sie war wieder in der Klinik und es geht ihr nicht besser. Wir verabreden, dass ich sie am Freitag besuchen werde. Ich habe ein bisschen Angst, wenn ich mir den Moment vorstelle, wenn ich sie sehe. Aber diese Angst muss ich besiegen und mich nicht wieder vor etwas für mich Unangenehmem drücken.

Mittwoch, 30. April

Heute haben Vivien und ich unseren Jahrestag. Wir waren zwar auf der gleichen Schule, aber erst seit Jan und Vivien bei meiner Mutter im Haus gewohnt haben, sind wir eng befreundet. Vor siebzehn Jahren haben wir zum ersten Mal zusammen in den Mai getanzt. Und eigentlich bin immer ich diejenige, die das vergisst. Deshalb habe ich dieses Jahr eine Überraschung für Vivien. Da wir gegenseitig die Schlüssel zu unseren Häusern ausgetauscht haben, will ich ihr ein Geschenk vor die Tür stellen. Ich schleiche mich direkt nach dem Aufstehen im Morgengrauen zu ihrem Haus. Ich komme mir vor wie ein Einbrecher, als ich mit dem Schlüssel hantiere. Mir klopft das Herz bis zum Hals, weil ich damit rechne, dass gleich Jan auf dem Weg zu seinem Morgenlauf vor mir steht und ich ihn erschrecken könnte. Deshalb traue ich mich auch nicht bis zur Haustür und stelle ihr einen Margeritenbusch zusammen mit dem Brief, den ich gestern geschrieben habe, in den Hof.

Mein liebes Rosenrot,

da bist Du überrascht, gell, dass ich unseren Jahrestag mal nicht vergessen habe?

Da ich im Moment meinen Kopf so was von woanders habe, möchte ich Dir damit zeigen, dass ich trotzdem an Dich denke.

Ich möchte meinen derzeitigen Gemütszustand nicht als Entschuldigung vorschieben, aber ich weiß leider nicht, wann es besser wird. Du kannst ja mal Max fragen, was der mitmacht. Ich will mir auch keine fremde Hilfe holen und wenn ich zwischendurch mal nicht an meinen Vater denken muss oder er mir in meinen Träumen erscheint, bin ich schon zufrieden.

Und immer wieder darüber jammern macht auch keinen Sinn. Aber alles andere, Alltägliche fällt mir so unendlich schwer, das kannst Du Dir nicht vorstellen.

Es wäre mir lieber, wenn es anders wäre, und es tut mir leid, wenn ich Dir keine Stütze bin bei Deinem Problem mit der Vier, die da auf Dich zurollt.

Deshalb betrachte das Blümchen als Zeichen dafür, dass ich auch in der Zwischenzeit immer für Dich da bin, falls ich etwas für Dich tun kann! Das ist mir wichtig, Dir zu zeigen. Ich bin mir sicher, dass wir auch mal wieder enger zusammenrücken.

Dein Schneeweißchen

Meret hat heute ihren letzten Tag und wir haben nachmittags eine kleine Verabschiedung mit Kollegen für sie organisiert. Ich beneide sie ein bisschen, werde aber das Gefühl nicht los, dass sie vor irgendetwas die Flucht ergreift. Sie hat einige Probleme innerhalb ihrer Familie.

Am Abend treffen wir uns mit Jan und Vivien in einer Straußwirtschaft, um noch einmal auf unseren Jahrestag anzustoßen. Es gibt Livemusik zum Tanz in den Mai. Vivien und ich sprechen über unsere Väter. „Du hättest deine Therapie damals nicht abbrechen dürfen, als es an diesen wunden Punkt kam.“ Das weiß sie auch nur, weil wir zur gleichen Zeit bei der gleichen Therapeutin waren. Ich war dort, um die Fehler in meiner ersten Ehe aufzuarbeiten und Vivien wegen ihrer familiären Situation. Die Therapeutin hatte Vivien davon erzählt, weil sie wusste, wie wir zueinander stehen. Ja, warum habe ich damals aufgegeben? Ich kann mich nur noch daran erinnern, dass in den Sitzungen immer angesprochen wurde, dass ich mich mit meinem Vater treffen und einiges klären muss, weil das enorm wichtig für mich wäre. Ich bin dann immer ausgewichen. Ich hatte panische Angst vor einer Konfrontation. Wieso das? Stattdessen habe ich lieber die Therapie abgebrochen, also die Flucht ergriffen.

Die erste Psychotherapie wegen der Trennung meiner Eltern habe ich im Alter von sieben Jahren absolviert. Das war die Zeit, zu der wir wieder mal umgezogen waren. Meine Mutter hatte damals große Probleme mit mir, weil ich sehr aggressiv war.

Zu gut sind mir die kurzen Phasen in Erinnerung, in denen mein Vater sein Recht beansprucht hat und regelmäßig zwei Wochenenden im Monat mit mir verbrachte. Da wurden dann immer irgendwelche außergewöhnlichen Sachen unternommen und alles war toll. Sonntag vormittags sind wir zusammen zum Bowling gegangen. Ich habe mich dort wie zu Hause gefühlt und es sehr genossen, wenn ich die kleine Kinderkugel überreicht bekam. Sonntag abends zurück bei meiner Mutter war dann wieder Alltag angesagt und alles musste wie am Schnürchen laufen. Wenig Zeit für Extratouren. Und bei der Vorstellung, dass sich dein eigen Fleisch und Blut vor dir aufbaut und behauptet, „Du hast den Papi nur weggeschickt, damit es dir besser geht!", schnürt es mir heute noch die Kehle zu. Das muss Mama sehr wehgetan haben.

Ich kann doch aber nicht bis ins hohe Alter meine Zeit damit verbringen, Psychotherapien zu absolvieren. Oder wird es irgendwann gut sein, wenn ich mich allen Dingen einmal wirklich stelle?

Freitag, 2. Mai

Anna sagt ab für heute, weil es ihr nicht gut geht. Sie hat Fieber. Ich bin indirekt erleichtert und gleichzeitig beschämt, weil ich es als Zeichen meiner Schwäche werte.

So fahre ich erst zu Oma und dann schaue ich bei Susanne im Laden vorbei. Sie ist total erkältet und sieht gar nicht gut aus. Sie redet sich ihren Frust von der Seele. Am Morgen hatte sie einen Streit mit David. Da er und seine Freundin, die zwischenzeitlich auch fast bei Susanne wohnt, sich nicht an der Hausarbeit beteiligen und nur Forderungen stellen, kam es zum Disput. Susanne fühlt sich ausgenutzt und fragt sich gleichzeitig, was sie falsch macht. Sie versucht auf der einen Seite, meinen Vater zu ersetzen, damit es den Kindern an nichts fehlt, und lässt dadurch vieles durchgehen. Auf der anderen Seite stehen dem aber begrenzte finanzielle Mittel gegenüber und sie kann viele Wünsche, die bei Teenagern ja auch immer größer werden, nicht erfüllen. Zudem muss sie viel arbeiten, um mittlerweile vier Personen durchzubringen. Ein Hamsterrad. „Er fehlt so sehr. Als er noch da war, gab es noch einen Puffer für mich und die Kinder. Sie konnten zu ihm gehen, wenn es bei uns zu krass wurde. Jetzt fühle ich mich doppelt beansprucht und weiß, dass sich das nie mehr ändern wird."

Ich kann sie gut verstehen und erinnere mich an die Zeit, als ich Teenager war und die vielen endlosen Diskussionen mit meiner Mutter über Mülleimer, die nicht herausgetragen, und Haustiere, die nicht ordentlich versorgt wurden. Meine größten Probleme zu damaliger Zeit bestanden darin, welches Outfit ich abends anziehen wollte, wie ich von A nach B komme und ob genügend Haarspray im Haus ist, von dem ich auch immer ausgegangen bin, dass es die Heinzelmännchen bei uns vorbeibringen. Dass meine Mutter sich einen großen Teil meiner Kindheit und Jugend allein um alles gekümmert hat, ist mir erst heute bewusst.

Sonntag, 4. Mai

Als ich aus der Dusche komme, entdecke ich einen Schatten vor unserem Badezimmerfenster in einer kleinen Nische. Der Schatten bewegt sich, es scheint ein Vogel zu sein. Bei näherem Hinsehen erkenne ich eine Taube. Ich kippe das Fenster und zische ihr zu, dass sie weiterfliegen soll. Nichts passiert. Sie scheint sich dort wohlzufühlen oder verwechselt das kleine Fenster vielleicht mit dem Eingang zu einem Taubenschlag. „Vielleicht ist das ja mein Vater, der zurückgekommen ist?" Max zieht die Augenbrauen hoch und schaut mich skeptisch an. Wir beobachten die Taube vom Wohnzimmer aus. Von dort aus können wir gut zu der Nische sehen. Sie bewegt sich nicht von der Stelle. Jede Stunde schaue ich nach, bis es dunkel wird, und mache mir meine Gedanken dazu. Was tun, wenn sie ihren Weg nicht mehr findet? Und was frisst eine Taube eigentlich?

Montag, 5. Mai

Morgens sehe ich gleich nach der Taube. Sie sitzt noch da, ganz aufgeplustert hat sie auf dem Fenstersims übernachtet. Ein paar Momente später hüpft sie auf das Dach zu unseren Nachbarn. *Sie hat sich doch nur ausgeruht und zieht jetzt weiter.* Im Büro erkundige ich mich aber vorsorglich danach, wer die

Taube aufnehmen könnte für den Fall, dass sie ihren Weg nicht mehr findet. Ich werde einige Male hin- und herverbunden und lande schließlich bei der Frau eines Taubenzüchters direkt in unserer Nähe. Sie verspricht, am späten Nachmittag vorbeizukommen, falls die Taube noch bei uns ist. Gegen Mittag informiert mich Max, dass die Taube wieder da ist. Die Frau des Taubenzüchters kommt zwar vorbei, traut sich aber nicht auf die Leiter, da die Taube nur über das Garagendach zu erreichen ist. Als ich nach Hause komme, frage ich bei unserer Nachbarin, einer älteren, sehr patenten Dame, nach, was sie tun würde. Zufällig hat sie einen Taubenzüchter in der Familie, den sie gleich verständigt. Keine Viertelstunde später klingelt es an der Tür. Der Retter klettert auf die Leiter, redet der Taube gut zu und schnappt sie sich. Nachdem er die Ringe kontrolliert hat, verstaut er den Vogel in einem Karton. Die Zahlen auf den Ringen sind kaum noch zu lesen und die Taube dürfte eigentlich gar nicht mehr fliegen, erklärt er uns. Er wird versuchen zu ermitteln, wo sie vermisst wird. Es könnte aber auch sein, dass die Taube unser Haus als ihr neues Ziel betrachtet und wieder zurückkommt. „Das soll dann so sein", verabschiede ich mich von ihm. Ich bin froh, dass das Tier jetzt in den richtigen Händen ist.

Dienstag, 6. Mai

In einem Internetforum, in dem man Freunde und Schulkameraden von früher suchen und finden kann, erreicht mich die Nachricht von einer früheren Freundin meiner Eltern, die mit uns zusammen in dem kleinen Vorort von Wiesbaden gewohnt hat.

Linda,

entschuldige bitte, wenn ich Dich frage, was machen Deine Eltern? Dein Vater ist doch Klemens Petry? Und was macht Deine Mutter? Wenn ich falsch liege, was ich nicht glaube, dann kläre mich bitte trotzdem auf.

Liebe Grüße Bea

So ein Zufall! Wie klein ist die Welt und die Kreise schließen sich immer wieder. Ich antworte ihr gleich:

Bea,

ich dachte, es hätte sich schon bis zu euch herumgesprochen. Mein Vater, ja Klemens, ist Ende Januar bei einem Autounfall ums Leben gekommen. Wir hatten leider keinen Kontakt mehr, weshalb es mir jetzt sehr schlecht geht. Ich bin dabei, alles aufzuarbeiten, was ich seit Jahren verdrängt hatte. So habe ich jetzt erst entdeckt, wie er zuletzt gelebt hat, und auch zu meinen beiden Halbbrüdern, die meine eigenen Kinder sein könnten, Kontakt gefunden. Es ist sehr tragisch für uns alle und ich weiß nicht, wer mehr gelitten hat unter der Situation (er oder ich.) Meine Mama ist seit einem Jahr zu Hause und es geht ihr gut. Aber auch sie hat die Nachricht sehr mitgenommen. Wir müssen lernen zu akzeptieren, dass keine Antworten mehr auf Fragen kommen werden. Aber der Verstand ist die eine Seite und das Herz sagt etwas anderes.

Liebe Grüße Linda

Mittwoch, 7. Mai

Mein neununddreißigster Geburtstag. Max und ich haben frei. Er schenkt mir Karten für das Konzert von Ich & Ich und ich bin sehr gerührt. Ich weiß, dass er damit nichts anfangen kann. Aber da diese Musik mich durch die letzten Monate begleitet hat, bedeutet es mir sehr viel. Ich freue mich umso mehr darüber.

Ich habe mir seit Tagen schon den Kopf darüber zerbrochen, wie ich es schaffen kann, dass dies ein ganz normaler Tag wird. Morgens kommen Mama, Ruth und Matthias zum Frühstücken. Zwischendurch melden sich die Nachbarn zum Gratulieren. Danach ist es geschafft, wir fahren zu Oma. Ich bringe ihr einen Strauß Maiglöckchen aus unserem Garten mit. Sie freut sich sehr und ruft: „Wer hat denn heute Geburtstag, du oder ich?!" Später fahren wir in den Rheingau und ich bereue, dass ich meine Kamera nicht dabeihabe. Das Licht und die Farben sind so schön, dass ich gerne ein paar Bilder gemacht hätte. Wieder erinnere ich mich an meinen Vater, der ja auch sehr gerne und viel fotografiert hat.

Am schlimmsten und schönsten zugleich für mich ist aber der Anblick von Blumen. Jeder, auch Mama, hat mir bestätigt und ich weiß es auch, dass er Blumen geliebt hat. Zu meinen Kindergeburtstagen gab es immer ein Biedermeiersträußchen. Und wenn ich jetzt Blumen sehe, macht es mich traurig, dass er sich nicht mehr an dieser Schönheit erfreuen kann. Und überhaupt vergeht kaum ein Augenblick, an dem ich nicht an ihn denke, Vergleiche ziehe, Parallelen zwischen uns herstelle. Lieder aus früheren Zeiten, die im Radio gespielt werden, rufen Erinnerungen hervor. Oder sind es nur Vorstellungen davon, wie er war? Ich sehe ihn vor mir, als er jung und stark war. So habe ich ihn immer gesehen. Manche Liedtexte treiben mir sofort die Tränen in die Augen. Aber ich kann schließlich nicht jedes Mal den Radiosender wechseln. Das wäre auch wieder eine Flucht vor meinen Gefühlen.

Ich erlebe alles bewusster und intensiver, höre genau zu und sehe genau hin, auch in mich hinein. Das empfinde ich durchaus als positiven Aspekt an der ganzen Geschichte.

Donnerstag, 8. Mai

Susanne hat sich nicht gemeldet. Ich bin nicht traurig darüber. Sie ist so, wie sie ist, und es ist auch nicht so wichtig.

Dafür kommt noch eine Nachricht von Bea:

Ach Linda,

das tut mir sehr leid, aber ich denke, er würde nicht wollen, dass Du Dich schlecht fühlst. Er hat so gelebt, wie er es wollte, wir haben uns ganz früher sehr viel unterhalten und ich weiß, er hat Dich sehr geliebt, auch wenn kein Kontakt da war. Ich denke, gelitten habt ihr beide. Grüß Deine Mutter. Ich wünsche Dir alles Liebe und ganz viel Kraft. Du schaffst das!

Samstag, 10. Mai

Im Supermarkt treffe ich auf Melissa. Wir haben in der zehnten Klasse zusammen die Schulbank gedrückt und waren einige Jahre sehr eng befreundet. Durch eine Teenagerzickerei haben wir uns schließlich aus den Augen verloren und seit gut zehn Jahren gar nicht mehr gesehen. Ich freue mich so, sie zu sehen, und auch sie strahlt mich an. Sie wartet hinter der Kasse auf mich, bis ich fertig bin. Wir unterhalten uns und es ist, als wäre kaum Zeit vergangen. Sie ist mir gar nicht fremd und es ist kein unangenehmes Na,-was-machst-du-so?-Gespräch, bei dem jeder froh ist, wenn er wieder seiner Wege ziehen kann. Ganz kurz erzähle ich ihr von meinem Vater und wir müssen lachen, als wir auf die Geschichte mit dem Mini, den er damals für mich ausgesucht hatte, zu sprechen kommen.

An den Wochenenden habe ich damals oft bei Melissa übernachtet. Wir sind dann immer zu irgendwelchen Dorfdiscos gegangen. Melissas Eltern waren aktive Turniertänzer und oft unterwegs. Es war eine lustige, unbeschwerte Zeit. Meine Eltern waren zu diesem Zeitpunkt schon endgültig getrennt. An einem Samstagnachmittag jedenfalls stand mein Vater bei Melissas Eltern vor der Tür und präsentierte ganz stolz einen Mini, der für mich sein sollte. Es war mir wieder einmal entsetzlich peinlich. Zum einen, weil Teenager ihre Eltern ja grundsätzlich für peinlich halten, zum anderen war der Mini kein Augenschmaus. Die Lackierung in lila metallic erinnerte auf den ersten Blick an eine Nagellackflasche. Übertroffen wurde das Ganze durch eine Innenausstattung aus rotem Leder. Bei näherem Hinsehen entdeckten wir, dass es sich um einen Rechtslenker handelte. Ich hatte noch nicht mal den Führerschein und konnte mit der Aktion gar nichts anfangen. Aber er hatte immerhin einen Teil seines Versprechens, wonach er mir den Führerschein finanzieren und sich um ein Auto für mich kümmern wollte, eingelöst. Zumindest meinte er das so in diesem Moment, als er mir mein zukünftiges Auto präsentierte. Da aber, wie so oft in unserem Leben, auch diesmal nichts glattlief, kam noch hinzu, dass der Motor des Mini streikte. Ich glaube, mein Vater musste ein Taxi rufen, und ich weiß auch gar nicht mehr, wie wir verblieben sind. Das Auto stand noch mehrere Wochen vor Melissas Elternhaus. Das war mir wieder so peinlich! Den Führerschein hat mir übrigens Mama bezahlt und mein erstes Auto war tatsächlich ein Mini, den ich mir selbst gekauft habe für siebenhundert D-Mark. Darauf war ich damals mächtig stolz.

Es stellt sich heraus, dass wir nicht weit auseinanderwohnen, und wir tauschen unsere Handynummern aus. Abends schicke ich Melissa noch eine SMS und schreibe ihr, wie sehr ich mich gefreut habe, dass sie mir so vertraut war nach der langen Zeit. Wer weiß, was daraus wird. Im Moment bin ich so empfänglich für alle Menschen, die meinen Weg kreuzen, und frage mich, ob ich nicht auch diese Begegnung dem Schicksal verdanke.

Pfingstmontag, 12. Mai

Heute treffen wir uns mit allen, die sich an Viviens Geburtstagsgeschenk, einem Wochenende in Hamburg, beteiligen. Wir wollen einen Videofilm aufnehmen, der gleichzeitig die Glückwunschkarte sein soll. Jeder soll einen Begriff erklären, der zu Hamburg gehört, so wie früher bei „Dingsda", der Sendung mit den Kindern. Wir haben viel Spaß und es gibt natürlich etliche Pannen. Zwischendurch grillen wir im Garten und bis zum späten Nachmittag ist alles „im Kasten".

Abends telefonieren wir mit Katja und Roman in Hannover und nehmen ihren Beitrag per Telefon auf. Auch hier sind mehrere Anläufe nötig, weil sich einmal Katja im Hintergrund nicht halten kann vor lachen und Roman beim zweiten Mal aus Versehen auflegt. Aber beim dritten Mal klappt es und wir haben viel gelacht an diesem Feiertag.

Donnerstag, 15. Mai

Heute telefoniere ich mit Nina. Nina ist Holländerin, eine verrückte, liebenswerte Frau, mit der eine Menge Spaß zu haben ist. Wir kennen uns seit über zehn Jahren, haben uns aber nach ihrem letzten Umzug etwas aus den Augen verloren. Ich habe mich so gefreut, dass sie an meinen Geburtstag gedacht hat. Mir ist eingefallen, dass sie auch irgendwann einmal zu ihrem Ziehvater nach Holland gefahren ist, um ein klärendes Gespräch zu führen. Deshalb interessiert mich natürlich brennend, wie sie sich dabei gefühlt hat. Er hat damals alles abgeblockt, sodass sie aufgegeben hat. Und wenn eine Persönlichkeit wie Nina aufgibt, ist wirklich nichts mehr zu retten! Sie erzählt mir, dass er im vergangenen Jahr gestorben ist. Es war eine schlimme Sache, da er keine sozialen Kontakte mehr hatte. Weil er sehr zurückgezogen gelebt hat, dauerte es einige Tage, bis er gefunden wurde. Mir ziehen Schauer über den Rücken, als ich das höre. Zu ihrem leiblichen Vater, der in Holland lebt, hat Nina keinen Kontakt. Sie rät mir, in jedem Fall alles auszuleben und zuzulassen. Sie ist stolz auf mich, als sie hört, dass ich alles aufschreibe. Wir telefonieren fast eine Stunde und verabreden uns für den Sommer. Ich bin schon sehr gespannt auf ihre Tochter Nele. Sie ist mittlerweile zwei Jahre alt und ich habe sie noch nie gesehen.

Sonntag, 18. Mai

Wir verbringen den Tag mit unseren Müttern im Kloster Eberbach. Diesmal habe ich auch die Kamera dabei. Während der Autofahrt flüstert meine Mutter mit zitternder Stimme mir zu, dass es ihr nicht gut geht. „Jetzt ist alles anders." Ich nicke zustimmend. Es hätte alles so viel besser werden können. Besser für uns alle. Aber diese Gedanken sind müßig.

Es ist ein schöner Tag, obwohl es regnet als wir draußen sitzen zum Essen. Eine ungewöhnliche Konstellation ist das. Ich vergleiche beide Mütter miteinander. Die eine ist unglücklich, weil ihr die Gesundheit einen Strich durch die Rechnung gemacht hat und sie nicht mehr so kann, wie sie will. Die andere ist unglücklich, weil sie ihren Platz in ihrem neuen Lebensabschnitt nicht finden kann. Unzufriedenheit ist wahrscheinlich der kleinste gemeinsame Nenner der beiden.

Ruth erwähnt die schwierige Beziehung zu ihrer eigenen Mutter. Wie wir darauf zu sprechen kommen, weiß ich nicht, aber ich bin erstaunt, dass sie sich überhaupt in einer solchen Art und Weise öffnet. Dass sie ihrer Mutter nie etwas recht machen konnte und ihr immer gesagt wurde: „Lernen brauchst du nicht viel, du wirst sowieso am Herd enden." Sie hat durch ihre Erfahrungen auch ein großes Päckchen zu tragen, das war mir schon lange klar.

Nach dem Essen gehen wir noch durch die Klosteranlage und ich halte alles fest, was mir vor die Linse kommt, bis meine Mutter mahnt zu gehen. Ruth geht es nicht gut. Ich vermute, dass auch die Offenbarungen beim Mittagessen zu viel für sie waren, vielleicht weil sie sich selbst auch oft etwas vormacht.

Mittwoch, 21. Mai

Heute findet unser Betriebsausflug statt. Ich fahre nicht mit, weil Vivien heute Abend ihren Geburtstag feiert. Annas Mann Robert meldet sich bei mir. Er hat es wohl schon auf diversen Nebenstellen im Haus versucht, aber wegen des Ausflugs niemanden erreicht. Ich bin ehrlich befangen und weiß gar nicht, was ich ihn fragen soll und wie ich ihm reden kann. Er macht sich Sorgen um seinen Sohn Philip, weil der nicht mit ihm über die Situation spricht. Er ist sich unsicher, ob Philip die Lage so ernst einschätzt, wie sie ist. Ich frage ihn, ob ein Besuch bei Anna nicht doch noch möglich ist. „Lass es", sagt er mit Resignation in der Stimme, „Anna hat nichts davon. Sie ist kaum noch ansprechbar." Ich kann es nicht glauben. Es klingt so unwirklich. Meine starke Anna, nicht ansprechbar und teilnahmslos. Das ist nun meine Lektion zum Thema Feigheit, sie nicht früher besucht zu haben. Und damit werde ich weiterleben müssen.

Am Abend bei Vivien dauert es einige Zeit, bis ich mich ablenken kann von den Gedanken um Anna, die mir seit dem Telefonat mit Robert im Kopf herumschwirren. Um Mitternacht gibt es ein kleines Feuerwerk im Garten und wir überreichen unser Geschenk. Vivien weiß sofort, als sie den Paradewagen sieht, den ich zusammen mit Amelie gebastelt habe, dass es zum Schlagermove, der Loveparade für Schlagerfans, nach Hamburg geht. Sie freut sich riesig und ich bin froh, dass die Überraschung gelungen ist.

Sonntag, 25. Mai

Gegen Mittag gehen wir in eine Straußwirtschaft und treffen dort Ruth. Später sind Max und ich im Garten, bis es anfängt zu regnen. Da es ein warmer leichter Sommerregen ist, bleibe ich auf meiner Liege liegen. Ich rolle mich zusammen wie ein kleines Kind und mir kommen die Tränen. Ich weine ein paar Minuten, so wie der Himmel. Als ich nach oben komme, liegt Max auf der Couch und schläft. Ich nutze die Gelegenheit, packe meine Kamera ein und fahre zum Friedhof.

Ich fotografiere einige Grabsteine, die Muster und Gebäudeteile einer Gruft. Dabei achte ich darauf, dass keine Namen zu sehen sind und kein Grabstein vollständig erkennbar ist. Fast eine Stunde halte ich mich auf. Es beruhigt mich und gibt mir Frieden. Die Leute, die sich wahrscheinlich fragen, was ich da mache, nehme ich gar nicht wahr. Niemand spricht mich an. Ich bin wie in einer anderen Welt. Es werden schöne Aufnahmen von Engeln, Blumen und der Marmorierung alter Steine. Ich bin irgendwie auf den Geschmack gekommen, mich fortwährend in diesem Jahr mit dem Tod zu umgeben.

Dienstag, 27. Mai

Am frühen Nachmittag seile ich mich im Büro ab und fahre zu dem Friedhof, auf dem meine Großeltern beigesetzt sind. Es ist ein alter, sehr großer Friedhof. Die Kamera ist wieder dabei. Es ist unerträglich schwül an diesem Tag und ich habe außerdem starke Unterleibsschmerzen. Und doch verbringe ich zwei Stunden damit, viele schöne Bilder zu machen. Auch die Grabstätte meiner Großeltern halte ich im Bild fest. Ich habe ein gespaltenes Verhältnis zu Grabwänden, in denen die Urnen in mehreren „Etagen“ übereinandergestapelt beigesetzt sind. Eine merkwürdige Art der letzten Ruhestätte. Sie erinnert mich an die Schlafkäfige in Hongkong, wo die Menschen teilweise auf so engem Raum leben. Es stecken zwei vertrocknete Rosen in der winzigen Grabvase. *Es war wohl länger niemand hier.* Ich tausche die Blumen gegen zwei frische Rosen aus und halte einen Moment inne. „Ganz schön laut habt ihr es hier“, sage ich leise. Im Hintergrund ist überdeutlich die Autobahn, auf der viele Menschen in den Feierabend gleiten, zu hören. Ich verabschiede mich von den beiden und mache mich auf den Heimweg.

Freitag, 30. Mai

Der letzte Arbeitstag vor meinem Urlaub – Halleluja! Im Moment empfinde ich die Situation im Büro derart unerträglich, dass ich über jeden Moment der Abwesenheit glücklich bin. In der Abteilung hat sich vieles verändert. Das schlägt sich in der allgemeinen Stimmung nieder.

Nach der Arbeit besuche ich Susanne und bringe ihr ein paar Efeuranken aus unserem Garten, die ich für sie geschnitten habe. Susanne gibt mir heute so viel Kraft mit ihren Worten, nachdem ich ihr erzähle, wie ich mich im Moment fühle. „Das Letzte, was dein Vater gewollt hätte, wäre, dass du seinetwegen depressiv wirst und an nichts mehr Freude hast. Außerdem hat er eine Menge Schuld in seinem Leben auf sich geladen. Er hat einige Menschen sehr unglücklich gemacht. Vergiss das nicht!“ Sie hat recht. Ich fühle mich wirklich etwas besser, bin aber vorsichtig optimistisch, wie lange das gute Gefühl anhält.

Ich berichte ihr von meinen bisher halbherzigen Versuchen, Claire ausfindig zu machen. Sie ist jetzt dreiundzwanzig Jahre alt. Ich würde ihr gerne ihre Kinderbilder zukommen lassen und ihr überhaupt mitteilen, was passiert ist. Schließlich ist es auch ihr Vater, der gestorben ist. Aber da ich weder ihren noch den neuen Nachnamen ihrer Mutter kenne, ist es schwierig. Susanne findet mein Vorhaben gut und verspricht, in der Adoptionsurkunde nachzuschauen, damit ich ein Stück weiter komme.

Montag, 2. Juni

Wir fahren für vier Tage nach Österreich. Ich hatte Max zu seinem vierzigsten Geburtstag eine Spritztour mit einem Porsche Cabrio geschenkt. Im vergangenen Jahr mussten wir die Reise kurzfristig absagen, weil Max krank geworden war. Ich habe eigentlich keine große Lust, überhaupt wegzufahren, und vor der langen Fahrt graut mir sowieso. Es wird fast Mittag, bis wir endlich aufbrechen. Aber es ist Montag und so kommen wir gut durch. Nur das letzte Stück über Land bis ans Ziel zieht sich. Das Hotel erreichen wir gegen Abend. Es ist sehr schön und eigentlich alles in bester Ordnung. Ich wünsche mir sehr, mal richtig zu abzuschalten, und hoffe, dass es mir gelingt. Ich habe auch nicht vor, mich davon ablenken zu lassen so wie in unserem Skiurlaub über Ostern. Mama schreibe ich eine Nachricht, dass wir gut angekommen sind.

Dienstag, 3. Juni

Wir haben uns für Nachmittags zu einer Schnupperstunde Golf angemeldet und sind auf der Suche nach dem Golfplatz, als mein Handy klingelt. Es ist die Redakteurin vom ZDF, mit der ich vor drei Monaten zuletzt gesprochen hatte. Sie sagt, es wäre ihr leider nicht möglich, mir Material zur Verfügung zu stellen, weil andere Personen, die in dem Beitrag vorkommen, gerichtliche Schritte angedroht haben für den Fall, dass der Beitrag weiterhin veröffentlicht wird.

Eine solche Nachricht hatte ich nicht erwartet. Vielmehr hatte ich gehofft, unveröffentlichtes Material zu bekommen. Die Redakteurin rät mir, es direkt bei dem Autopfandleiher zu versuchen. Er hätte auch eine Kopie des Beitrags und die könnte ich mir sicherlich dort besorgen. Natürlich hat sie mir das niemals verraten, falls jemand fragen sollte. „Auf diese Nachricht musste ich jetzt drei Monate warten", wende ich mich enttäuscht an Max. Ich hatte so fest daran geglaubt, Bilder zu bekommen, ihn ein letztes Mal lebend zu sehen. Die Entspannung ist unterbrochen, Papi ist wieder dabei!

Donnerstag, 5. Juni

Heute Nacht habe ich von Anna geträumt. Wir waren in einem Zimmer, die Wände waren lindgrün und weiß gestrichen wie bei uns zu Hause. Wir haben mit ein paar Kollegen aus der Abteilung zusammen gesessen. Anna sah aus wie früher. Sie hatte schulterlanges, volles Haar und war ganz in Weiß gekleidet. Ich war so glücklich, weil ich wusste, dass sie es offensichtlich gepackt hatte, ihre Krankheit zu besiegen. Ich sagte ihr, wie froh ich bin, dass wir nun die Gelegenheit haben, miteinander zu sprechen. „Hat Robert dir erzählt, dass ich dich besuchen wollte?“, frage ich. Warum sie in dieser Wohnung ist, will ich außerdem wissen. Das sei eine Maßnahme von der Krankenkasse, damit sie zur Ruhe kommt, erklärt sie. Auch ihre Männer zu Hause hätten Ruhe verdient nach der langen Zeit der Sorge. Ich bin so glücklich in meinem Traum, es ist so real.

Ob Anna wohl wieder arbeiten wird? Wir waren ein perfekt eingespieltes Team in der Firma und konnten uns blind aufeinander verlassen. Sie fehlt mir so sehr mit ihrem Wissen und ihrer Erfahrung als Architektin. Auch ihre Art ist einmalig. Sie ist der klassische Kumpel zum Pferdestehlen. Es fällt mir heute noch so schwer zu akzeptieren, dass diese Zeit nie wieder zurückkommt und wir nie mehr zusammenarbeiten werden. Aber zuerst würde ich mir natürlich wünschen, dass Anna gesund wird und mit ihrer Familie ein Leben ohne die Krankheit führen kann. Doch dieser Traum lässt mich das Schlimmste befürchten. Anna muss bald gehen, sie war bereits ein weiß gekleideter Engel. Max erzähle ich beim Frühstück von meinen Erlebnissen der vergangenen Nacht. „Das hört sich nicht gut an“, bestätigt er mir.

Am Vormittag machen wir eine kleine Wanderung. Es tut gut, durch die Natur zu laufen und die frische Bergluft einzuatmen. Am Ziel kehren wir in einer Hütte ein. Nachmittags fängt es an zu regnen und wir gehen ins Kino als Schlechtwetterprogramm. Der Tag ist sehr schön und ich komme auf andere Gedanken.

Freitag, 6. Juni

Unser luxuriöser Hotelaufenthalt ist leider schon zu Ende und wir überlegen noch am Frühstückstisch, ob wir nach Hause fahren oder weiter nach Italien. Da es nicht weit ist bis zu der kleinen Ortschaft in der Nähe von Venedig, wo Tante Vera früher einmal gelebt hat, beschließen wir, dort hinzufahren. Ich bin Max so dankbar und habe ganz genau das Haus und die Straße vor Augen. Max ist fest davon überzeugt, dass ich das alles gar nicht wissen kann, da ich erst zwei Jahre alt war. Aber ich lasse mich nicht beirren. Der Mann meiner Tante ist Amerikaner und war dort einige Jahre stationiert.

Bevor wir losfahren, frage ich bei Johanna per SMS an, wo der kleine Ort liegt, da er nicht mal in der Karte eingetragen ist. Polcenigo liegt in der Nähe von Pordenone. Darin habe ich mich schon mal nicht getäuscht. Als wir in dem kleinen, sehr idyllischen Ort ankommen, bin ich außer Rand und Band. Der Ortskern lässt sich gut zu Fuß erkunden und ich bin fast sicher, die Straße entdeckt zu haben. Ich mache eine Menge Fotos – von fast jedem Haus. Vera wird mir im September sagen, ob ich richtig gelegen habe mit meiner Motivwahl. Die Touristeninformation ist leider geschlossen, da es Freitagnachmittag ist. Auf der Piazza erkundigen wir uns in einer Eisdiele nach Übernachtungsmöglichkeiten. Der Inhaber ist Belgier, der gut Englisch spricht. Er lebt seit über zwanzig Jahren in Polcenigo und erzählt uns, dass viele Amerikaner hier in der Gegend leben, weil es in der Nähe einen großen Militärstützpunkt gibt. Er gibt uns den Tipp mit einer alten Villa, deren Besitzer Bed & Breakfast anbieten. Das hört sich super an, aber leider ist niemand zu erreichen, sodass wir vorerst den Ort wieder verlassen, um uns in der nächstgrößeren Stadt eine Bleibe zu suchen. Nicht jedoch, ohne vorher noch ein Foto von mir neben dem Ortsschild von Polcenigo zu machen. Das kommt mir im Nachhinein etwas albern vor. Aber irgendwie fühlt es sich an, als ob die Zeit stehen geblieben ist und ich wieder klein bin. Ich stelle mir Vera vor, wie sie hier gelebt hat mit ihrer Familie. Max verspricht mir, noch einmal wiederzukommen, damit ich auch die letzten Winkel noch in Bildern fixieren kann.

Über die Zimmervermittlung finden wir ein schönes altes Gehöft, das komplett renoviert ist. Die Eigentümerin zeigt uns zwei freie Zimmer. Da eins davon im Erdgeschoss liegt und Max nach unserem Erlebnis mit Einbrechern in einer Ferienwohnung in der Toskana vor drei Jahren dort nicht übernachten will, entscheiden wir uns für das kleinere im Dachgeschoss.

Nachdem wir unsere Sachen verstaut haben, fahren wir noch mal nach Polcenigo zurück. Max ist wirklich sehr geduldig, während ich noch mal mit der Kamera durch alle Gassen und Winkel stöbere. Er kann das alles nicht so recht verstehen, das entnehme ich seinem Gesichtsausdruck, aber er sagt nichts. Ich bin erstaunt.

Abends gehen wir in Sacile bummeln und Pizza essen. Nach dem Essen bedanke ich mich bei Max, weil er mir ein großes Geschenk gemacht hat mit dem heutigen Tag. Plötzlich überkommt mich aber wieder die Traurigkeit und ich muss weinen. Max schaut besorgt zum Nachbartisch. Er befürchtet bestimmt, die Leute könnten denken, er wäre der Grund für meinen Weinkrampf. Ich versuche, ihm meine Gefühle zu erklären, während ich selbst nach einer Begründung suche. Heute habe ich mich gefühlt wie damals. Ich war wieder Kind und für mich war im zarten Alter von zwei Jahren meine kleine

Welt noch scheinbar in Ordnung. Danach war ich vielleicht nie mehr so unbeschwert wie hier. Nur so kann ich mir meine Traurigkeit erklären. Jeder Mensch wird durch seine Erlebnisse und Erfahrungen geprägt. Wahrscheinlich bin ich deshalb heute so melancholisch. Ich beruhige mich wieder, um Max nicht noch mehr zu verwirren.

Samstag, 7. Juni

Wir fahren nach Verona. Ich bin schon ganz gespannt, weil Vivien so von dieser Stadt geschwärmt hat. Nachdem wir endlich die Altstadt gefunden haben, gehen wir erst mal Mittagessen, bevor wir uns auf Zimmersuche begeben.

In der Touristeninformation gibt es diesmal keine nette Dame, die sogar nach Zimmern für uns anfragt. Ein junger Mann, der zwar deutsch spricht, drückt uns lediglich einen fetten Katalog mit Hoteladressen in die Hand. Ansonsten dürfe er keine Empfehlungen aussprechen. Es fängt an zu regnen, was auf die Stimmung drückt. Wir kaufen an einem Postkartenstand einen sündhaft teuren Regenschirm und machen uns auf die Suche nach einer Unterkunft. Die Zeit drängt. Es ist schon nach vier. Nachdem wir uns zwei andere Hotels und sogar ein WG-Zimmer angeschaut hatten, quartieren wir uns schließlich im Hotel „Romeo und Julia" direkt in der Altstadt ein. Ein Glückstreffer! Bis das Auto geparkt und alle Sachen auf dem Zimmer sind, ist es fast sechs Uhr.

Endlich bummeln wir durch die Stadt und ich halte alles im Bild fest. Durch Zufall finden wir auch das berühmte Haus von Julia mit dem Balkon zum Hof, von dem aus sie Romeo angeschmachtet hat. Später teilen wir uns eine Riesenpizza und gehen dann ziemlich früh zurück ins Hotel, weil alles doch sehr teuer und touristisch ist. Die Altstadt ist nach zehn wie ausgestorben bis auf einen Fakir, der direkt bei der berühmten Arena seine Kunststücke zeigt und eine große Menschenmenge um sich schart.

Zurück im Hotel leihen wir uns an der Rezeption einen Korkenzieher, um die Flasche Prosecco zu öffnen, die Max von zu Hause mitgebracht hat. Während wir unseren Schlummertrunk nehmen, lassen wir uns aus dem Fernsehen von MTV berieseln, bis wir eingeschlafen sind.

Sonntag, 8. Juni

Wir entscheiden uns, auf der Rückreise durch Meran über eine Passstraße nach Österreich zu fahren. Das sagt sich so leicht. Wir brauchen für die zweihundertfünfzig Kilometer insgesamt vier Stunden. Die Landschaft, insbesondere ganz oben in den Bergen, ist atemberaubend schön. Es gibt so viel zu sehen. Wir erleben fast alle Wetterarten. Mittagspause machen wir ganz oben auf dem Pass und essen dort das beste Schnitzel seit langer Zeit. Viele Motorradfahrer sind unterwegs und mir fallen die Urlaubsfotos meines Vaters ein. Auch Fahrradfahrer quälen sich die Bergstrecke hinauf. Ich bewundere ihren eisernen Willen.

Als wir in Österreich sind, ruft Susanne an. Wir sprechen ganz kurz, weil es sonst wieder teuer wird. Ich habe den Eindruck, sie hat etwas auf dem Herzen, und ich verspreche ihr, mich zu melden, wenn wir zu Hause sind. Ich erreiche sie aber nicht.

Montag, 16. Juni

Mein erster Arbeitstag nach zwei Wochen Urlaub. Eine Kollegin, die intensiven Kontakt zu Anna hatte, kommt morgens in mein Büro. Mit großen Augen steht sie vor mir und sie muss nichts sagen, als ich sie fragend anschaue. Anna hat ihren Kampf verloren und ist am Wochenende gestorben.

Abends versuche ich es wieder einmal bei Susanne. Ich habe Dominik am anderen Ende. Susanne schläft. Er erzählt mir, dass sie bald in Urlaub fahren. Ich freue mich und bitte Dominik, seiner Mutter Grüße auszurichten. Insgeheim frage ich mich wieder, warum sie sich nicht meldet. Aber sie hat vielleicht auch einfach nur viel zu tun, da sie im Sommer viele Gärten zu betreuen hat.

Donnerstag, 19. Juni

Heute habe ich einen Termin zur Darmspiegelung. Ich habe mich dazu entschlossen wegen Werner. Ich habe panische Angst, auch irgendwann einmal an Krebs zu erkranken, und deshalb unterziehe ich mich dieser Tortur. Mein Vater möge mir verzeihen, aber ich habe seinen Tod vorgeschoben, damit die Krankenkasse die Untersuchung zahlt. Nur meiner Mutter habe ich das gebeichtet. Es ist eine sehr schmerzhafte Angelegenheit und ich bin sicher, es ist die Strafe für meine Lüge!

Gegen Abend, als es mir wieder besser geht, schreibe ich Robert und Philip, Annas Mann und ihrem Sohn, einen Brief. Für Robert habe ich außerdem ein Buch besorgt, das eine Frau über die Trauerarbeit nach dem Tod ihres Mannes geschrieben hat.

Lieber Philip, lieber Robert,

diese Zeilen schreibe ich euch, weil sie einfach auf einer Karte keinen Platz haben.

Außerdem muss ich dabei an Anna denken, die mit dem Briefeschreiben am PC auf Kriegsfuß stand. Sie hat es aber immer mal wieder versucht und wir haben oft zusammen darüber gelacht. Und Gefühle lassen sich oft besser zu Papier bringen, als sie in große Worte zu verpacken.

Ist euch aufgefallen, ich habe rosa Papier gewählt? Es hat mich gleich an Anna erinnert. Ich habe Anna vor mir gesehen. Sie war oft so schön Ton in Ton gekleidet. Und Rosa, hat sie mal bei einer Farbberatung erfahren, unterstreicht den Ton ihrer Augen.

Kennengelernt habe ich Anna, als sie mit Philip schwanger war. Es war ihr immer so schlecht, deswegen habe ich auch gar nicht so viel von ihr mitbekommen bei meinem Start in der Firma. Richtig wahrgenommen habe ich sie erst nach Philips Geburt, seit sie wieder stundenweise gearbeitet hat.

Und so richtig zusammengewürfelt wurden wir ja dann durch unser gemeinsames Aufgabengebiet. Ich kann euch sagen, wir haben so einzigartig gut zusammengearbeitet. Es war ein blindes Miteinander, das findet sich selten. Jeder von uns beiden hat seinen Bereich abgedeckt, das war echte Teamarbeit, ohne Zuständigkeitsgerangel. Ich habe es sehr genossen. Anna hat sich wirklich engagiert, aber das wisst ihr beide ja, denn privat war es sicher genauso. Sie war immer mit dem Herzen dabei.

Ich habe Anna oft gebeten, sie soll doch mal eine Mutter-Kind-Kur wegen ihrer Migräne beantragen, um mal was für sich zu tun. Aber das hat sie nie in die Tat umgesetzt.

Sie war immer zur Stelle, wenn ich da noch an die beiden Besichtigungen denke, zu denen sie uns begleitet hat, um ihr Urteil über den Zustand der Häuser abzugeben. Philip hatte damals rote Haare. Erinnerst Du Dich noch?

Und dann der Anruf von Anna im letzten Jahr mit dieser schrecklichen Nachricht. Es war wie ein Schlag ins Gesicht. Anna war im Krankenhaus und ich wusste gar nicht, warum. An einem Sonntagabend hat sie mich angerufen. Ich erinnere mich an jedes einzelne ihrer Worte, die ganz langsam in mein Bewusstsein drangen: „Linda, sitzt du?", war ihre erste Frage. „Ich habe Krebs", flüsterte sie mit tränenerstickter Stimme.

Vielleicht hat euch Anna noch erzählt, dass mein Vater Ende Januar bei einem Autounfall ums Leben gekommen ist. Leider hatten wir keinen Kontakt in den letzten fünfzehn Jahren. Es geht mir seitdem nicht besonders gut, da ich nun einiges aufarbeite, was ich mit Macht verdrängt hatte.

Ich habe seit dem Tag, an dem es passiert ist, Tagebuch geführt, es ist eine große Hilfe für mich. Philip, vielleicht wirst Du das auch tun. Einige Passagen handeln auch von Anna. Die möchte ich euch zukommen lassen.

Gerne hätte ich Anna noch einmal persönlich gesprochen, aber so behalte ich ihre Worte bei unserem letzten Telefonat für immer in meinem Herzen: „Tschüss Süße!", hat sie mit einem Kuss durch die Leitung gehaucht.

Linda

Den Brief verpacke ich zusammen mit dem Buch und hoffe, dass ich morgen Gelegenheit habe, beides zu übergeben.

Freitag, 20. Juni

Heute wird Anna beerdigt. Mir ist ganz flau im Magen. Als ich morgens im Bad vor dem Spiegel stehe frage ich mich, ob es das letzte Mal in diesem Jahr sein wird, dass ich die schwarzen Sachen anziehe und wer wohl der oder die Nächste ist. Natürlicherweise müsste es meine Oma sein, die mir in der vergangenen Woche schon gesagt hat, dass sie so müde sei, und sie meinte damit nicht, dass sie unausgeschlafen ist. Und nun muss ich zum zweiten Mal schmerzlich akzeptieren, dass der Tod nicht nach dem Geburtsdatum fragt.

Wir fahren um neun Uhr los. Ich habe mich mit einigen Kollegen zusammengetan, die Anna sehr nahestanden. Es ist eine große Trauergemeinde. Sogar der ehemalige Geschäftsführer der Firma ist aus dem Rheinland gekommen. Auch viele Handwerker, mit denen Anna lange zusammengearbeitet hat, sind da.

In der Trauerhalle finden nicht annähernd alle Platz, die gekommen sind. Die meisten müssen draußen stehen. Ganz vorne auf einem Podest steht Anna. Der Sarg ist mit weißen Lilien und gelben Gerbera – also gar nicht Ton in Ton – geschmückt. Als Eingangslied wird „From a distance“ von Bette Midler gespielt. Es ist sehr ergreifend und mir ist, als ob Anna singt, während ich mit tränenverschleiertem Blick aus dem Fenster mit der bunten Bleiverglasung nach oben in den Himmel schaue.

Dann beginnt der Pfarrer mit seiner Rede. Er schickt zwar vorweg, dass Anna sich keine frömmelnde Rede gewünscht hat, gleitet dann aber doch über zu den üblichen Redewendungen: ‚Dem Herrn hat es gefallen, sie zu sich zu rufen.' Ich möchte schreien, als ich das höre. Es ist immer wieder dasselbe. Ich muss mir unbedingt Gedanken darüber machen und vor allem bestimmen, was anlässlich meiner Trauerfeier gesprochen wird und was nicht. Der Pfarrer zeichnet Annas Lebensweg nach und erwähnt auch den Umstand, dass Annas Vater an der gleichen heimtückischen Krankheit gestorben ist, als Anna neun Jahre als war. Das finde ich besonders tragisch und schaue zu Philip. Er wirkt sehr gefasst und ich frage mich, wie er das schafft. Realisiert er überhaupt, was hier gerade abläuft, oder hat er eine Maske auf, hinter die niemand blicken kann.

Wir folgen dem Sarg nach draußen. Anna hat sich gewünscht, dass an ihrem Grab viele bunte Luftballons in die Luft steigen, die an sie erinnern sollen. Das ist wirklich eine hübsche Idee. *Typisch Anna!*

Und so gehen etwa einhundert Menschen, die Anna mehr oder weniger nahestanden, jeweils zu zweit mit einem Luftballon in der Hand zum Grab und lassen dann gemeinsam ihre Ballons in den blauen Sommerhimmel steigen. An den Ballons hängen kleine Kärtchen, auf denen geschrieben steht:

„Es gab eine Frau, die mit ihren Ideen so viel Freude in das Leben anderer gebracht hat wie die Luftballons, die ihr in ihrem Gedenken heute steigen lasst."

Meine Stimmung ist traurig und doch ein wenig erleichtert. Ich beobachte viele der Luftballons, bis sie in den Wolken verschwunden sind, frage mich dabei, ob Anna ihren Vater schon gefunden hat. Ich bin fest davon überzeugt, dass sie nun miteinander aufholen können, was ihnen zu Lebzeiten versagt geblieben ist. Ich hatte immer den Eindruck, Anna hat sehr darunter gelitten.

Nach der Beerdigung gehen einige Kollegen, die mit Anna eng zusammengearbeitet haben, in eine Waldgaststätte. Wir alle wollen gemeinsam noch ein wenig von der friedlichen Stimmung genießen, über Anna sprechen und den Büroalltag für einige Zeit zurückstellen.

III. Der Sommer, der mir den Weg zeigte

Mittwoch, 25. Juni

Heute Nacht hatte ich wieder einen Traum, der mich sehr aufgewühlt hat. Ich erhielt eine SMS von meinem Vater. Die Nachricht war verschlüsselt und bestand aus Zeichen und Figuren. Die Bilder erinnern mich an ein Lernspiel aus meiner Kindheit. Es war eine Art Fernsehbildschirm in Rot mit zwei weißen Drehknöpfen an jeder Seite. Durch Drehen der Knöpfe entstanden vertikale und horizontale Linien und, wenn man es geschickt anstellte, ganze Bilder. Um ein Bild wieder zu löschen, musste der Schirm kräftig geschüttelt werden. Ich nehme an, dieses Spielzeug sollte die Feinmotorik schulen. Doch zurück zu meinem Traum.

Die Botschaft der Nachricht lautete, dass mein Vater sich ins Ausland absetzen konnte und nun unter einem anderen Namen ein neues Leben begonnen hat. Dumm nur, dass die Grußzeile kaum zu entziffern war. So konnte ich nicht erkennen, wo genau er sich aufhält. Er schreibt, es gehe ihm gut und ich solle mir keine Sorgen mehr machen. Obwohl ich sehr glücklich bin über diese Nachricht, weil sie mir bestätigt, woran ich in den vergangenen Monaten nie geglaubt habe, schießen mir doch allerhand Gedanken durch den Kopf. So auch wieder die Frage, wer in dem Unfallauto saß. Außerdem holt mich nun wieder die Möglichkeit einer Aussprache und eines Zusammentreffens ein und bei diesem Gedanken fühle ich mich gar nicht mehr so wohl. Auf der anderen Seite sehe ich ihn vor mir, weit weg im sonnigen Süden. *Er ist wirklich wie eine Katze wieder auf die Füße gefallen.*

Donnerstag, 26. Juni

In unserem Abteilungsarchiv entdecke ich heute einige Kisten, die mit Annas Namen beschriftet sind. Ich schaue nach und entdecke unter anderem ihre Weihnachtsdekorationen. Anna hat zur Weihnachtszeit ihr Büro immer themenbezogen dekoriert. Und je kitschiger es war, umso besser hat es ihr – und natürlich auch den Kollegen – gefallen. Ich muss mich hinsetzen und mir kommen die Tränen. Ich kann einfach nicht begreifen, dass sie nie mehr zurückkommt. Warum fällt es mir derart schwer, den Tod mit seinen Umständen zu akzeptieren? Mir fällt der Traum von gestern ein und meine unbewusste Weigerung, die Dinge anzunehmen und damit weiterzuleben.

Donnerstag, 3. Juli

Susanne meldet sich spät am Abend endlich per SMS bei mir. Sie schreibt, dass sie wegen der Halbwaisenrente für die Kinder bei der zuständigen Behörde war. Ich kann nicht verstehen, dass sie das in ihrer finanziellen Situation so lange aufgeschoben hat. Es ist eine ziemlich aufgewühlte Nachricht. Offensichtlich gibt es Schwierigkeiten bei der Bewilligung. Der Sachbearbeiter wäre ziemlich unfreundlich gewesen. Sie bezeichnet ihn sogar als Widerling. Meiner Mutter würde sogar Witwenrente zustehen, hätten sie ihr dort gesagt. Sie hat während des ganzen „Verhörs" nur an meinen Vater gedacht und dass der sich eine solche Behandlung nie hätte gefallen lassen. Ob nun eine Rente gewährt wird, schreibt sie nicht.

Abschließend entschuldigt sie sich dafür, dass sie so lange nichts hat von sich hören lassen. Ich soll sie mal zurückrufen, wenn ich Lust habe. Da es aber schon fast elf ist, habe ich in der Tat kein großes Verlangen danach, obwohl ich schon gerne wissen würde, wie es ihr geht und was sie macht. Unser letztes Treffen ist immerhin schon fünf Wochen her.

Montag, 7. Juli

Heute ist unser Hochzeitstag. Er beginnt mit einer verstopften Toilette und ich frage mich, wie ich diesen Umstand werten soll. Ich werde von Max auch prompt als letzter Besucher dafür verantwortlich gemacht. Prima, wir diskutieren am frühen Morgen unseres Hochzeitstages über solchen Mist! Max ruft mich später im Büro an und entschuldigt sich.

Abends haben wir geplant, zum Sektfest nach Eltville zu gehen. Da gibt es zum Abschluss ein Feuerwerk. Leider ist das Wetter so wechselhaft, dass wir uns entschließen, in unserer Nähe essen zu gehen. Das ist gar nicht so einfach, weil viele Restaurants Montag Ruhetag haben. Unsere Odyssee endet im dritten Anlauf bei einem Italiener. Es ist schon spät, als wir wieder nach Hause aufbrechen. Während der Fahrt sehen wir unterwegs über den Feldern Richtung Wiesbaden doch noch ein Feuerwerk. „Halt doch an und lass und das Feuerwerk anschauen!", rufe ich Max zu. Doch leider ist er wie immer nicht zu einer solchen Spontanaktion zu bewegen und fährt weiter. „Wo soll ich denn hier anhalten?" In seiner Stimme schwingen wie so oft Vorwurf und Unverständnis mit. Ich bin so enttäuscht und rufe: „Immer diese scheiß Vernunft!" Warum ist er nur so? Ich muss an meinen Vater denken, der eigentlich sein Leben lang die Unvernunft in Person war, und bereue bitter, dass ich nicht mehr davon miterlebt habe. Das hätte mir aber in diesem Moment im Auto neben Max auch nichts gebracht. Mein Frust ist so groß, dass ich zu Hause angekommen sofort heulend ins Bett gehe. Ich bin gefühlte sieben Jahre alt und benehme mich auch so. Mein Verhalten ist wirklich unmöglich und Max hatte sich den Abschluss unseres Hochzeitstages sicherlich anders vorgestellt. Ich liege im Dunkeln und denke an meinen Vater. Es tut so weh. Immer noch. Ich dachte, ich hätte die tiefste Stelle dieses Jammertals durchschritten. Ich habe doch so lange schon nicht mehr geweint seinetwegen.

Sonntag, 13. Juli

Heute habe ich mich zum Ausschank in einem Weinstand auf unserem Weinfest gemeldet, weil ich das immer schon mal ausprobieren wollte. Ich bin eigentlich immer für solche Experimente und Erfahrungen zu haben. Danach kann man vor allem mitreden, wenn andere sich beschweren, aber es noch nie ausprobiert haben!

Nach drei Stunden werde ich abgelöst. Die Zeit verging wie im Flug und ich bin ganz schön geschafft. Es war immer viel zu tun, weil bei dem schönen Wetter viele Besucher gekommen sind. Es sind mir nur ein paar kleine Fehler unterlaufen. So habe ich Max' Tante den falschen Wein ausgeschenkt. *Bleibt ja in der Familie!* Einer anderen Kundin habe ich die falsche Weinempfehlung verkauft. *Ist ja bekanntlich Geschmackssache!* Ein Glas ist mir zerbrochen. Das ist eine sehr gute Quote, wenn man bedenkt, dass meine Mutter und ich die Ungeschicktheit in Person sind. Uns fällt ständig etwas aus der Hand oder geht kaputt. In der Küche verursachen wir meistens ohrenbetäubenden Lärm.

Ich erinnere mich an eine Episode vor über zwanzig Jahren in unserer Küche. Es sollte Nudeln mit Tomatensauce geben. Irgendwie ist meiner Mutter der volle Saucentopf aus der Hand gerutscht und hat sich in der ganzen Küche verteilt. Die Möbel, ihr Jogginganzug, alles war mit Tomatensauce bespritzt. Meine Mutter war am Rande des Nervenzusammenbruchs. Sie hat ihren Jogginganzug ausgezogen, in die Mülltonne gepackt und mir aufgetragen, für den Rest den Sperrmüll zu bestellen. „Den Anzug kann man doch waschen und die Möbel wieder sauber machen!" Ich habe sie erst mal aus der Küche geschickt und versucht, alles wieder in Ordnung zu bringen. Die Möbel sind natürlich nicht beim Sperrmüll gelandet. Der Tisch steht heute noch in der Küche. Wir lachen noch manchmal darüber.

Vivien ist auch gekommen und freut sich mit mir, als ich es geschafft habe. Wir rauchen erst mal eine zusammen. Sie hat mich schon ganz lange Zeit nicht mehr so lächeln sehen und attestiert mir, dass ich eine gute Figur abgegeben habe. Das bringt mich wieder zum Schmunzeln. Ich habe die ganze Zeit gedacht: *Lächeln steigert den Umsatz!*

Vivien findet, dass ich seit Januar ein Stück Unbeschwertheit zurückhabe und alle Dinge bewusster wahrnehme. Die Unbeschwertheit fühle ich leider noch nicht. Aber ansonsten hat sie recht!

Montag, 14. Juli

Heute ist der letzte Tag auf unserem Weinfest und traditionell gibt es spät abends ein Feuerwerk. Ich treffe zufällig auf Johanna. Wir trinken einen Wein zusammen und unterhalten uns. Johanna bestätigt mir, dass Susanne im Urlaub zu sein scheint, da sie auch einige Zeit nichts von ihr gehört hat. Wir kommen natürlich zwangsläufig auf meinen Vater zu sprechen. Ich erzähle ihr, wie es mir in den vergangenen Monaten ergangen ist und dass es mir erst seit dem letzten Gespräch mit Susanne Ende Mai etwas besser geht. Auch Johanna denkt oft noch über alles nach und wird bei jedem Jaguar, den sie auf der Straße sieht, an ihren Bruder erinnert. Schon komisch, so geht es uns allen. Auch Mama hat das neulich erwähnt.

Ich freue mich schon sehr auf das Feuerwerk, da es mir ja in der letzten Woche entgangen ist. Als es beginnt, bin ich wie in Trance. Mein erstes Feuerwerk, seitdem „es“ passiert ist. Ich begreife die Raketen als Boten des Himmels, die ihre Nachrichten versprühen. Manche tanzen und sind fröhlich, eine zieht mich besonders in ihren Bann. Es ist eine Rakete, die während des gesamten Feuerwerks nur ein Mal gezündet wird. Sie entfaltet sich Kupferrot und die Funken gleiten wie in Zeitlupe vor dem schwarzen Himmel zu Boden. Daneben der fast gefüllte Mond. *Die ist von Papi!* Es wirkt so beruhigend und gibt mir das Gefühl, alles ist gut, so wie es ist. Und trotzdem macht mich die ganze Schönheit am Himmel wieder sehr traurig und ich schmecke salzige Tränen in meinem Mund.

Donnerstag, 17. Juli

Heute wäre der neununddreißigste Hochzeitstag meiner Eltern. Ich werde daran erinnert, als ich das Datum im Display des Autoradios zum ersten Mal bewusst wahrnehme. Ich stelle mir vor, wie Mama sich damals gefühlt hat an diesem Tag, den ich nur aus ihren Erzählungen kenne. Zu der Zeit war ich bereits zwei Monate alt und ich weiß nicht genau, warum das mit der Hochzeit nicht früher geklappt hat. Vielleicht wegen der

Bundeswehr oder Mamas Krankheit. Sie hatte Lungentuberkulose und war zur Kur, als ich zur Welt kam. Wegen der Ansteckungsgefahr hat sie mich erst drei Monate später zu sich nehmen dürfen. Es war wohl so, dass sie die für die Hochzeit erforderlichen Papiere nicht rechtzeitig zusammenhatten, erzählte meine Mutter. Der Tag an sich war auch nicht sehr spektakulär, wenn man von einem Feiertag überhaupt sprechen konnte.

Nach dem standesamtlichen Akt gab es bei meiner Oma, die heute noch darüber lamentiert, dass sie alles bezahlt hat, Häppchen und Sekt. Mittags wurde in einem Lokal gefeiert und dann löste sich die Gesellschaft recht schnell auf. Onkel Henning war verabredet, Tante Johanna musste in den Jugendclub.

Gegen Abend, als sie zusammen im Auto saßen, fragte meine Mutter ihren frisch Angetrauten voller Optimismus: „Und, wo fahren wir jetzt hin?" Sie war fest davon überzeugt, dass er eine Überraschung für sie vorbereitet hatte und nun etwas ganz Wunderbares passieren würde. „Das weiß ich auch nicht", war die knappe Antwort. Da zu diesem Zeitpunkt die gemeinsame Wohnung noch nicht fertig renoviert war, setzte mein Vater meine Mutter bei meinen Großeltern ab. Sie verabschiedeten sich wie Fremde nur mit einem „Tschüss". Das war's! Meine Mutter sagt, sie war so gekränkt deswegen, dass sie sich nicht bei ihm gemeldet hat nach diesem Tag. Es dauerte ganze anderthalb Wochen, bis sie sich wiedergesehen haben. Mein Vater holte sie zu Hause bei meinen Großeltern ab, da er wieder zur Bundeswehr einrücken musste und meine Mutter in der Klinik zurückerwartet wurde.

Ich hoffe, Mama hat damals an ihrem Hochzeitstag nicht alles so gesehen, wie es vielleicht war. In jedem Fall war der Beginn ihres gemeinsamen Lebens genauso chaotisch wie der weitere Verlauf.

Bereits als ich ein halbes Jahr alt war, hat Mama zum ersten Mal die Scheidung eingereicht wegen einer anderen Frau. Damals hat sie sich von ihm jedoch noch einmal umstimmen lassen und den Antrag zurückgezogen. Es hätte wirklich alles so schön sein können. Wir drei zusammen, wie jede andere Familie auch. Aber so musste ich mich der Illusion hingeben, wie sich das angefühlt hätte, ohne Aussicht auf ein Happy End. Ich werde Mama noch einmal fragen, wie es damals wirklich war.

Freitag, 18. Juli

Ich telefoniere mit Mama. Sie hat jetzt auch einen Termin bei der Rentenberatung und es sieht tatsächlich so aus, als stehe ihr eine Witwenrente zu. Sie benötigt dazu noch das Stammbuch. Es liegt bei den Bildern, die ich für mich zurückbehalten habe, und ich komme nicht darum herum, mir einige Bilder noch einmal anzuschauen. Das zieht mich wieder richtig runter.

Ein Bild zeigt meinen Vater in einer Bar während eines Besuchs bei meiner Tante Vera. Er trägt eine karierte Hose und ein rosa Hemd, die Haare sind länger und so blond wie meine. Der Blick ist unsicher und ernst. Er sitzt an einem Tisch und hat ein Bier vor sich stehen. Ich erkenne mich ganz deutlich. Der Blick. Der Ausdruck. Es ist der Wahnsinn. Ob er sich immer so unsicher gefühlt hat, wie er dort schaut und wie ich mich auch oft fühle? Nicht so recht wohl in der eigenen Haut.

Ich zwinge mich, die Bilder wegzulegen und mich abzulenken. Das funktioniert aber heute nicht.

Später unter der Dusche verspüre ich eine eisige Kälte unter dem warmen Wasserstrahl. Ich habe solche Sehnsucht. Nach einer Umarmung von ihm, einem „Ich hab dich lieb. Du bist ok. Es war ein Fehler, von deiner Mutter wegzugehen und euch zu verlassen.". Ich frage mich, ob er eine solche Sehnsucht jemals nach mir verspürt hat. Vielleicht haben wir beide diese Sehnsucht seitdem mit uns herumgetragen und sie hat mich zu diesem melancholischen Menschen werden lassen. Dies ist ein weiteres Teil im Puzzle der vielen Geheimnisse. „Du bist selbst schuld", jammere ich, „du hast den Kontakt jahrelang mit aller Macht unterbunden. Jetzt bedauere dich nicht dafür!"

Samstag, 19. Juli

Mama kommt gegen Mittag und ich helfe ihr bei der Steuererklärung. Mehrmals versuche ich heute, Susanne zu erreichen. Leider antwortet nur David, der die Mailbox besprochen hat. Ich möchte wirklich wissen, was los ist!

Donnerstag, 24. Juli

Susanne meldet sich wieder einmal per SMS. Sie war viel unterwegs und hofft, dass ich für den Flohmarkt in der nächsten Woche einen Platz reserviert habe. Das habe ich natürlich nicht, weil ich auf ihre Nachricht gewartet habe.

Da ich seit dem letzten Wochenende das Bedürfnis habe, fahre ich heute wieder einmal zur Unfallstelle. Vorher besorge ich ein kleines Rosenstöckchen im Topf. Ich komme mir vor wie auf einer Pilgerfahrt. Bei strahlendem Sonnenschein gleite ich durch den Taunus und hänge meinen Gedanken nach.

Kurz vor der Unfallstelle gibt es die Möglichkeit, auf einem Feldweg zu parken. Merkwürdig ist, dass zur gleichen Zeit dort aus der anderen Richtung noch ein Auto ankommt. Ich fahre praktisch um das Auto herum, bis ich zum Stehen komme. Da es an dieser Stelle für Unbeteiligte nichts Besonderes zu sehen gibt und dies zudem kein Platz ist, an dem sich verliebte Pärchen heimlich treffen könnten, vermute ich, dass der Fahrer vielleicht auch zu dem Baum will. Er fährt jedoch weiter, als ich aussteige, und ich frage mich, wer der Fremde wohl war. Max wird verrückt, wenn ich ihm das erzähle, zumal er gar nicht weiß, was ich heute vorhabe.

Es ist wie ein Ritual, dem ich nachgehe. Allerdings glaube ich nicht, dass es zu einem festen Bestandteil in meinem Leben werden wird, regelmäßig hierher zu fahren. Irgendwie habe ich heute nicht das Gefühl, dass mein Vater in der Nähe ist, als ich an dem Baum stehe. Der Sommer hat mit üppigem Grün den Platz sehr verändert. Die Kleinteile des Autos sind überwuchert und nur bei genauerem Hinsehen zu erkennen. Da ich meine Kamera bei mir habe, weil ich ursprünglich vorhatte, einen Friedhof zu besuchen, mache ich ein paar Fotos von dem Baum. Dass ich während der ganzen Aktion mitten in einer großen Brennnesselhecke stehe, wird mir erst später schmerzlich bewusst.

Spontan entschließe ich mich, weiter nach Panrod zu fahren, weil ich wissen will, wie es dort aussieht. Ich habe das Gefühl, die Strecke, die Ende Januar unvollendet geblieben ist, einmal abfahren zu müssen. Es kommt mir vor wie eine halbe Ewigkeit und es sind tatsächlich noch einmal fünfzehn Kilometer bis dorthin. *Eine reizvolle Motorradstrecke* kommt mir unterwegs in den Sinn. Aber im Winter oder bei Dunkelheit wäre es mir hier unheimlich. Die Beschilderung ist recht dürftig. Ich habe nur noch grob den Plan, den ich mir im Januar einmal ausgedruckt hatte, im Kopf. Doch meine Orientierung lässt mich heute nicht im Stich. Mit etwas Glück erwische ich die richtige Himmelsrichtung und erreiche Panrod.

Was um aller Welt hat meinen Vater dazu bewogen, in diesem Nest zu wohnen? Sicher, auf dem Land ist es schön, aber es gibt auch kleine Ortschaften, die näher an Wiesbaden liegen. Als ich an der Bushaltestelle wende, stelle ich mir Dominik vor, wie er mit dem Bus von zu Hause hierher gefahren ist. Aber vielleicht hatte er gar keine andere Wahl, als sich hier zu verkriechen? Ich frage mich, wie viele gescheiterte Existenzen hinter den spießbürgerlich anmutenden Fassaden wohnen, nachdem ich mein Auto abgestellt habe und am Dorfbrunnen vorbeischlendere. Nach der Fahrt ist mir ziemlich warm und ich kühle meine Hände in dem plätschernden Wasser. Ich bin direkt in der richtigen Straße und an einer Kreuzung fällt mir der Laden ins Auge, den mein Vater angemietet hatte. Es scheint noch kein Nachmieter gefunden zu sein, der Laden steht leer. Ich versuche, mir den Anblick der Kleider und des „Hausstands" meines Vaters vorzustellen, als die Vermieter die Sachen nach der Räumung der Wohnung im Schaufenster ausgestellt und zum Verkauf angeboten haben. Winterschlussverkauf eines Lebens. Traurige Vorstellung.

Das richtige Haus ist nicht leicht zu finden. Es liegt in einer Seitengasse zurückgesetzt von der Hauptstraße. Ich schlendere an einem verwahrlost wirkenden Haus vorbei und bin zunächst der Meinung, dass dies das ehemalige Domizil meines Vaters ist. Dann blicke ich geradeaus und mir springt die Hausnummer siebenundzwanzig von einer weißen, mit Geranien geschmückten Fassade ins Auge. Ich halte eine ganze Weile inne und stelle mir vor, wie er hier ein- und ausgegangen ist. Er ist mir so nah in diesem Moment und ich muss innerlich grinsen. Ich hätte nie für möglich gehalten, dass ich mich noch einmal dafür interessiere, wo er gelebt hat. Es ist eine absurde Vorstellung. Aber ich fühle mich in diesem Moment, als ob ich ihn besuchen würde. Ich habe fast das Gefühl, gleich geht die Tür auf. Es ist nicht leicht, das zu ertragen. Aber es besteht keine emotionale Gefahr mehr. Ich sehe ihn auf dem Hof im Gespräch mit den Vermietern über die ausstehende Miete. Es ist so verrückt. Leider habe ich dann aber auch Susanne und die Kinder vor Augen, als sie im Container gewühlt haben, um von seinen persönlichen Habseligkeiten zu retten, was zu retten war. Zum Glück tut sich auf dem gesamten Grundstück gar nichts, während ich meinen Gedanken nachhänge. Ich wüsste keine passende Antwort, wenn jetzt zum Beispiel Frau Stein vor mir stehen und mich fragen würde, was ich hier tue. Nach fast einer Viertelstunde, in der ich nur das Haus angestarrt habe, löse ich mich und gehe zurück zum Auto.

Wie in Trance verlasse ich dieses beschauliche Fleckchen Erde und mache mich auf den Rückweg. Gleißendes Sonnenlicht begleitet mich über Hügel, Felder und durch Wälder. Die letzten beiden Stunden haben mich doch mehr angestrengt, als ich erwartet hatte.

Max liegt auf der Couch, als ich nach Hause komme. Ich schaue mir die Fotos im Display der Kamera an und erzähle ihm, wo ich war. Die erwartete Reaktion kommt: „Ich weiß gar nicht, wo ich dich suchen soll, wenn dir mal was passiert." Da es eine Spontanaktion war, habe ich nichts zu meiner Verteidigung vorzubringen.

Später entdecke ich einen entgangenen Anruf und eine Nachricht von Susanne auf meinem Handy. Ich rufe zurück, bevor wir uns weiterhin wochenlang hinterhertelefonieren. Ich habe Dominik dran, er hört sich an wie Susanne. Seine Stimme, der Klang hat sich irgendwie verändert und er betont viele Worte genau wie sie. Wir unterhalten uns kurz über den Urlaub, dann habe ich Susanne dran. Sie freut sich sehr und will mir gleich von ihrem Erlebnis bei der Rentenstelle erzählen. Da es schon spät ist, schlage ich vor, dass wir das auf morgen verschieben. Wir verabreden uns im Laden.

Die brennenden Stellen an meinen Waden erinnern mich noch eine Weile an die Eindrücke des Tages, als ich schon im Bett liege.

Ich schlafe sofort ein und träume wie so oft in der letzten Zeit von Anna. Sie will ihr Auto verkaufen. „Das brauche ich jetzt sowieso nicht mehr“, ruft sie mir zu. Sie ist gesund und nichts deutet auf ihre Krankheit hin. Merkwürdig, diese Träume.

Freitag, 8. August

Ich war jetzt fast zwei Wochen krank. Eine schöne Sommergrippe hatte mich richtig erwischt. Es geht mir nicht gut. Seit Dienstag habe ich noch dazu schreckliche Schmerzen im Rücken. Aber das muss wohl so sein, kurz vor vierzig. Ich sollte mehr Sport machen. Wenn ich nur nicht so ohne Antrieb wäre.

Heute Abend treffen wir uns zu unserem Kochzirkel, der dieses Mal bei uns stattfindet. Das Motto lautet „Afrika, Afrika!". Max war so lieb und hat alles besorgt, was wir brauchen. Es gelingt alles bis auf die Sauce zum Hauptgang, die nicht binden will und schließlich aussieht wie Spülwasser. Vivien bemerkt mehrmals „geschmacklich sehr interessant". Das kommt bei mir an als „der Hunger treibt's rein". Ich kann es ihr nicht verdenken, denn im Fall der Sauce hat sie absolut recht. Ansonsten gibt es als Snack Billtong-Röllchen, das sind flache Blätterteigschnecken mit Rindfleisch und Salbei gefüllt. Danach eine Erdnusssuppe als Vorspeise, Strauß zum Hauptgang und Pfannkuchen mit Eis zum Nachtisch.

Nachdem die anderen gegangen sind, sitzen Max und ich noch bis tief in die Nacht zusammen und reden. Als von den Beatles „When I'm sixty-four" im Radio läuft, wird mir bewusst, dass mein Vater nie vierundsechzig Jahre alt sein wird.

„When I get older, losing my hair
many years from now,
will you still be sending me a Valentine
birthday greetings, bottle of wine
if I've been out till quarter to three would you lock the door
will you still need me
will you still feed me when I'm sixty-four???"

Wie so oft in den vergangenen Monaten überfällt mich die Melancholie der Freitagnacht. Wann wird es endlich gut sein? Wann werde ich nicht mehr in Selbstmitleid zerfließen wegen der Zeit, die mir zugestanden, die ich aber nicht für mich beansprucht habe. „Die Jungs hatten viel mehr von ihm!", beklage ich mich bei Max. Aber es hilft nichts. Ich muss mich beruhigen und gehe ins Bett.

Sonntag, 17. August

Heute fahre ich mit Mama nach Steinhude bei Hannover. Dort haben wir vor über dreißig Jahren mal einen Urlaub verbracht und seitdem fasziniert uns diese Gegend. Das Steinhuder Meer ist ja Deutschlands größter Binnensee – und mehr ist es wirklich nicht.

Das Wetter ist schön, wir gehen zuerst zum Wasser und beobachten eine Weile das Treiben am Ufer. Dort ist eine Menge los, weil viele Ausflügler aus der näheren Umgebung hierherkommen.

Beim Abendessen im Biergarten sprechen wir natürlich wieder über unsere kleine Familie und wie schön alles hätte sein können. Es ist wirklich erstaunlich, wie sehr auch Mama die ganze Geschichte immer noch beschäftigt und mitnimmt, nachdem ja nun schon einige Zeit vergangen ist. Am bedauerlichsten findet auch sie, dass nun keine Gelegenheit mehr besteht, mit ihm darüber sprechen zu können, wie er alles gesehen hat. Sie hatte insgeheim immer auf eine solche Gelegenheit gehofft. „Im Alter sieht man vielleicht alles anders mit dem Abstand der Zeit.“ Auch sie hatte daran geglaubt, von ihm ein Eingeständnis seiner Fehler oder zumindest ein Bedauern darüber zu hören.

Mittwoch, 20. August

Die schönen Tage sind schon wieder vorbei und bevor wir uns auf den Rückweg nach Hause machen, halten wir noch bei Katja und Roman auf einen Kaffee. Irgendwie kommt Katja auf meinen Vater zu sprechen und Mama kommen sofort die Tränen. Sie entschuldigt sich gleich damit, dass sie im Moment nah am Wasser gebaut hat. Katja ist das unangenehm. Sie wusste nicht, dass sie mit ihrer Frage an einem so wunden Punkt rühren würde.

Katja erwähnt daraufhin ihren leiblichen Vater, den sie gar nicht richtig kennt, da ihre Eltern sich ganz früh getrennt haben. Sie hat nur ganz wenige Anhaltspunkte, weil alle in ihrer Familie das Thema meiden wie die Pest. Ich bestärke sie darin, sich auf die Suche nach ihm zu machen, bevor es zu spät ist, und bin erstaunt darüber, wie viele Frauen in meiner unmittelbaren Nähe solche Päckchen aus ihrer Kindheit mit sich herumtragen. Sicher ist das nicht immer eine Entschuldigung, aber doch eine Erklärung für vieles.

Auf der Rückfahrt erzählt Mama davon, wie der Beginn ihrer Ehe verlaufen ist. Wie oft mein Vater uns allein gelassen hat und meistens die Hälfte des Wochenendes ohne sie unterwegs war. „Ich war ganz schön blöd damals, ich war wirklich blöd. Habe mir nie was gedacht und immer alles so gemacht, wie ich vermutete, dass es sich für eine gute Ehefrau gehört. Obwohl ich in meinem Alter keine Ahnung davon hatte, was da überhaupt auf mich zukommt."

Freitag, 22. August

Heute hat Dominik Geburtstag. Er wird zwölf. Gegen Nachmittag versuche ich, ihn telefonisch zu erreichen, und habe Susanne am anderen Ende. Sie fragt mich, ob ich noch lebe. Offensichtlich hat sie meine letzte Nachricht nicht gelesen oder wieder vergessen, dass ich krank war. Ich erzähle ihr kurz, dass ich mit meiner Mutter ein paar Tage im Norden war, und bin überrascht, dass sie im Laden ist. Sie arbeitet. ‚Armer Dominik', kommt mir kurz in den Sinn. Es ist für ihn der erste Geburtstag ohne seinen Vater und in meiner Vorstellung sitzt er nun vielleicht allein zu Hause? Der Geburtstag soll nächsten Samstag nachgefeiert werden und sie hofft, dass ich auch komme. Da sind wir nach über zwei Jahren mit Nina verabredet. Sie klingt etwas enttäuscht, als ich absage. Aber schließlich kann ich nicht davon ausgehen, dass der Geburtstag eines Zwölfjährigen um eine Woche verlegt wird. Und das ist nun nicht zu ändern. Susanne sagt, ich soll Dominik doch gegen Abend noch einmal anrufen, darüber würde er sich sicher sehr freuen. Ich bin mir da nicht so sicher.

Mit Mama telefoniere ich auch. Eigentlich hatte ich heute vor, nach der Arbeit Oma zu besuchen. Das redet mir Mama aus, weil sie schon dort war. Somit habe ich unerwartet „frei" und weiß gar nicht so recht, was ich jetzt anfangen soll. Ein völlig ungewohntes Gefühl, das mich ziemlich nervös macht. Ich überlege, wie ich die Zeit nutze. Es ist Freitag. Wochenende. Soll ich nach Hause fahren oder mich mit Max treffen, der gerade in einem Weingut mit seinen Kollegen zusammensitzt? Oder soll ich etwa einkaufen gehen? Es kann doch nicht sein, dass ich immer etwas tun muss und mich nicht entspannen kann. Will ich mich von irgendetwas ablenken? Noch als ich schon im Auto sitze, bin ich unentschlossen, entscheide mich aber doch, nach Hause zu fahren und das Hochzeitsgeschenk für Bastian und Amelie fertigzustellen. Wir wollen die beiden zum Brunch einladen und ich habe dazu was gebastelt.

Abends gehen wir mit Jan und Vivien zum Griechen. Dort gibt es ein großes Hallo, nachdem das Lokal drei Wochen geschlossen war. Zwischendurch versuche ich noch einmal, Dominik zu erreichen. Ich habe ihn direkt am Telefon und seine Stimme erinnert mich sofort wieder an Susanne. Ich gratuliere ihm. Er bedankt sich. Auf meine Fragen höre ich immer nur ein „Ja“. Ich melde mich für die Feier in der nächsten Woche bei ihm ab. Ob es überhaupt sein Wunsch war, mich dabeihaben zu wollen, stelle ich mal infrage.

Es ist eine komische Situation und ich kann schon verstehen, dass er mit einer Halbschwester, die vom Alter her locker seine Mutter sein könnte und die bisher nicht zu seinem Leben gehört hat, nichts zu reden weiß. Schade eigentlich für mich. Aber ich weiß auch so wenig von ihm, dass ich noch nicht mal wüsste, mit was ich ihm eine Freude machen könnte.

Beim Griechen gibt es nach dem Essen eine Runde Ouzo nach der anderen und ich ahne schon, was mir morgen blüht deswegen. Aber irgendwie habe ich ein Scheißegalgefühl und spüle meine Gedanken, die mich bezüglich meiner Stieffamilie wieder einmal beschäftigen, mit kräftigen Zügen herunter.

Samstag, 23. August

Der Tag beginnt wie erwartet mit einem riesigen Brummschädel für mich. Bis zum Nachmittag muss ich alles wieder im Griff haben. Amelie und Bastian feiern ihre Hochzeit. Scheiße!

Ich verbringe fast den ganzen Tag im Bett und bin froh, dass wenigstens das Geschenk so weit fertig und eingepackt ist.

Aber die Karte muss noch geschrieben werden. Ich hatte in Hamburg eine schöne gekauft, die ich nun fieberhaft suche. Aber die Karte bleibt unauffindbar. Typisch. Da ich heute Morgen nicht in der Lage war, eine neue zu besorgen, muss ich improvisieren. Es entsteht eine selbst gestaltete Karte, die ich als ziemlich bunt und unpassend empfinde. Das Beste daran ist noch die Anne-Geddes-Postkarte, die ich als Titelbild verwende.

Am späten Nachmittag holen uns Jan und Vivien ab und ich erfahre, dass es Jan nach gestern Abend auch nicht besser ergangen ist. Er wird heute keinen Tropfen Alkohol trinken, verkündet er. Das beruhigt mich, denn er ist schließlich der Fahrer.

Gefeiert wird in einem Weingut im Rheingau. Das Ambiente ist superschön. Es braucht einige Zeit, bis die Feier richtig in Gang kommt, nachdem alle erst mal satt und schnaufend an den Tischen sitzen. Das Essen war klasse und ich bereue, dass ich wegen meiner zu engen Hose nicht mehr essen kann. Ich leide und weiß gar nicht, wie ich noch sitzen soll.

Bastian und Amelie eröffnen die Tanzfläche mit einem Walzer. Es sieht sehr lustig aus, wie ungelenk sie sich über das Parkett schieben. Apropos Parkett. Nachdem meine Kopfschmerzen endgültig weg sind, begebe auch ich mich auch auf den alten Holzboden und ziehe meine ebenfalls unbequemen Schuhe aus. Innerhalb kürzester Zeit sind meine Strumpfhosen (die ich noch von einem circa viermaligen Kleiderwechsel am Nachmittag anhabe) durchgetanzt. Es ist ein schöner Abend.

Später kommt Ellen. Sie und Mama waren eine Zeit lang sehr eng befreundet und Ellen ging bei uns ein und aus.

In allerbester Erinnerung ist mir der chaotische Italienurlaub, den wir vor dreißig Jahren zu dritt verbracht haben. Es war ein Urlaub voller Überraschungen, in den wir mit Mamas Polo gestartet sind. Ziel der Reise sollte der Kauf eines Messingbetts in einem Antiquitätenladen in Florenz sein. Ich weiß nicht, wie wir das nach Hause transportiert hätten, aber die Frage stellte sich nicht, denn alle Geschäfte hatten wegen der Sommerferien geschlossen. Eigentlich logisch im August.

Während dieser vierzehn Tage wurde dann unter anderem das Auto an der Amalfiküste einmal abgeschleppt (wir hatten erst befürchtet, das Auto wurde geklaut, dabei war es nur falsch geparkt). Dann ging uns an einem Sonntag das Geld aus. Es hatte keine Bank geöffnet. Schließlich sind wir zum Flughafen in Florenz gefahren. Dort hat dann der Bankschalter vor unserer Nase geschlossen, sodass wir die Nacht wegen Geldmangel im Auto verbringen mussten. Am nächsten Morgen war das Auto von Wachmännern umstellt, da wir im Dunkeln nicht bemerkt hatten, dass wir vor einem öffentlichen Gebäude stehen. Ich erinnere mich noch heute zu gut an die vielen Insektenstiche, die mir diese Nacht beschert hatte.

Da vermutlich in diesen Tagen auch die Freundschaft zwischen Mama und Ellen auf eine harte Probe gestellt wurde, wurde der Urlaub schließlich vorzeitig abgebrochen. Meine Mutter erzählte mir später einmal, dass Ellen als Single ohne Kind wenig Verständnis für meine Bedürfnisse hatte. Ich hatte damals das Gefühl, ihr lästig zu sein. Auf dem Heimweg hat dann noch zu allem Überfluss die Wasserpumpe an Mamas Auto ihren Dienst versagt, was auch nicht zur Steigerung der Stimmung beigetragen hat. Wir standen auf dem Standstreifen der Autobahn, ein langer Stau zog zähflüssig an uns vorbei und wir haben ziemlich lange auf einen Monteur gewartet, der das Ganze notdürftig repariert hat. Wobei ich mich heute noch frage, wo der eigentlich herkam? Damals gab es keine Handys und Italienisch konnten weder Mama noch Ellen. Apropos Urlaub. Ellen war auch mit meinem Vater mal in Urlaub. Eine Motorradtour durch Südfrankreich. Danach ist der Kontakt zwischen ihr und uns irgendwie abgerissen. Ich kann nur vermuten, warum.

Donnerstag, 28. August

Heute hat Mama den Beratungstermin wegen der Witwenrente. Ich mache mich um viertel vor zehn auf den Weg, um mich mit ihr zu treffen.

Wir haben Glück und landen nicht bei dem Sachbearbeiter wie Susanne. Der Mann tippt wild auf seiner PC-Tastatur herum und berichtet uns, dass mein Vater bis Ende letzten Jahres Hartz IV empfangen hat und seit Januar einen Minijob hatte. Ob wir wissen, was er gemacht hat? Natürlich wissen wir nichts davon und ich frage mich, ob der Minijob mit diesen Kurierfahrten nach Italien zu tun hatte, von denen mir Susanne erzählt hat. Ganze drei Wochen vor seinem Tod hatte er also einen Minijob. Wir werden weiter gefragt, was die Todesursache war, ob bei dem Unfall noch andere beteiligt waren, ob Regressansprüche von irgendwem zu erwarten sind?

Ich stelle mir gerade Susanne vor, wie alle Fragen auf sie einstürzten, und glaube, dass ihr das gar nicht gefallen hat. Abgesehen von den anzüglichen Bemerkungen des Widerlings, wie sie den Sachbearbeiter nannte, bei dem sie gelandet war. Es dauert insgesamt eine Stunde, bis der ganze Papierkram erledigt ist. Wir gehen praktisch das ganze Arbeitsleben meines Vaters noch einmal durch und es stellt sich heraus, dass das Jahr 1967 im Versicherungsverlauf fehlt. Das war der Zeitpunkt, zu dem er eigentlich die Gesellenprüfung abgelegt haben müsste. Wir werden aufgefordert, bei der Handwerkskammer eine entsprechende Bescheinigung mit den Prüfungsergebnissen anzufordern. Ich werde gleich Vivien mal anrufen deswegen.

Es ist noch gar nicht sicher, ob meine Mutter überhaupt etwas bekommt, da gegenübergestellt wird, wie hoch ihr Einkommen im Vergleich zu seinen Hartz-IV-Bezügen war. Warten wir es ab. Zunächst müssen ja erst mal die fehlenden Unterlagen vorgelegt werden, bevor irgendetwas bearbeitet werden kann. Typisch Behörde!

Samstag, 30. August

Heute fahren wir zu Nina. Wir haben uns zwei Jahre nicht gesehen. Ihr Mann ist auf Geschäftsreise. Mit Nina sind Max und ich seit über zehn Jahren mehr oder weniger eng befreundet. Wir erreichen den kleinen Ort, in dem sie jetzt wohnt, und können uns beide Nina in dieser grünen Idylle nicht so recht vorstellen. Sie war immer auf Wanderschaft, hat meistens in der Stadt gewohnt und ist oft umgezogen. Und nun soll sie in dieser beschaulichen, etwas spießbürgerlich anmutenden Kleinstadt leben? Wir sind gespannt.

Nina lebt in einem adretten Einfamilienhaus mit Einliegerwohnung und begrüßt uns mit Nele auf dem Arm. Wir trinken erst mal einen Sekt auf das Wiedersehen. Dazu gibt es Kuchen. Danach bekommen wir eine Führung durch das Haus. Ansonsten erzählt Nina viel von ihrer neuen Familie. Gegen Abend und einige Flaschen Sekt später bestellen wir Pizza.

Es ist ein schöner, lauer Sommerabend. Die Stille hier draußen auf dem Balkon ist mir direkt unheimlich, weil wir bei uns doch einigen Fluglärm haben. Als es schon dunkel ist, bietet mir Nina an, mal ein Spaßzigarettchen, wie sie Joints nennt, zu versuchen. Ich komme mir vor wie ein kleines Kind. Aber bevor ich vierzig werde, stand das sowieso noch auf meiner To-do-Liste! Und diese Gelegenheit will ich mir nicht entgehen lassen. Ich schaue skeptisch zu Max, aber er sagt nichts und ich lasse mir meine Aufregung nicht anmerken. Nina zelebriert das Ganze auch recht feierlich, wenn man davon absieht, dass sie die Zutaten in der Küche in einem Marmeladenglas direkt neben den Vitamintabletten ihres Mannes aufbewahrt. Etliche Male erwähnt sie, dass sie mir eine Kindermischung zubereiten wird, weil wir ja auch schon Alkohol getrunken haben. Und dass ich immer zuschauen sollte, wenn eine Tüte gebaut wird, weil ich dann sicher sein könnte, was drin ist und auch da reingehört. *Als ob ich jetzt zum Grasraucher werden wollte!* Endlich ist das Ding fertig. Sie erklärt mir nun, wie ich rauchen soll. Also, ziehen, tief einatmen und dann ganz langsam den Rauch entweichen lassen. Die einzige Wirkung, die sich jedoch bei mir einstellt, ist ein gewaltiges Schwindelgefühl. *Klasse!* Ich hatte erwartet, dass ich dummes Zeug rede oder nur noch lache. Aber das kann ja noch werden. Nein, nichts wird. Ich wanke zur Toilette und fühle mich eher betrunken als high!

Nina rät uns, mit der Heimfahrt noch zu warten, da sich die Wirkung bei Geschwindigkeit potenzieren kann. Davor fürchte ich mich ein bisschen, weil ich ja auch ohne Joint schon ein Alptraum als Beifahrer bin. Aber die Rückfahrt verläuft gut. Sogar als uns ein offensichtlich betrunkener Fahrer auf der Autobahn beim Spurwechsel direkt schneidet und Max ausweichen muss, trage ich das mit Fassung. Das Zeug wirkt doch!

Montag, 1. September

Heute hat Max seinen großen Tag. Er und zwei Kollegen sind seit fünfundzwanzig Jahren bei der gleichen Firma und dürfen das zusammen feiern. Jeder durfte zehn Kollegen dazu einladen. Es ist sehr feierlich und sogar die Ehefrauen bekommen einen großen Blumenstrauß überreicht. Ich komme mir dabei vor wie die Kandidatin bei einer Quizsendung. Schließlich habe ich nicht dazu beigetragen, dass Max heute noch in seinem Ausbildungsbetrieb arbeitet.

Susanne meldet sich per SMS am späten Abend:

Hi Liebes, Vera kommt ja nächste Woche und möchte am Dienstag die Ruhestätte ihres Bruders besuchen. Anschließend wollten wir uns hier treffen – du kommst doch mit …

Kein Gruß, kein Tschüss. Es sieht so aus, als ob da noch was fehlt an Text. „Ja, sicher bin ich dabei", antworte ich ihr und will wissen, ob sie mit Vera gesprochen hat und ob es ihr gut geht.

Nein, aber das ist die Planung und gemeinsam ist alles …

So richtig verstehen kann ich den Sinn der Antwort nicht und habe wieder den Eindruck, dass da noch was fehlt in ihrer Mitteilung. Aber ich antworte nicht mehr. Ich bin hundemüde und es wird sich sicher klären. Vielleicht telefoniere ich noch mal mit Johanna oder Vera deswegen. Oder ich höre in den nächsten Tagen einfach bei Susanne nach.

Samstag, 6. September

Wir haben jetzt zwei Wochen Urlaub. Wundervoll. Ich telefoniere mit Johanna, um zu erfahren, wann Vera kommt und ob sie wirklich am Dienstag zum Grab fahren wollen. Johanna bestätigt mir, was Susanne schon angekündigt hat. „Ich würde gerne mitfahren. Habt ihr etwas dagegen?“, frage ich Johanna. Sie verneint und wir verbleiben so, dass wir am Dienstagmorgen absprechen, wann und wo es losgeht.

Ansonsten verbringen wir den Tag mit Vorbereitungen für Max' Geburtstag morgen. Er hat zum Brunch eingeladen. Es kommen zwanzig Personen. Ich koche Chili und mache Nudelsalat. Dann sind noch Tische und Stühle zu stellen, Geschirr und Besteck zusammenzusuchen und und und. Um halb zehn falle ich völlig geschlaucht ins Bett und träume davon, dass nicht alle einen Platz finden und das Essen nicht reicht. Ein echter Alptraum also!

Sonntag, 7. September

Heute hat Max Geburtstag und meine Großeltern hätten heute ihren achtundsechzigsten Hochzeitstag gefeiert. Zur Feier ihrer diamantenen Hochzeit hatte mich Johanna damals eingeladen und gesagt, wie schön es doch wäre, wenn ich auch kommen würde. Ich bin nicht hingegangen und habe den Geburtstag von Max als Entschuldigung vorgeschoben. Die Wahrheit lag aber in der Angst vor der Konfrontation mit meinem Vater. Ich bereue das noch heute zutiefst, da meine Oma im April des darauffolgenden Jahres nach mehreren Schlaganfällen gestorben ist. Das war damals meine erste Lektion zum Thema nicht wahrgenommene Gelegenheiten und ihre Folgen.

Für mich mitten in der Nacht macht Max sich um halb sechs am Morgen daran, eine Schwarzwälder Kirschtorte fertigzustellen. Mir kommt es zu solchen Gelegenheiten immer vor, als macht er das alles nur, damit alle sagen: „Oh, wie toll! Was du alles kannst!" Vielleicht ist es nur Einbildung, aber ich hasse das. Überhaupt habe ich in der letzten Zeit das Gefühl, dass er sich extrem an Äußerlichkeiten orientiert. Und das kotzt mich richtig an! Wir haben eine Krise (das sehe aber nur ich so, glaube ich)!

Max hatte ein paar Mal den Wunsch geäußert, nach Köln zu fahren, um Freunde zu besuchen. Diesen Wunsch habe ich aufgegriffen, einen Städteführer besorgt und zwei Übernachtungen in einem schönen Hotel gebucht an dem Wochenende, wenn die Weihnachtsmärkte beginnen. Ich war mir diesmal relativ sicher, mit meinem Geschenk richtig zu liegen, was bei Max nicht unbedingt einfach ist. Umso enttäuschter bin ich, als er mich fragt, was ich für ein Programm geplant habe, ob ich vor Ort schon alles abgeklärt hätte und so weiter. Also gleich erst mal wieder Kritik, nicht einfach mal nur Freude! Er reagiert so nüchtern, so angepisst! Ich bin frustriert und muss erst mal weinen. Warum ist jemand so unzufrieden mit sich selbst, dass er sich über nichts mehr richtig freuen kann und in allem gleich die Schwachpunkte sucht? Abgesehen davon wird es ein schöner Tag und es gefällt allen gut. Und Max ist ja so charmant bei den Geschenken, die er sonst so bekommt. Vielleicht war meines ja mal wieder nicht das richtige und ich beschließe in diesem Moment, ihm im nächsten Jahr gar nichts zu schenken. Das wird bestimmt eine große Überraschung für ihn. Und meine Enttäuschung, ihm keine wirkliche Freude bereitet zu haben, hat endlich mal Pause!

Natürlich haben wir Unmengen an Essen zu viel. Marie stopft sich ihren Bauch so schnell mit Schokolade und Gummibärchen voll, dass Felix, Caroline und die Kinder leider sehr schnell wieder gehen müssen, weil ihr schlecht ist. Gegen halb acht gehen die letzten Gäste und wir werden uns die komplette nächste Woche von Chili, Nudelsalat, Kuchen und italienischer Wurst ernähren müssen.

Dienstag, 9. September

Heute treffe ich mich um zwölf mit Vera und Johanna. Die beiden wollen vorher noch einmal in die Stadt, sodass wir einen Treffpunkt bei einem Ausflugslokal hinter Wiesbaden ausmachen. Ich bin schon eine Viertelstunde früher da. *‚Typisch', dass diese Familie nie pünktlich sein kann!* Dann kommen sie endlich. Nachdem Vera mich lange und fest an sich gedrückt hat, entscheiden wir, wer fährt. Da Johanna sich anbietet, muss ich die Bilderkiste umladen, die ich für Susanne im Kofferraum habe.

Plötzlich höre ich hinter mir „Guten Tag, Polizeikontrolle!". Ich drehe mich um und sehe Henning mit seinem Mountainbike vor mir. Er hat gerade Mittagspause und ist eine Runde Rad gefahren. Das ist doch wirklich verrückt, ein kleines Familientreffen im Wald. Er wusste zwar, dass Vera kommt, aber ein konkretes Treffen war noch nicht vereinbart. Über diesen

Zufall gibt es ein großes Hallo. Ich mache einige Fotos von den dreien und dabei kommt mir wieder in den Sinn, dass es die letzten fünfzig Prozent ihrer Ursprungsfamilie sind! Henning wünscht uns einen schönen Nachmittag. Er weiß nicht, wo wir hinfahren.

Wir machen uns auf den Weg. Johanna hat ein Navigationsgerät organisiert. Ich sage ihr gleich, dass wir das nicht brauchen werden. Darüber, wie schön die Strecke im Sommer wirkt, freue ich mich, während Vera viel erzählt. Ich verstehe nicht alles, weil ich hinten sitze. Es ist ein schöner Sommertag und ich muss lachen, denn ich bin mir sicher, dass mein Vater uns diesen Tag bereitet. Er hat uns Henning vorbeigeschickt, davon bin ich überzeugt. Dazu noch das schöne Wetter. Und die vielen Tiere, die auf den Weiden stehen. Ich habe selten so viele Weidetiere gesehen. Vera ist auch begeistert. Die klare Luft, das frische Grün der Bäume und Wiesen. Sie fühlt sich wieder richtig zu Hause, sagt sie. In Kalifornien gibt es keine frische Luft, dafür aber reichlich Staub und eine endlose Hitze.

Es ist ziemlich warm, als wir nach fast einer Stunde ankommen. Es ging sehr viel schneller als beim letzten Mal. Es gab viel zu sehen und zu erzählen. Ich bin unsicher, wie Vera reagieren wird, wenn wir gleich an dem Platz stehen, wo sie ihrem Bruder noch einmal nah sein kann, wenn auch nur in Gedanken. Die Anlage sieht jetzt sehr freundlich aus. Wie ein großer Park mit einem Golfrasen. Wir schlendern in Richtung Strommast, der ein guter Anhaltspunkt ist. Denn an der Stelle, an der zwei Mal die Urne meines Vaters der Erde übergeben wurde, ist nichts mehr zu sehen. Nichts deutet auf die Grabreihe hin, die es im Februar gab, und das ist auch gut so. Ich empfinde nichts, als ich dort stehe. Zumindest keine Traurigkeit. Nur

Freude über den schönen Tag. Ich bin mir unsicher, was Vera und Johanna denken. Wir reden nicht viel. Vera sagt, dass sie den Ort sehr passend für ihn findet, weil er mitten in der Natur liegt. Sie macht ein paar Fotos auch von dem Tisch und dann setzen wir uns in die Sonne und reden über alles Mögliche, aber nicht über ihn, zum Beispiel, wie alles war mit der Familie. Überhaupt, meistens wird über die Großeltern gesprochen. Es kommt mir so vor, als ob sie nichts Schlechtes über einen Toten sagen möchte.

Nach einer guten halben Stunde gehen wir zurück zum Auto. Ich erwähne meinen Wunsch, Herrn Engel doch kurz zu begrüßen, wenn wir schon mal hier sind. Als wir vor der Anmeldung angekommen sind, spricht uns ein Mitarbeiter des Krematoriums an. Er ist gerade auf dem Weg zu einer Beisetzung und fragt, ob er etwas für uns tun kann. Ich frage ihn, ob Herr Engel da ist. „Wen darf ich denn ankündigen?“ „Sagen Sie ihm, die vertauschte Urne ist da, dann weiß er sicher Bescheid.“ Es dauert einen Moment und er kommt zusammen mit Herrn Engel zurück. Herr Engel schaut skeptisch und es dauert einen Moment, bis er sich erinnern kann. „Ich hätte Sie nicht wieder erkannt“, begrüßt er mich. Ich stelle ihm meine beiden Tanten vor und erkläre kurz, warum wir heute hier sind. „Und ich wollte nicht von hier weggehen, ohne zu sehen, wie es Ihnen geht.“ „Ich habe gerade vor ein paar Tagen von Ihnen gesprochen“, berichtet Herr Engel. Eine neue Kollegin, die von ihm eingearbeitet wird, wollte wissen, wie sie sich verhalten soll, wenn ihr ein Fehler unterläuft. Da hat er ihr „unsere“ Geschichte erzählt. „Das Wichtigste ist und bleibt die Ehrlichkeit“, wendet er sich an Johanna und Vera.

Es ist schon halb drei, als wir aufbrechen. Kurze Zeit später kommt uns auf der Landstraße eine Pilgergruppe entgegen.

Wir fragen uns, wo die wohl hinpilgern so mitten in der Woche in dieser sehr ländlichen Gegend. Ich habe noch nie eine Pilgergruppe gesehen und mir kommt wie heute Morgen in den Sinn: ‚Da hat jemand seine Finger im Spiel, jede Wette!' Auf halber Strecke zu Susanne machen wir wie im Februar Halt und gehen diesmal Eis essen. Ich lade meine Tanten ein. Schließlich ist Johanna gefahren und für Vera ist die ganze Reise wegen des ungünstigen Eurokurses sowieso teuer genug. Nachdem Johanna uns bei Susanne angekündigt hat, machen wir uns auf den Weg dorthin. Johanna hatte leider vorher nicht mehr mit Susanne gesprochen und ich fühle mich etwas unwohl. Susanne war bestimmt unsicher, ob wir überhaupt kommen. Andererseits waren ihre SMS so bestimmt, dass ich davon ausging, alles ist fest ausgemacht.

Susanne hat Kuchen besorgt und Kaffee gekocht. Vera schaut sich in der Wohnung um und geht nach draußen auf den Balkon. Als sie zurückkommt, erklärt sie, dass sie eine Wimper im Auge hatte. Ich glaube eher, dass sie weinen musste, als sie gesehen hat, wie Susanne mit den Kindern lebt. Dominik stürzt sich gleich auf die Bilderkiste, die ich wieder mitgebracht habe. Beim Kaffee reden Susanne, Vera und Johanna unter anderem über Politik und die Lage in den USA. Ich kann den Gesprächen nicht folgen. Sie handeln nicht von meinem Vater, was ich irgendwie schade finde. Denn, weshalb sind wir heute in dieser Konstellation zusammengekommen, wenn nicht wegen ihm? Ansonsten spricht Vera meistens von den Großeltern und ihrem Leben mit ihrem Exmann. Das finde ich umso merkwürdiger, weil Susanne ihn gar nicht kennt. Es ist, als würden alle Gesprächsthemen angeschnitten, nur das „eine" nicht.

Mir schwirrt die ganze Zeit im Kopf herum, wie ich heute an den Namen oder wenigstens das Geburtsdatum von Francine komme, damit ich weiter nach Claire suchen kann. Susanne zeigt mir die notarielle Vereinbarung wegen der Unterhaltszahlungen. Alles ist natürlich in Französisch verfasst. Die wesentlichen Dinge schreibe ich mir auf und habe noch keine Ahnung, wie ich hier weiterkommen soll, da ich kein Wort französisch spreche oder verstehe.

Als Vera erwähnt, dass sie sich noch elektrische Lockenwickler kaufen will, weil ihr Adapter hier nicht passt, ist es schon fast sieben Uhr. Auf einmal geht alles ziemlich schnell und wir brechen auf. Susanne schlägt vor, dass wir uns noch einmal sehen und etwas zusammen unternehmen. „Das war ja wohl nicht das einzige Treffen heute", sagt sie zum Schluss. Aber Vera und Johanna weichen aus. Vera ist nur zwölf Tage hier und hat jede Menge Termine mit Leuten verabredet, die sie lange nicht gesehen hat.

Nachdem Johanna mich bei meinem Auto abgesetzt hat und ich mich von Vera verabschiede, bin ich mir nicht sicher, ob wir uns noch einmal sehen, und ich bedauere, dass ich das Kinderbild meines Vaters, das ich für sie gerahmt habe, nicht dabeihabe. Außerdem habe ich einen Fotokalender für nächstes Jahr mit Bildern von Polcenigo gebastelt. Wir werden sehen. Ansonsten muss ich die Sachen bei Johanna vorbeibringen oder ich schicke sie Vera mit der Post, vielleicht zu Weihnachten.

Mittwoch, 10. September

Da ich für heute nichts Besonderes geplant habe, fahre ich zu dem Kfz-Pfandleiher, um ihn nach der Kopie des ZDF-Beitrags zu fragen. Ich stehe vor einem großen, verschlossenen Tor. Auch mein Klingeln bei einigen Bewohnern ändert daran nichts. Am Tor hängt ein Schild mit der Rufnummer von Autopfand24, die ich dann auch wähle. Während ich vor dem Tor auf und ab schlendere, erreiche ich Herrn Brandt, der ziemlich kurz angebunden ist. Ich frage ihn, ob er ein paar Minuten Zeit für mich hat. „Um was geht es denn?", fragt er kurz angebunden. Ich erkläre ihm gehetzt, wer ich bin, wer mein Vater war, was passiert ist und dass die Redakteurin mich an ihn wegen einer Kopie verwiesen hat. Er habe keine Kopie und der Beitrag wäre ja auch im Internet zu sehen gewesen. Ich glaube ihm nicht. Vielleicht hat Frau Veller meinen Anruf ja auch schon angekündigt. Ich habe also nichts erreicht und beschließe, die ganze Sache auf sich beruhen zu lassen.

Einen kurzen Moment bereue ich, dass ich die Videokassette nicht behalten habe. Die habe ich gestern Susanne zusammen mit den Bildern und dem Laptop zurückgegeben. Es ist mir aber nicht mehr so wichtig, alles zu sammeln, um an meinen Vater zu denken. Es ändert nichts. Ich kann ihn nicht festhalten, außer in meinen Träumen.

Donnerstag, 11. September

Der Tag fängt eigentlich ganz friedlich an, wobei ich immer in Lauerstellung bin, wann ich das nächste Mal von Max infrage gestellt werde. Es ist so schade. Wir haben Urlaub und er kann es gar nicht genießen. Für ihn ist Urlaub nur dann Urlaub, wenn wir wegfahren. Zu Hause kann er sich nicht entspannen. Das macht mich traurig und unendlich wütend zugleich, weil es auch meine freie Zeit ist, die dabei mit sinnlosen Diskussionen über allerhand Scheißdreck draufgeht! Alle Dinge, die ich tue, werden kommentiert oder kritisiert. Ständig werde ich gefragt, warum ich dies oder jenes so und nicht anders mache. Ich kenne mich selbst nicht mehr aus. Ein einfaches Beispiel:

Ich erlaube mir, uns während des Urlaubs mal den Luxus zu gönnen, Bettwäsche und Tischdecken waschen zu lassen. Als ich den Korb abgebe, erfahre ich, dass jetzt erst mal Betriebsferien sind und die Wäsche erst in zwei Wochen fertig ist. Zurück im Auto muss ich mir anhören, wie unsinnig es war, die Wäsche dort zu lassen, weil die ja nun zwei Wochen lang einstaubt. *Wie gut, dass wir in einem keim- und staubfreien Haus wohnen!* Max kommt mir vor wie ein alter, rechthaberischer Mann und erinnert mich verdammt an Opa, den Vater meiner Mutter. Er macht in letzter Zeit auch einen so unzufriedenen Eindruck auf mich, würde das jedoch nie zugeben. Vielleicht ist das die Midlife-Crisis? Ich warne ihn, dass ich so weder in alle Ewigkeit weiterleben kann noch will und hoffe, er nimmt mich ernst genug. Wir wollten uns einen schönen Tag machen. Aber ich bin wieder mal so gekränkt, dass ich verbal nur noch Gift verspritze. Er soll genauso leiden wie ich!

Donnerstag, 18. September

Heute kommen Vera und Johanna zum Kaffee zu uns. Ein komisches Gefühl, wenn ich bedenke, dass es sich um einen Teil meiner Familie handelt, die mir doch so fremd ist. Schließlich hat jeder von uns einen großen Teil seines Lebens unter Ausschluss der anderen verbracht. Und die sporadischen Kontakte in Form von Weihnachts-, Oster- und Geburtstagkarten konnten nicht diese tiefe Vertrautheit, die es wahrscheinlich normalerweise in anderen Familien gibt, herstellen. Ich hoffe, dass ich Vera einige Fragen stellen kann, wenn sich die Gelegenheit ergibt.

Ich habe vorher noch die Wohnung geputzt. Ein willkommener Anlass. Wie brav ich bin. Will wahrscheinlich gelobt werden. Es kann nur so sein. Ansonsten wäre es mir egal. Aber der gute Eindruck muss schon sein! Nach einer Wohnungsführung sitzen wir zusammen und trinken Kaffee. Ich habe Berliner besorgt, weil ich mir dachte, dass Vera die so schnell bestimmt nicht mehr bekommt.

Dann überreiche ich ihr meine Geschenke. Sie ist überwältigt und blättert begeistert in dem Kalender von Polcenigo. „Das ist das schönste Geschenk, das du mir gemacht hast!“, sagt sie und umarmt mich. Ich freue mich und bin zufrieden, dass ich damit ins Schwarze getroffen habe. Sie hat insgesamt fünf Jahre in Italien gelebt und es sei eine sehr glückliche Zeit für sie gewesen, bestätigt sie mir.

Später sitzen wir am Kamin und Vera berichtet, was sie in der vergangenen Woche erlebt hat. Sie hat sich mit einigen Freundinnen getroffen, fast jeden Tag Handkäse gegessen und die Zeit sei wie im Flug vergangen. Gestern haben sie viele alte Bilder, die Johanna bei der Wohnungsauflösung von Opa an sich genommen hatte, sortiert. Das war sicher nicht einfach, stelle ich mir vor und schweife in Gedanken zu dem Samstag im März bei Susanne mit den vielen Bildern und Briefen, die mein Vater zurückgelassen hat.

Als ihre Erzählungen wieder zu mir dringen, erzählt Vera gerade von dem Päckchen, das sie Anfang des Jahres von ihrem Bruder bekommen hat. Und wie überrascht sie war. Sie hat sich die ganze Zeit nur mit dem Kalender und der Baumwolltasche beschäftigt und nicht weiter mit der Karte, in der geschrieben stand: „Das soll Dich ein wenig an Deine Heimat erinnern." Nicht bemerkt hat sie, dass er in dem Umschlag der Karte seine aktuelle Handynummer notiert hatte. Sie hätte ihn anrufen können. Aber als sie die Nummer entdeckt hat, war es zu spät. Er war tot und kein Gespräch mehr möglich! Johanna und Vera haben Tränen in den Augen und ich spüre, wie sehr es Vera das Herz zerrissen haben muss in diesem Moment. Mir läuft es stattdessen kalt den Rücken herunter und ich habe eine Gänsehaut. Ich kann nicht weinen. Habe ich nicht genug geweint in den letzten Monaten?!

Nach meiner Mutter haben beide nicht ein Mal gefragt, was mich sehr traurig macht, weil ich es nicht verstehen kann. Sie gehört auch zur Familie! Jedenfalls zu meiner. Und Mutter, Vater, Kind sind eine Familie. Aber es ist unnötig, sich darüber den Kopf zu zerbrechen, weil ich es nicht ändern kann. Ich weiß nur, dass Mama das auch wurmt, weil sie sich schließlich nichts hat zuschulden kommen lassen, aber ab einem gewissen Zeitpunkt behandelt wurde wie eine Aussätzige. Wir verabschieden uns. Es ist komisch, nicht zu wissen, für wie lange. Für Vera gibt es in Wiesbaden nun gar keinen Anker mehr, außer bei ihrer Schwester.

Susanne ruft später an und ich frage mich, woher sie geahnt hat, dass Vera heute bei uns war. Ich erzähle ihr davon und ich kann ihre Enttäuschung darüber durch die Leitung spüren. Mir ist unbehaglich und ich habe das Gefühl, mich dafür entschuldigen zu müssen. Wenn aber Vera Susanne und die Kinder hätte noch einmal sehen wollen, hätte sie das sicher in die Wege geleitet. Wieso hat sie mich noch einmal besucht? Bin ich was Besseres, mehr wert? Ich fühle mich schuldig und habe gar keinen Grund dazu. Ein schlechter Nachgeschmack bleibt, als ich mich von Susanne verabschiede.

Montag, 22. September

Susannes dreiundvierzigster Geburtstag. Sie ist mit ihrem Freund nach Venedig gefahren. Ich kann sie nur per SMS erreichen. Wo die Kinder sind, weiß ich nicht. Da keine Ferien sind, muss sie doch wenigstens Dominik irgendwo untergebracht haben. Aber wahrscheinlich sind die beiden zu Hause und freuen sich über ein paar Tage sturmfreie Bude.

Mittwoch, 24. September

Heute Nacht habe ich wieder mal von Papi geträumt. Er stand wieder einmal unerwartet vor mir und ich war so richtig erleichtert. „Gut, dass doch alles nur ein Traum war und du noch am Leben bist." Er sieht so jung aus wie in den Zeiten, die ich in guter Erinnerung habe. Warum spielt mir mein Unterbewusstsein mit diesen Träumen nach immerhin acht Monaten noch solche Streiche? Ich glaube, ohne eine Therapie werde ich das nie erfahren. Aber zunächst vertraue ich auf die Bach-Blüten, die ich mir zusammengestellt habe und seit gut zwei Wochen einnehme.

Donnerstag, 25. September

Heute bin ich mit Mama verabredet. Wir wollen uns „Mama Mia" im Kino ansehen. Ich kann mich nicht erinnern, wann wir das letzte Mal zusammen im Kino waren. Ich glaube, es war eine Märchenvorstellung, als ich noch im Kindergarten war. Und mit meinem Vater war ich nur ein einziges Mal überhaupt im Kino. In „Bernhard & Bianca – die Mäusepolizei“ von Walt Disney. Er ist damals eingeschlafen. Das war mir so peinlich, weil ich dachte, jeder kriegt das mit. Dabei war es ja dunkel!

Der Film ist lustig und voller Tempo. Aber als Meryl Streep ihre Tochter für deren Hochzeit frisiert und „Slipping through my fingers“ singt, bahnen sich bei mir die Tränen ihren Weg. In dem Lied bedauert die Mutter, dass ihr kleines Mädchen nun groß ist. Sie fragt sich, wo die Jahre geblieben sind, weil sie ihre kleine Tochter immer noch am Frühstückstisch sitzen sieht.

Mama hat mir oft erzählt, dass auch sie immer an mich gedacht hat, wenn ich am Frühstückstisch saß, während sie schon im Büro sein musste. Ich habe mich morgens meistens allein fertig gemacht und bin zur Schule gelaufen. In solchen Momenten verachte ich meinen Vater dafür, um was er uns gebracht hat. Um ein einigermaßen normales und geregeltes Familienleben. Und die ewigen Schuldgefühle, die meine Mutter dadurch auf sich geladen hat und die sie bis heute nicht loslassen. Und dass ich mir dieser Erfahrungen oder Schmerzen nicht bewusst werde, ist wohl der Schaden, den ich davongetragen habe. Aber was nützt es heute? Es ist gefühlt, erlebt und vorbei. Das Leben ist leider kein Theaterstück mit Generalprobe und Uraufführung. Es gibt jede Episode nur ein Mal.

Ich traue mich gar nicht, Mama anzuschauen, und nehme sie stattdessen bei der Hand. Ich drücke sie ganz fest, so wie wir das früher getan haben. Wir hatten einen Geheimcode beim Händedrücken. Viermal drücken bedeutete „Ich hab dich lieb“. Sechsmal drücken bedeutete „Ich hab dich ganz doll lieb!“. Daran muss ich in diesem Moment in der Dunkelheit des Kinosaals denken und auch daran, als mein Vater neben mir eingeschlafen ist. Na prima, ich bin sozusagen in diesem Moment endlich einmal mit meinen Eltern im Kino!

Manche Wünsche gehen auf eine höchst eigenartige Weise eben doch irgendwann in Erfüllung.

Samstag, 4. Oktober

Heute wollen Susanne und ich versuchen, auf dem Flohmarkt einige Sachen meines Vaters zu verkaufen. Wir hatten Glück bei der Zuteilung und haben einen Hallenplatz, sodass wir es in jedem Fall trocken und warm haben. Um halb elf sind wir verabredet. Wie erwartet, klingelt mein Handy genau um diese Zeit. Dominik fragt, ob ich schon da bin, und versichert, dass sie in spätestens zehn Minuten da sind. Wir hatten vorher gar nicht mehr telefoniert und bis gestern war ich unsicher, ob Susanne überhaupt kommt. Wir erwischen einen ganz guten Platz an einer Wand und ich bin froh, dass wir uns dort mal anlehnen können, weil keiner an Stühle gedacht hat. Die Geschäfte laufen gut und es macht wirklich Spaß. Ich verdränge dabei so gut es geht, dass es Papas Sachen sind, aus denen wir jetzt Profit schlagen. Auf der anderen Seite war es eine gute Idee von Susanne, dies gemeinsam zu tun. Wir sind ein gutes Team. Dominik taucht immer wieder unter den Tisch zu seinem Koffer mit den Matchboxautos, wenn „kleine" Kunden kommen. Die ganze Atmosphäre ist sehr schön. Nicht weit von unserem Standplatz spielen zwei Musiker live bekannte Evergreens und ich danke wie so oft meinem Vater, weil durch ihn dieses Erlebnis überhaupt stattfinden kann.

Zwischendurch hole ich uns ein Bier. Susanne hat nur Kaffee für sich dabei und im Übrigen nichts zu essen – etwa für

Dominik, der über den ganzen Tag verteilt nur ein paar Müsliriegel bekommt, die ich dabeihabe. Ich finde das sehr merkwürdig, aber es passt zu Susanne genau wie die folgende Aktion. Susanne wollte noch ein zweites Bier für uns holen, kommt aber ohne Getränke wieder zurück und verkündet, dass sie zur Tankstelle fährt, weil ihr hier alles zu teuer ist. Etwa eine halbe Stunde später ist sie wieder da und hat eine Flasche Sekt, eine Flasche Traubensaftschorle und Zigaretten gekauft. Auf Dominiks Frage nach etwas zu essen antwortet sie nur: „Stimmt, was zu essen habe ich ganz vergessen." Ich teile mir also die letzten beiden Müsliriegel mit meinem kleinen Bruder.

Während Susanne unterwegs war, kommt ein älteres Paar an unseren Stand und amüsiert sich über das kleine französische Wörterbuch, das wir zum Verkauf anbieten. Da die Sprache der Liebe ja international ist, wundere ich mich auch über dieses Besitztum meines Vaters. Als ich mitbekomme, dass sie sich auf Französisch unterhalten, kommt mir eine Idee. Ich frage die Dame, ob sie hier in der Gegend wohnt. Sie ist zwar überrascht, aber antwortet bereitwillig. Ob sie vielleicht etwas für mich ins Französische übersetzen könnte, will ich weiter von ihr wissen. „Was soll ich denn übersetzen?" „Wissen Sie, wir suchen nach unserer Schwester", erkläre ich ihr weiter mit einem Blick auf Dominik. Ich bin mir in diesem Moment nicht bewusst, was für ein Bild wir beide abgeben. Das Paar schaut etwas irritiert zwischen uns beiden hin und her. Doch ich lasse mich nicht beirren. Schließlich kenne ich sonst niemanden, der fließend französisch spricht, geschweige denn schreibt! „Sie lebt in Frankreich und ich kenne nur ihren Namen, ihr Geburtsdatum und den Geburtstort. Ich möchte in einer Tageszeitung einen Aufruf veröffentlichen. Es ist wirklich wichtig."

Die Dame gibt mir ihre Visitenkarte und sagt zu, das zu übernehmen. Ihr Mann hat noch eine andere Idee. Er schlägt vor, es beim französischen Konsulat in Frankfurt zu versuchen, die würden schließlich dafür bezahlt. Auch nicht schlecht und zumindest ein weiterer Ansatzpunkt. Er rät mir weiter, es auch im Internet zu versuchen. Ich berichte den beiden von meinen bisherigen Erkundigungen im world wide web. *Welch schöner Zufall!* Oder ist das Schicksal?, frage ich mich, als die beiden weiterziehen.

Nachdem wir abgebaut haben und alles wieder in den Autos verstaut ist, schlägt Susanne vor, zu ihr zu fahren. Dominik könnte dann zu seinem Freund gehen und wir hätten Ruhe zum Reden. Mit steht jedoch heute nicht mehr der Sinn danach, in den Taunus zu fahren. Ich bin davon ausgegangen – und so hatten wir es auch besprochen –, dass wir von dem verdienten Geld zusammen essen gehen. Ich schlage stattdessen vor, zum „Apfelwein Schmidt" zu gehen, und wir machen uns auf den Weg. Dort angekommen zählt Dominik erst mal unsere Einnahmen. Wir haben insgesamt knapp hundert Euro in der Kasse. Ein schöner Erfolg, den wir unter anderem den vielen Modellautos in allen Maßstäben und Variationen zu verdanken haben. Ich bin zu diesem Zeitpunkt immer noch der Meinung, dass wir zusammen etwas essen. Aber das wird schwieriger, als ich es erwartet hatte.

Obwohl die Sonne scheint, ist es zu kalt, um im Garten zu sitzen. Im Lokal ist nur noch ein weiterer Tisch besetzt, an dem eine Gruppe von eingefleischten Eintrachtfans das aktuelle Samstagsspiel verfolgt. Susanne kennt den Besitzer der Wirtschaft und es ist ihr sichtlich unangenehm, als Dominik beim Studium der Karte bemerkt, hier sei alles viel zu teuer. Susanne hat keinen Hunger. Ich entscheide mich spontan für ein kleines Jägerschnitzel mit Bratkartoffeln, da auch ich außer den Müsliriegeln noch nichts gegessen habe. Dominik meint, für ihn gibt es auf der Karte nichts Passendes und er möchte auch nur was trinken. Ich verstehe das alles nicht. „Ich dachte, wir essen zusammen? Jetzt sitze ich gleich vor meinem Schnitzel und ihr beide wollt zuschauen?" Darauf folgt eine längere Diskussion zwischen Mutter und Sohn über die Preise und die Wirtschaftslage im Allgemeinen, die ich schließlich beende. „Du hast doch Hunger, oder?", wende ich mich an Dominik. Er nickt, schiebt aber wieder vor, auf der Karte nichts zu finden. „Denk doch mal an unseren Vater", erkläre ich ihm. „Wenn du von vornherein immer nur darauf schaust, was etwas kostet, statt darauf, was es dir in diesem Moment wert ist, dann kannst du nie genießen." Dann will ich von ihm wissen, ob wir Anteile an seinem Essen erwerben können, und so bieten Susanne und ich ihm jeweils zwei Euro an. Ich weiß nicht, ob ihn das überzeugt hat, aber er bestellt sich schließlich auch ein kleines Schnitzel mit Bratkartoffeln. Währenddessen denke ich darüber nach, was für eine anstrengende Diskussion, deren tieferer Sinn sich mir nicht erschließt, wir gerade geführt haben.

Ich bin insgeheim froh, das nicht jeden Tag erleben zu müssen. Gleichzeitig frage ich mich, von wem Dominik diese Einstellung hat. Wenig Geld zu haben ist eine Seite, aber essen muss der Mensch! Dabei kommt mir wieder Susannes unsinniger Tankstelleneinkauf von heute Vormittag in den Sinn. Dominik schlingt sein Schnitzel herunter und ich spüre geradezu, mit wie viel Appetit er das macht. In der Zwischenzeit ernährt sich seine Mutter nur von Bier, das ziemlich schnell seine Wirkung entfaltet. Susanne ist froh, mal von zu Hause weg zu sein. Sie möchte auch noch bleiben, als Dominik zu bohren anfängt, dass er gehen will. Da auch ich gerne fahren möchte, biete ich ihm an, ihn bis zu einer Bushaltestelle zu bringen, an der er weiter zu seinem Freund fahren kann. Das liegt zwar überhaupt nicht auf meinem Weg, aber ich würde es in Kauf nehmen. Nach einigem Hin und Her darüber, ob Susanne noch bleibt oder ein Taxi ruft, entschließt sie sich doch, selbst nach Hause zu fahren. Das finde ich in ihrem Zustand unverantwortlich. Wir verabschieden uns und ich bin unterwegs so sauer über ihre Verantwortungslosigkeit, dass ich sie nicht noch einmal anrufe, um zu hören, ob sie gut angekommen sind.

Zu Hause verstaue ich die übrig gebliebenen Kisten wieder im Keller, lese noch ein bisschen in der Zeitung und trinke ein Glas Wein. Die letzte halbe Stunde unseres gemeinsamten Tages hat mich so angestrengt, dass ich die Ruhe jetzt sehr genieße. Max ist noch bei seinem Bruder. Um neun Uhr liege ich im Bett.

Ich träume wieder einmal von Anna. Wir sitzen mit vielen Leuten in einem Restaurant. Es ist eine größere Gesellschaft. Ein paar Kollegen kann ich an den umliegenden Tischen erkennen. Anna scheint die Hauptperson zu sein, sie ist ganz in Schwarz gekleidet. Sie hat nie Schwarz getragen, so lange ich sie kannte. Ansonsten sieht sie gut aus wie immer. Nichts deutet auf ihre Krankheit hin. Sie wechselt die Tische und setzt sich überall mal dazu. An meinem Tisch angekommen unterhalten wir uns über ihren Tod und wie es war, damals als sie starb. Ich sitze also mit einer Verstorbenen zusammen und wir unterhalten uns über die Zeit, nachdem sie gegangen war. Was bedeuten diese Botschaften aus dem Jenseits?

Sonntag, 5. Oktober

Um neun Uhr am Morgen meldet sich mein Handy. Es ist eine Erinnerung an Annas Geburtstag. Verrückt, wenn man bedenkt, dass sie sich vergangene Nacht schon angekündigt hat. Ich sehe im Garten nach, was ich ihr mitbringen könnte. Es wird ein kleines Gesteck aus einer Hortensienblüte eingefasst mit Efeu. Das erste Mal seit der Beerdigung werde ich sie besuchen. Unterwegs frage ich mich, ob dort heute großer Andrang ist und wie ich reagiere, wenn ich Philip und Robert oder jemanden aus ihrer Familie treffe. Als ich den Friedhof erreiche, hat es heftig angefangen zu regnen. Annas Grab ist mit bunten Sommerblumen bepflanzt. Es war glaube ich länger niemand hier. Ihre beiden Männer sind vielleicht auch nach Spanien gefahren in den Herbstferien. Letztes Jahr habe ich Anna dort noch erreicht zu ihrem Geburtstag. Das alles geht mir durch den Kopf, während ich im Regen stehe. „Meine liebe, liebe Anna. Du fehlst mir so sehr. Vielen Dank für alles, was ich mit dir erlebt habe“, flüstere ich zu ihr hinunter. Ich stelle mein Blümchen ab, wünsche ihr alles Gute zum Geburtstag und mache mich wieder auf den Weg nach Hause.

Montag, 13. Oktober

Heute ist es so weit, wir gehen zum Ich & Ich-Konzert! Ich bin schon sehr gespannt. Auf der Fahrt zur Jahrhunderthalle stimmen wir uns schon mal ein und ich frage Max, „ob er auch ‚Wenn ich tot bin‘ singt oder meint, dass das ist nicht passend für ein Konzert ist?“

Wir müssen eine Weile anstehen, aber es ist nicht kalt und sonnig. Die Wartezeit vergeht schnell. In der Halle können wir einen guten Platz an der Bühne erwischen und ich hoffe, dass es später kein großes Gedränge von hinten gibt und ich Platzangst bekomme. Das Publikum ist total gemischt, nicht nur Teenies, auch Leute, die älter sind als wir. Bei „Stark" singt die ganze Halle mit. Ich bin gar nicht traurig, es hat nicht mehr diese Wirkung auf mich. Aber dann kommt „Wenn ich tot bin" und ich muss doch weinen und an alle denken, die nicht mehr da sind. Es ist wunderschön. Max hatte schon die schlimmsten Befürchtungen, dass ich Sturzbäche heule. Aber alles ist gut. Zum Schluss kommt die Zugabe „Du erinnerst mich an Liebe". Danach fahren wir nach Hause. Ich habe genug gesehen und gehört.

Mittwoch, 15. Oktober

Die Woche hat mich so geschlaucht, dass ich früh im Bett liege. Gegen halb elf klingelt das Telefon. Da ich immer befürchte, es könnte was mit Oma sein, bin ich sofort in Alarmbereitschaft und höre die Nachricht auf dem Anrufbeantworter ab. Es ist Susanne, die mich bittet zurückzurufen, wenn ich zu Hause bin. Es wäre wichtig. Ich bin zwar zu Hause, kann mir aber beim besten Willen nicht vorstellen, jetzt noch mit Susanne zu telefonieren. Das würde mit Sicherheit mindestens eine Stunde dauern und ich könnte ihr wahrscheinlich gar nicht folgen, so müde, wie ich bin. So wichtig kann es nicht sein, dass es nicht bis morgen warten könnte. Um elf klingelt noch einmal mein Handy. *Wieder Susanne!* Danach bleibt es ruhig.

Donnerstag, 16. Oktober

Ganz früh am Morgen schreibe ich Susanne zuerst eine SMS und hoffe, dass ihr Handy nicht wieder mit Dominik unterwegs ist oder es wieder Tage dauert, bis sie sich meldet.

Hallo Susanne,

ich bin die ganze Woche schon unterwegs und lag gestern um neun im Nest. Du kannst mich heute tagsüber erreichen. Was ist passiert?

Sie antwortet nicht gleich. Es dauert ein paar Stunden, bis ich ein Zeichen bekomme. Aber dann erfahre ich in Kurzform, dass drei Autos in einer Scheune im Taunus stehen und sie vermuten, dass sie vor Längerem von meinem Vater dort abgestellt wurden. Das klingt total aufregend und sieht ihm wieder mal ähnlich. Den ganzen Tag muss ich immer wieder daran denken und entschließe mich, nach der Arbeit bei Susanne im Laden vorbeizuschauen, statt Oma zu besuchen. Sie wird es mir verzeihen.

Susanne lächelt, als sie mich entdeckt. „Ich hätte wetten können, dass du heute vorbeikommst." „Ja, meine Neugier hat mich hierher getrieben. Erzähl mal, was passiert ist."

Dann berichtet sie davon, dass ihr Schwager gestern in einer Kneipe einen Bekannten getroffen hat, der ihm erzählt hat, jemand hätte bei ihm vor Längerem drei Autos untergestellt und sich nicht mehr gemeldet. Miete für die Stellplätze wäre auch keine gezahlt worden. *Passt ja wieder genau ins Bild!* Er wüsste überhaupt nicht, was er jetzt machen soll, wenn die Autos niemand abholt. Susannes Schwager hat natürlich gleich kombiniert und auf meinen Vater geschlossen. Am gleichen Abend haben sie noch einen Familienrat abgehalten. Deshalb hat Susanne mich auch so spät noch angerufen.

Ich will von ihr wissen, was das für Autos sind. Es handelt sich um einen VW Bus, einen Porsche und einen Mercedes. Ich muss lachen: „Oh, so kommt Max vielleicht doch zu seinem Porsche." Susanne meint, wir sollten herausbekommen, wo die Autos stehen, und sie uns mal ansehen. Ich überlege, wie wir an die Autos rankommen könnten, wenn sie noch in gutem Zustand sind, weil ja niemand weiß, wo die Papiere sind. Da wir alle das Erbe ausgeschlagen haben, gehören die Autos rein rechtlich dem Staat. Aber was soll der Staat mit ein paar unter Umständen schrottreifen Autos, die nur noch den Wert von Sondermüll haben? Dann geht meine Fantasie mit mir durch. „Wir könnten dem Typ die Autos doch abkaufen und dann neue Papiere beantragen. Der Kaufvertrag würde uns ja dann als Besitzer ausweisen." Wir müssten außerdem zuerst herausbekommen, ob das überhaupt Hinterlassenschaften meines Vaters sind. Ich schlage vor, mit einem Foto von ihm dort hinzugehen. Das kann dann aber auch bedeuten, dass der Scheunenbesitzer die ausstehende Miete von uns einfordern würde und im Gegenzug die Autos nicht rausrückt. Wir geben uns noch eine Zeit lang wildesten Spekulationen hin.

Susanne kommt noch einmal auf den Flohmarkt zurück und bietet mir an, in der kommenden Woche zum Konsulat nach Frankfurt zu fahren, um wegen Claire etwas rauszufinden. Sie bittet mich, ihr die Adresse rauszusuchen. Das finde ich wirklich erstaunlich von ihr, bezweifle aber, dass sie das wirklich in die Tat umsetzen wird. Ich frage mich, warum sie das für mich tun würde.

Bevor ich mich auf den Heimweg mache, verabreden wir, dass Susanne sich erkundigen wird, wo die Autos stehen, und mir Bescheid gibt. Unterwegs frage ich mich, ob mein Vater noch andere Dinge aus seinem Leben irgendwo zwischengelagert hat.

Sonntag, 26. Oktober

Ich habe wieder einmal seit über einer Woche nichts von Susanne gehört. Keine Nachricht, was mit den Autos ist und wie es weitergeht. Beim Frühstück kommen Max und ich auch mal wieder auf das Thema zu sprechen. „Wenn es dir immer noch um den Jaguar geht, ruf bei Oli an, dann weißt du mehr.“, fordert er mich auf. „Du musst hören, was er vorhat und ob er das Auto einfach so rausrücken würde.“ Gut, ich will mir ein Herz fassen und rufe bei Susanne an, um an die Handynummer von Oli zu kommen. Ich habe Dominik am anderen Ende. Er richtet aus, dass Susanne im Bad ist und sich gleich bei mir meldet. Damit ist das Thema dann auch durch für heute, weil ich ohne die Nummer von Oli ja sowieso nicht weiterkomme.

Donnerstag, 30. Oktober

Susanne scheint seit fast einer Woche im Bad zu sein. Sie hat sich nicht gemeldet und ich frage mich, warum. Denkt sie vielleicht, ich geiere nur auf die Autos? Oder ist sie vielleicht krank? Wie so oft breitet sich völliges Unverständnis in mir aus und der Traum, den ich heute Nacht hatte, sagt mir, dass sich dies auch in meinem Unterbewusstsein festzusetzen scheint.

Max und ich sind in einem Lokal. Es ist ein großer Raum, der an den Speisesaal einer Kantine oder die Mensa an einer Uni erinnert. Ganz hinten in einer Ecke entdecke ich Susanne und die Kinder an einem Tisch. Ich weiß nicht, ob sie mich gesehen haben, und gebe mich nicht zu erkennen. Schließlich warte ich immer noch auf ein Lebenszeichen von ihr und tue deshalb so, als hätte ich sie nicht gesehen. Kurze Zeit später betritt mein Vater den Saal, ich nehme ihn gleich am Eingang wahr. Er setzt sich zu seiner Familie und das ist kein schönes Gefühl. Ich fühle mich total außen vor, spüre aber seine Blicke auf mir. Er schaut die ganze Zeit zu uns herüber. Es passiert aber nichts. Ich gehe zur Toilette und auf dem Rückweg wähle ich einen anderen Eingang, damit ich nicht direkt an seinem Tisch vorbeimuss. Einen Augenblick später sind Susanne und die Kinder weg und zwei Männer setzen sich direkt an unseren Nachbartisch. Beide sind dunkelhaarig und von gedrungener Gestalt. Sie haben einige Plastiktüten bei sich. Das scheint ihr ganzer Besitz zu sein. Einer der beiden, ein Lockenkopf, kommt zu uns herüber und stellt sich als mein Vater vor. Ich springe auf und bin so glücklich, dass ich noch einmal die Gelegenheit habe, ihn zu treffen. Ich umarme meinen Vater? Ich werfe mich einem fremden, ungepflegten Mann an den Hals im Glauben, es handelt sich um meinen Vater. Wenn doch diese Träume mal aufhören würden, die mir so ohne jeden Sinn vorkommen. *Völliges Unverständnis.*

Donnerstag, 6. November

Heute ist ein ganz besonderer Tag für mich. Es ist Papis Geburtstag. Er wäre heute sechzig Jahre alt geworden. Ich habe jedes Jahr daran gedacht. Seit ich Max kenne ganz besonders, denn auch seine Oma hat heute Geburtstag.

Seine Geburtstage waren für mich nach der Trennung meiner Eltern immer eine zwiespältige Herzensangelegenheit und mir kommt ein Tagebucheintrag von vor zweiundzwanzig Jahren in den Sinn:

Heute hat(te) mein Vater Geburtstag. Es ist immer ein Wirrwarr, weil ich mir nie sicher bin, ob es richtig war, dass ich ihm nicht gratuliert habe. Aber jetzt ist der Tag auch fast wieder vorbei und morgen wird sich mein schlechtes Gewissen auch beruhigt haben! Alles merkwürdig!

Aber ich habe heute wenigstens eine Antwort auf die Frage gefunden, weshalb ich mich mit einem schlechten Gewissen geplagt habe. *Ich* war das Kind und auch ich hatte achtunddreißig Geburtstage, zu denen er mir hätte gratulieren können. Ich wollte ihn bestrafen für den Schmerz, den er mir zugefügt hatte, wenn ich gerade mal keinen Platz in seinem Leben hatte.

Max und ich haben heute frei. Ich will mich treiben lassen. Einfach tun, wonach mir gerade ist. Das ist jedoch gar nicht so einfach. Die ursprüngliche Planung sah so aus, dass wir Max' Oma nachmittags besuchen und ihr gratulieren. Da aber Ruth wieder zur Kur ist, wird erwartet, dass wir am Abend mit zum Essen gehen. So ist das mit den eigenen Bedürfnissen und ich frage mich, wann ich ihnen endlich mal nachgeben darf, ohne mich dabei schlecht zu fühlen, weil andere Dinge oder Personen dadurch hinten anstehen könnten.

Ich bestehe aber darauf, heute zu Papis Unfallstelle zu fahren. Es ist schon nach zwei Uhr, als wir uns auf den Weg in den Taunus machen. Ich befürchte, am Baum auf Susanne und die Kinder zu treffen. Das wäre mir nicht so recht, weil ich lange nichts gehört habe von ihr und es mir seitdem nicht schlechter geht. Vermutlich sind aber auch noch ganz andere Leute aus gegebenem Anlass dort. Aber wir haben Glück und sind allein.

Max ist es mulmig, weil die Autos wieder rasant an uns vorbei durch die Kurve fegen. Ich habe das Gefühl, er würde am liebsten sofort wieder gehen. Im Gegensatz zu mir. Ich könnte ruhig eine Stunde hier stehen und würde gerne noch mal über das ein oder andere nachdenken, was in den vergangenen Monaten passiert ist. Wir binden zusammen eine rote Schleife um den Baum und ich lege ein kleines Herz aus Stein in das Gras an den Stamm. Auf der anderen Straßenseite stehen wir eine Weile an dem Platz, an dem ich mir im Sommer in den Brennnesseln die Beine verbrannt habe. Es war eine gute Entscheidung, heute hierher und nicht zu seinem Grab zu fahren, weil Papi hier viel präsenter ist. Ich frage mich, was er heute getan und mit wem er gefeiert hätte, wenn er noch da wäre. Auf der Rückfahrt bin ich sehr traurig und hänge meinen Gedanken nach.

Ich erinnere mich daran, als ich Papi vor genau zwei Jahren zuletzt gesehen habe. Es war an seinem Geburtstag auf dem Hochheimer Markt an einem Montagabend gegen halb zehn. Wir standen mit Freunden zusammen und haben Glühwein getrunken. Zu dieser Zeit waren nicht mehr viele Leute in den Gängen mit den Verkaufsständen unterwegs, sodass er mir gleich aufgefallen ist. Er trug eine längere grüne Jacke, die Hände in den Hosentaschen, die Schultern hochgezogen ist er mit schnellen Schritten vorbeigelaufen. Obwohl ich ihn zunächst nur aus den Augenwinkeln wahrgenommen hatte, konnte ich seine Nähe förmlich spüren. Ich habe mich instinktiv weggedreht und gehofft, dass er mich nicht gesehen hat. Auch dieses Rätsel wird für immer ungelöst bleiben, weil ich ihm für den Bruchteil einer Sekunde direkt in die Augen geblickt habe. Erst als er an uns vorbei war, habe ich ihm nachgeschaut. Der Schock darüber, dass er seinen Geburtstag ganz allein auf einem großen Volksfest verbringt, war mir ins Gesicht geschrieben. Ich erzählte Max, was gerade passiert ist. „Was will er von mir? Was macht er hier?“, rief ich Max unter Tränen zu. „Wer weiß, er wohnt vielleicht ganz in deiner Nähe und du weißt es nicht mal.“ Ich fühlte mich wieder bedroht, einen Kloß im Hals. Der Abend war gelaufen.

Heute verachte ich mich dafür, dass ich so feige war und ihn nicht aufgehalten habe. Heute würde ich ihm gratulieren und ihn fragen, was er hier macht und warum alles so ist, wie es ist. Aber ich hatte nicht den Mut. Und das empfinde ich nun als größte Strafe für mich. Und damit muss ich weiterleben. Dritte Lektion zum Thema verpasste Chancen.

Zuhause angekommen kann ich Max überreden, den Kurztrip nach New York zu buchen, über den wir schon seit einigen Wochen nachdenken. Er lässt sich gerne mitreißen und wir sind total aufgeregt, als wir unsere Reisepässe suchen und im Internet die Buchung für Flug und Hotel abschicken. Wunderbar! Ein Traum wird sich für mich erfüllen. Ich sehe mich schon vor dem Rockefeller Center unter dem größten Weihnachtsbaum der USA auf Schlittschuhen meine Runden drehen. New York in der Weihnachtszeit. Das wird fantastisch!

Ich bin ganz euphorisch und denke wieder an meinen Vater. Ihm würde das gefallen, war er doch auch sehr impulsiv und spontan. Nicht immer darüber nachdenken, ob es gerade finanziell passt, worauf man Lust hat. Und vor allem nicht immer alle Träume aufschieben. Es scheint mir wie eine glückliche Fügung, diesen Traum ausgerechnet heute in die Tat umzusetzen. Ich bin sehr dankbar und versöhnt, dass der weitere Abend nicht ganz nach meinen Plänen verläuft. Nach dem Geburtstagsessen bei Max' Oma gehen wir noch in eine Straußwirtschaft und treffen dort Jan und Vivien. Sie freut sich für mich, als ich ihr von New York erzähle. „Schön, dass du deine Träume verwirklichst."

Aber manche Träume werden sich nie erfüllen und immer Träume bleiben. Zum Beispiel mein Traum, mit Mutter und Vater aufzuwachsen. Und vor allem die Vorstellung davon, wie sich das anfühlt. Oder aber auch der Traum von einer eigenen Familie. Meine Kindheit konnte ich nicht beeinflussen. Aber die Gründung einer Familie habe ich in letzter Konsequenz nicht versucht, in die Tat umzusetzen. Wollte ich einem kleinen Menschen, der von mir abhängig ist, vielleicht einfach nur traurige Erfahrungen, die ja auch zum Leben gehören, ersparen? Oder sehe ich in mir selbst noch zu sehr das Kind?

Trotz vieler schmerzhafter Erfahrungen habe ich keinen Grund, mich über meine Kindheit zu beklagen. Es war alles in allem nie langweilig. So bin ich oft mit meinen Großeltern in den Urlaub gefahren und sie haben mir im Prinzip jeden Wunsch erfüllt. Mama hat ihre Jugend ausgelebt, auch wenn das eine Zeit lang zu meinen Lasten ging. Sie hat heute noch ein schlechtes Gewissen, dass ich oft allein zu Hause war abends, während sie mit Freunden gefeiert hat. Und wer weiß. Wahrscheinlich hätte ich viele Freiheiten im Teenageralter gar nicht gehabt, wenn ein eifersüchtiger Vater, der über jeden Schritt seiner heranwachsenden Tochter wacht, auf der Couch gesessen hätte. Es hatte durchaus Vorteile, nicht im Modell einer herkömmlichen Spießerfamilie groß zu werden. Und dadurch, dass wir oft umgezogen sind, haben wir viele Leute kennengelernt. Es war immer was los.

Hier werde ich mit meinen Aufzeichnungen enden. Es ist nahezu alles gesagt, hinterfragt und niedergeschrieben, was mich in diesem Schaltjahr so sehr bewegt hat. Es könnte für mich heute keinen schöneren Schlusspunkt geben als die Vorfreude auf meine Reise nach New York, die den Schmerz mildert, den ich an diesem für mich so besonderen Tag empfinde. Es ist einfach so, wie es ist, und ich bin dabei, das zu akzeptieren. Und wenn ich ein wenig Kraft gesammelt habe, werde ich mich auf die Suche nach Claire machen. Danach sollte ich unseren Vater ruhen lassen. Susanne wird weiter in ihrer Welt leben und wir werden glaube ich keine nennenswerten Berührungspunkte finden, da bin ich mir heute sicher. Wie ich eingangs erwähnte, hat sie sich ihr Leben so gewählt. Und das muss sie mit sich ausmachen. Wir können nicht immer auf Einflüsse von außen warten und diese dann für unsere Unfähigkeit, Dinge zu verändern oder zu verbessern, verantwortlich machen.

Ich wünsche mir, dass Katja und Nina ihre leiblichen Väter finden und die Gespräche führen können, die für ihr weiteres Leben und ihren Frieden vielleicht so wichtig sind. Ich habe Frieden mit meinem Vater geschlossen und hoffe, dass das bei ihm an seinem Strommast, oder wo auch immer seine Seele jetzt sein mag, angekommen ist.

Epilog

Was bleibt, ist die Liebe. Die starke Verbundenheit zu einem Menschen, den ich nicht gekannt habe, der mir seine Gedanken nie mitgeteilt hat und dessen Fleisch und Blut ich bin. Nun bin ich auch auf dem Papier Halbwaise, obwohl mein selbst gewähltes Halbwaisendasein bereits vor fünfundzwanzig Jahren begonnen hat. Fragen lassen sich nicht mehr beantworten. Aber auch die Trauer darüber, dass wir beide unsere Jugend nicht miteinander verbracht haben, wird verblassen. So wie die Erinnerungen an unseren kurzen gemeinsamen Weg, die schon jetzt kaum mehr vorhanden scheinen.